"985"优势学科创新平台项目——"脆弱生态系统退化机制与恢复重建"

水土保持与荒漠化防治系列专著

三峡库区森林对水文过程的影响效应及洪水过程模拟

齐 实 朱金兆 王云琦等 著

科 学 出 版 社

北 京

内 容 简 介

本书通过调查、定位试验观测等方法研究了三峡库区主要森林植被群落对水文过程的影响效应，并对不同森林植被群落理水调洪功能进行了评价；以此为基础，应用美国地质调查局的模块模型系统(MMS)平台，构建了分布式暴雨水文模型，验证和模拟三峡库区森林小流域的暴雨水文过程以及不同暴雨情况下森林对洪水的影响，同时提出了三峡库区模型的主要土壤水文参数阈值，提出基于理水调洪的小流域森林植被的空间配置模式，并模拟了森林植被不同空间配置对洪水的影响。

本书可供从事水土保持学、地理学、环境科学、水文学等专业的研究、管理人员及高等学校相关专业的师生参考。

图书在版编目(CIP)数据

三峡库区森林对水文过程的影响效应及洪水过程模拟/齐实等著.—北京:科学出版社,2011
ISBN 978-7-03-032312-5

Ⅰ.①三…　Ⅱ.①齐…　Ⅲ.①三峡水利工程-森林水文效应-研究
Ⅳ.①TV632.71②S715.7

中国版本图书馆 CIP 数据核字(2011)第 184689 号

责任编辑：朱 丽 孙 青/责任校对：鲁 素
责任印制：钱玉芬 / 封面设计：耕者设计工作室

科学出版社 出版
北京东黄城根北街 16 号
邮政编码：100717
http://www.sciencep.com

北京佳信达欣艺术印刷有限公司 印刷
科学出版社发行 各地新华书店经销

＊

2011 年 9 月第 一 版　　开本：787×1092 1/16
2011 年 9 月第一次印刷　　印张：10 1/4
印数：1—1 200　　　　　字数：227 000

定价：58.00 元
(如有印装质量问题，我社负责调换)

丛书序

水土流失与荒漠化直接关系到国家生态安全。严重的水土流失与荒漠化,是生态恶化的集中反映,已成为我国生态环境最突出的问题之一。水土流失与荒漠化不仅导致土地退化、毁坏耕地,制约山区社会经济发展,使人们失去赖以生存的基础,而且加剧江河湖库淤积和洪涝灾害,加剧贫困,威胁国家粮食安全和生态安全;这不仅影响当代发展,而且影响子孙后代的生存。因此,加强水土保持与荒漠化防治基础理论研究,找出科学合理的防治方法与措施,开展生态环境建设、资源与社会可持续发展的理论研究与实践,已成为关系国家生态安全和经济社会可持续发展的当务之急。

《水土保持与荒漠化防治系列专著》是在北京林业大学"985"优势学科创新平台"脆弱生态系统退化机制与恢复重建"和"211"工程(三期)的资助下编写出版的,分册相对独立,以水土保持与荒漠化防治基础理论研究与水土流失和荒漠化综合防治实践为基础,从不同角度、综合反映了研究团队新的科研成果。该系列专著以土壤侵蚀动力学过程及其机制、生态水文过程与调控、植被力学过程与调控、土壤风蚀过程与防控、水土流失区林草植被快速恢复与生态修复关键技术、开发建设与城市化损毁土地生态系统快速恢复与重建技术等为主要研究内容,系统反映了在长期水土保持荒漠化防治实践中积累的丰富防治经验,有针对性地提出了我国水土保持荒漠化防治生态建设面临的主要问题的防治对策,为今后进一步加强水土保持荒漠化防治研究奠定了坚实的基础。

该系列著作的内容均为水土保持与荒漠化防治研究领域的热点问题,引领了该学科的发展方向,在理论框架、新方法和新技术方面做了很多开创性的工作,在推动水土流失与荒漠化防治综合防治关键技术研究方面进行了有益的探索,对我国进行水土保持与荒漠化防治综合管理研究起到了积极的推动作用。

该系列著作不仅为地学、生态学、环境学、土壤学等学科的科研和教学工作者提供有益的参考,也是我国水土保持与荒漠化防治生态建设相关技术人员、行政管理人员的一部好的参考书。该系列著作的出版,无疑将对我国水土保持与荒漠化防治生态建设的深入开展起到积极的推动作用。

中国工程院院士 李文华

2011 年 5 月

前　言

三峡库区地处长江流域的上游,雨量充沛,山高坡陡,地形破碎。气候因素和下垫面因素的相互作用使得这一地区洪涝灾害十分严重。在洪涝灾害中,尤其是特大洪涝灾害情况下,森林植被作为下垫面的主体,只有发挥最佳的理水调洪功能,才能够最大限度地涵养水源、保持水土和拦蓄洪水。随着三峡工程建设,长江中上游生态环境建设工程("长治"工程、天然林保护工程、退耕还林工程)的实施,森林植被群落究竟在多大程度上影响洪水是一个亟须解决的科学问题,它不仅对三峡工程调节洪水的宏观管理和决策,而且对求取相邻森林流域的水文生态效益,进行区域森林水文生态效益评价、区域生态环境规划、流域管理及科学分配水资源均有重要意义。

随着森林水文学、流域水文学、景观生态学和地理信息系统(GIS)技术的发展,20世纪开始了分布式水文模型的研究。分布式水文模型充分反映了流域内自然地理要素的时空分异对水文过程的影响,可以更真实地反映流域水文过程和帮助我们更准确地评估流域内森林的水文生态效益。本书结合国家"十五"科技攻关课题"退耕还林工程区水源涵养型植被建设技术研究与示范"和国家自然科学基金"三峡库区以流域为单元森林植被对洪水影响研究",从主要森林植物群落对降水、径流、入渗等水文环节的影响作用研究着手,构建、拟合和验证适合三峡库区森林流域的分布式暴雨水文模型,通过模型模拟,评估森林植被对洪水的影响作用,为进一步揭示三峡库区流域森林植被的水文生态过程提供研究基础和技术平台。

本书是作者在系统总结以上研究成果的基础上完成的,全书共分9章,主要内容及编写人员如下:第1章引言,由齐实、王云琦执笔;第2章研究地区概况,由朱金兆、王玉杰执笔;第3章典型森林群落对水文过程的影响,由王云琦、朱金兆执笔;第4章典型森林群落理水调洪功能评价,由王云琦、王玉杰、杨海龙执笔;第5章森林流域分布式暴雨水文模型构建和参数,由齐实执笔;第6章分布式暴雨水文模型的拟合与验证,由齐实、王云琦、胡晓静执笔;第7章流域森林植被影响洪水过程的情景模拟分析,由齐实、王云琦、胡晓静执笔;第8章三峡库区分布式暴雨水文模型主要参数阈值,由齐实、胡晓静执笔;第9章三峡库区森林植被空间配置格局,由齐实、饶良懿、胡晓静执笔。全书由齐实、朱金兆、王云琦审定统稿。本书研究成果是由多位同事经过多年的共同努力完成的。参加本书研究的工作人员有齐实、朱金兆、王玉杰、王云琦、饶良懿、胡晓静、杨海龙、张洪江、张金柱、刘益军、肖玉宝、胡会亮等。衷心感谢参与本书研究工作的所有研究人员;感谢北京林业大学

"985"优势学科创新平台项目——"脆弱生态系统退化机制与恢复重建"的支持,同时感谢重庆市林业局、重庆市水务局对本书研究工作提供的支持和帮助。此外,还要感激国家留学基金、美国林务局南方全球气候变化项目的孙阁博士、S. G. McNulty 博士、J. A. Moore Myers 女士,以及美国地质调查局的 G. H. Leavesley 博士、S. L. Markstrom 博士的热情帮助。

著　者

2011 年 3 月

目　　录

第1章 引　言

1.1 研究背景

在森林植被与生态环境相互作用和相互影响中,水文过程是最为重要的方面之一(Buttle et al.,2000;Hornbeck and Swank,1992)。然而,由于森林与水的关系问题十分复杂,它不仅受森林生态系统发展本身的影响,而且还受地形、地质、土壤类型、植被等的空间变异性及气象通量,如降雨、入渗和蒸发等的时空变化性的影响,后者进一步增加了定量描述森林流域径流形成机理和水文响应模式的难度(Stednick,1996)。因此,森林与水的关系问题仍是当今生态学与水文学研究的中心议题之一(Bonell,1993,1998;McCulloch and Robinson,1993;Whitehead and Robinson,1993)。近几十年来,这一研究领域也从传统的对比流域试验发展到从森林生态系统变化、森林对坡面到流域尺度影响径流形成机理、森林影响流域生物地球化学动态机理、建立基于过程的森林水文模拟、水流路径的示踪研究等方面的综合研究。

1.1.1 问题提出

1998年长江流域特大洪水发生后,森林植被影响洪水过程的水文问题受到广泛关注(邓慧平等,2003)。有关学者认为大江大河源头及上游森林植被的破坏是造成水灾的根本原因,国家也实施了停止毁林开荒,实施退耕还林还草措施用于恢复长江上游流域森林生态系统。但另外相反的观点认为,森林破坏并不是产生1998年特大洪水的主要原因。因此,深入了解森林植被对流域水文过程的影响不仅具有重要的学术意义,同时可为国家制定有关重大决策提供重要的科学依据,具有实际意义。

流域水文是一个复杂的过程,其动态变化不仅受气候条件、土壤因子等的影响,植被在其中也起着非常重要的作用。以往森林生态系统水文功能的研究主要集中在水文循环的局部过程,如截留、蒸散发、入渗等(Delphis et al.,2003;Paulo et al.,1995;Kell et al.,2001;Wilcox et al.,2003;鲍文等,2004),或者是简单的输入输出模式,对森林的降雨—径流整个水文过程的研究还不够深入(刘丽娟等,2004)。

在森林水文过程研究中,其中探讨森林影响径流形成机制的研究方法包括水文测验、同位素水文学以及动力水文学计算等方法。这些方法不仅可以用于坡面尺度的径流形成机制研究,也可以用于流域尺度的径流形成机制研究(张志强等,2003)。但随着森林水文学的不断发展,以地理信息系统为平台,建立和校核基于物理过程分布式参数的流域水文过程耦合模型成为定量准确描述森林生态水文过程的更有效方法。

森林流域水文过程的核心内容是如何将水文系统、生态系统和陆面过程三者有机地结合成一个整体,研究各系统之间的相互关系,进而分析区域变化对水文、生态和水资源的影响,以及植被对这些变化的响应。分布式水文模型可为这个问题的解决提供工具。

1.1.2　研究目的和意义

　　三峡库区地处长江流域的上游,雨量充沛,山高坡陡,地形破碎。气候因素和下垫面因素的相互作用使得这一地区洪涝灾害十分严重。在洪涝灾害中,尤其是特大洪涝灾害情况下,森林植被作为下垫面的主体,只有发挥最佳的理水调洪功能,才能够最大限度地涵养水源、保持水土和拦蓄洪水。随着三峡工程建设,长江中上游生态环境建设工程("长治"工程、天然林保护工程、退耕还林工程)的实施,森林植被群落究竟在多大程度上影响洪水是一个亟待解决的科学问题,它不仅对三峡工程调节洪水的宏观管理和决策,而且对求取相邻森林流域的水文生态效益,进行区域森林水文生态效益评价、区域生态环境规划、流域管理及科学分配水资源均有重要意义。

　　随着森林水文学、流域水文学、景观生态学和地理信息系统(GIS)技术的发展,20 世纪开始了分布式水文模型的研究。分布式水文模型充分反映了流域内自然地理要素的时空分异对水文过程的影响,可以更真实地反映流域水文过程和帮助我们更准确地评估流域内森林的水文生态效益。本书结合国家"十五"科技攻关课题"退耕还林工程区水源涵养型植被建设技术研究与示范"和国家自然科学基金"三峡库区以流域为单元森林植被对洪水影响研究",从主要森林植物群落对降水、径流、入渗等水文环节的影响作用研究着手,构建、拟合和验证适合三峡库区森林流域的分布式暴雨水文模型,通过模型模拟,评估森林植被对洪水的影响作用,为进一步揭示三峡库区流域森林植被的水文生态过程提供研究基础和技术平台。

1.2　森林生态系统水文过程研究进展

　　森林生态系统水文过程的研究始于 20 世纪初,在世界各地不同的森林群落建立了大量的试验站和观测点。森林水文学的研究通常采用定位观测,对不同的森林群落或试验流域进行对比观测,分析群落内各森林水文要素的数量关系,以及不同群落和流域间森林水文要素的差别。在此基础上世界各国对森林水文作用(包括年径流量、水化学过程、林冠截留、枯落物持水、林地土壤水分动态、林地蒸发散、保持水土、森林水文模拟等方面)的研究取得了大量的研究成果,并建立了大量森林水文要素模型。但是由于所处区域地理要素的空间差异性,以及外界输入气象因子(如降水的时变性)的差异,都增加了定量描述森林流域水量转换、揭示径流机制及建立相应水文模型的难度。

1.2.1　森林植被及其变化对洪水的影响

　　森林植被对洪水的影响,长期以来一直是人们争论的话题(钟祥浩和程根伟,2001;史玉虎和袁克侃,1998;王鸣远和王礼先,1995;王清华等,2004)。影响洪水的因素主要有暴雨特性(暴雨强度、时间和空间分布等)、流域特性(包括流域面积、形状、坡度、河网、土壤、植被和地质条件等)、河槽特点(河槽断面、坡度、糙率等)及人为活动(修建蓄水工程、植树造林和水土保持措施等)。森林能够影响流域的水量平衡以及径流量的时空分布,并主要反映在水资源的总量和径流量及其季节变化频率和洪峰径流量等要素上。

美国从 1930 年以来，在不同区域开展试验流域研究，到 1960 年，试验流域达 150 个。Lull 和 Reinhart(1972)系统总结了美国东部森林对洪水的影响，并指出：森林对洪水的影响随外界条件的变化而变化，即随暴雨增加而减弱，对小流域的作用大于大流域，其作用小于地形的影响，无法与水库的作用比较，不能用来预测洪水。Ziemer(1981)研究发现森林采伐和未采伐流域对于大的洪峰流量的影响无明显差别，对于小的洪水过程影响差异显著。Hewlett(1982)研究了世界主要森林区域来回答森林是否对洪水有足够影响作用的问题，指出：与降雨和流域的蓄存作用相比，对于大的洪水，森林植被的作用是次要的。Hewlett 等(1984)通过流域对比试验得出：森林皆伐后，土壤干燥时，小暴雨径流会增加50%以上，而土壤湿润时，较大洪水流量仅增加 10%～15%。Chang 和 Watters(1984)研究了美国得克萨斯州东部流域不同森林植被覆盖对产水量和洪水的影响，得出：随着暴雨时间和强度的增加，森林对洪水的影响减弱。其后的大部分研究都集中在森林植被变化（采伐、造林、火烧、森林道路、放牧、化学处理等）对流域产水量和洪峰流量的影响方面。Vertessy 和 Dye(王兵和崔相慧，2001)认为"森林植被与径流的季节分布及频度变化有直接关系"。目前几乎所有的流域水文研究都已经注意到无论径流水位从低到中和从中到高，都会随造林而减少，随森林的砍伐而增加。然而，低水位和高水位径流的变化量却不尽相同，不同的流域受影响程度也不同，这主要由立地因子决定，如土层深度、土壤特性以及林型等。西欧的研究也表明(李文华等，2001)，在一些小的洪水中，森林区域洪峰流量低于草地区域，但大的洪水时，两者差异不明显。1966～1972 年，日本林业厅在木曾川、北上川、沼田川、酒甸川 4 个流域中设立了 86 处观测点进行水文观测，结果表明：森林覆盖率大小与洪峰流量成反比，与枯水期流量成正比。近年来，日本的森林水文研究主要集中在两个方面：通过一系列集水区试验对采伐或造林对流域径流量造成的影响进行综合研究；对降雨截留、蒸发散、下渗容量、地层中的重力水动态、地表径流等个别水文现象进行分项研究。国外的研究表明：森林采伐、修筑森林道路和基础设施会增加洪峰流量(Bruijnzeel,1990;Jones and Grant, 1996)，当然也存在一些相反的结论(Thomas and Megahan,1998)。对于大的洪水，其增加的幅度小，而小的洪水，增加的幅度相对大，随降雨增加，土壤和植被的作用减弱。Doty 研究了森林衰败过程中，洪水单位过程线的变化，指出森林衰败前后，洪水单位过程线的形状发生了巨大变化，洪峰流量、洪水历时变化差异显著(陈丽华等，1989)。美国北卡罗来纳州山区科韦达地方实验室的一项试验(陈丽华等，1989)说明，采伐茂密的阔叶林集水区($9.308hm^2$)并改为农田，伐后雨强 1.693mm/min，降雨为 41.9mm/h，产生了 $11.271m^3/(km^2 \cdot s)$的洪峰，而在同样的雨强下采伐前仅产生 $1.529m^3/(km^2 \cdot s)$的洪峰，且洪峰频率增加，洪峰产生的时间由原先的 35min 缩短到 15min。Pearce(陈丽华等，1989)研究得出：森林采伐会使引起洪峰的径流量增加 55%～65%；洪峰的径流历时无显著变化。将流域内森林采伐并烧除采伐剩余物时，净雨量的增值在暴雨径流中起了极为重要的作用。从空间尺度来看，随着流域面积的增大，补偿效应影响使森林的水文作用减弱(Ives and Messerli,1989;Hofer,1998)。Chang(2002)系统总结了森林对洪水的影响，其主要结论是：森林的减少会增加流域产水量和洪峰流量，尤其对小流域($5～10km^2$)而言，其洪水过程主要由坡面过程控制；对大流域($>1000km^2$)而言,主要由地形因素和河网控制;但总体来说,森林植被对洪水的作用不大,研究者的主要观点是:在大暴雨时,森林对降雨的截留、入渗及森林土壤的储水量影响有限(肖玉保,2004)。David(2003)指出,虽然我们过去一直认为森林植被对洪水的影响很小,但是在全球范围内,中国、印度、巴基斯坦近年来由于上游森林的破坏导致洪水以及对全球气候变化的影响,使我们需要重新认识这一问题。

国内的森林流域研究开始于20世纪60年代,研究的内容主要集中在探讨森林植被覆盖率变化与流域径流量变化的关系上,其中包括植被覆盖率变化对年径流量及其季节分配、洪水量、洪水过程、径流组合变化等方面的内容(赵鸿雁等,2001)。陈传友研究横断山不同森林覆被率下的洪水特征值后得出,森林覆被率不同,洪水量和径流系数差异显著。刘昌明等研究森林拦蓄洪水的作用后认为:黄土高原森林的拦蓄作用突出地表现在使洪水量的大量减少,对洪峰的削减作用更为明显(潘维伟,1989)。吴钦孝等(1994)在宜川森林集水区和荒坡灌草集水区进行的研究证明森林的削减作用更为明显:经多年观测研究认为,在洪峰量、洪水量、洪水历时、单位面积产水量、径流系数、泥沙含量等水文特征方面差异较大,森林集水区洪峰起伏程度小,曲线长而平稳;荒坡灌草集水区洪峰起伏程度大,曲线陡峭,泥沙含量高,洪水历时短,径流系数高几倍到几十倍。

刘世荣等(1996)对我国有关森林水文生态效应的集水区研究做了比较全面细致的总结和对比,从地跨我国寒温带、温带、亚热带、热带的小集水区实验以及黄河流域、长江流域等较大集水区的研究结果来看,多数结论认为森林覆盖率的减少会不同程度地增加河川年径流量。但也有一些相反的结论。许炯心(2000)分析了长江上游干支流的水沙变化与森林破坏的关系,指出:森林对洪水的削减作用是有条件的,受众多因素影响,不能一概而论,其主要作用在于:林冠截留、枯枝落叶层和土壤的容蓄以及森林空间分布与暴雨空间分布的关系等。

总的来看,国内与国外的结论基本相同:森林削减洪峰的作用是有条件的,受多种因素影响,如土壤前期含水、枯落物层饱和度、暴雨的强度与历时、森林分布与暴雨中心分布的相对位置、土层厚度、基岩透水性、流域尺度的大小等。一般而言,森林能削减小尺度流域次降雨过程的洪峰流量,并推迟洪峰到来的时间,南方地区<10km²的小流域,森林削减洪峰作用可达50%以上;但对大流域或持续时间较长、重现期较大的大暴雨,其削减率逐步减弱(马雪华,1993;王礼先和解明曙,1997;王礼先和张志强,2001;李文华等,2001;刘昌明,2001;刘昌明和曾燕,2002;王礼先等,1998;刘世荣等,1996)。

从森林对洪水的削减过程来看,森林植被和土壤主要调节地表径流和地下径流形成的数量和速度,包括:①森林对降雨的截持。根据对四川省长江防护林体系建设工程的林冠截留研究成果,林冠一次截留降水量为1.2~13.9mm,占降水的2.3%~50%。②枯枝落叶层的截持。枯枝落叶层的吸水能力很强,持水率一般在300%以上。我国亚热带气候带内部分森林的枯枝落叶层持水量范围为1.63~6.29mm。③森林土壤层蓄水。森林土壤的孔隙度,特别是非毛管孔隙大,从而使森林土壤具有较大的入渗率、入渗量和渗蓄能力。森林土壤涵养水源能力的大小与土壤团粒结构、渗透性和非毛管孔隙有关。我国亚热带森林土壤的初渗速率为0.65~62.27mm/min,稳渗速率为0.13~44.38mm/min,非毛管孔隙度为9.0%~16.3%。土壤因素,主要是非毛管孔隙的蓄水能力起着至关重要的作用。④林地表面糙率对流速的影响。⑤减少土壤侵蚀从而减少侵蚀使河道淤积，从而影响洪水水位，减轻灾害。同时，森林在流域分布的不同对洪水的影响也不同。

但是，由于问题的复杂性和综合性，森林植被究竟在多大程度上影响洪水依然没有相应的答案。而通过建立分布式森林水文模型，采用计算机模拟手段是解决和回答这一问题的最有效途径。

1.2.2 森林流域水文过程研究

对森林水文而言，仅仅采用流域研究的方法是没法将实验结果可靠地外推到其他流域的，因此从 20 世纪六七十年代起，科学家更加注重森林水文过程研究（张志强等，2002）。森林对水文过程的调节作用是通过截留、蒸散、入渗及储水等水文过程实现的，对这些水文过程的研究至今已取得了丰硕的成果（郑远长和裴铁璠，1996；汪有科，1993；阎俊华，1999；于志民和王礼先，1999）。

1.2.2.1 林冠截留

多年来国内外许多学者对植被冠层截留降水做了大量的研究（Hoermann，1996；Watanabe，1996；王彦辉等，1998），获取了大量有关林冠截留量和截留率的实测数据。研究表明：冠层截留量随植物种类、冠层结构与盖度及气象条件的变化而变化。林冠截留损失比灌木和草本截流损失大的原因有两个：一个是林冠具有较大的截流容量；另一个是林冠具有较大的空气动力学阻力近而增加截持雨量的蒸发。

对我国不同气候带的森林植被类型林冠截留分析表明：截留率变动范围和变异系数分别为 11.4%～34.3%和 6.68%～55.05%，其中以亚热带西部高山常绿针叶林最大，亚热带山地常绿落叶阔叶混交林最小（温远光和刘世荣，1995；刘世荣等，1996）。根据影响林冠截留的各种因子和截留量的关系建立的模型主要有统计模型和概念模型两类。

1) 统计模型

大多数林冠截留模型属于统计模型，不考虑生物因素和气候条件与截留的关系，只根据次降雨量和次截留量的数量关系，建立起线性或非线性的统计模型。

2) 概念模型

概念模型认为林冠截留由林冠吸附水量和附加林冠截持量两部分组成，其中，林冠吸附水量即为林冠表面湿润所需的水量，它与冠层表面积和叶表面的持水能力成正比，也就是说叶面积越大，叶子持水能力越强，林冠吸附水量越大。附加林冠截持量指的是在降雨过程中林冠的蒸发量，它与叶面积大小和当地的气候条件、降雨历时等有关。当空气比较干燥，风速比较大，温度比较高，蒸发比较旺盛时，附加林冠截持量较大。

Gash 模型（Gash et al.，1980；Gash，1979）是典型的概念性模型，它把林冠截持降雨进一步区分为林冠吸附水量、树干吸附量和蒸发引起的附加截留，并按降雨量能否使林冠和树干持水容量达到饱和将降雨事件分类，通过对各个分项求和来估计总的林冠截持量，所以该模型又称为林冠截持解析模型（Lloyd et al.，1988；Navar and Bryan，1994）。Gash 模型得到广泛的应用，Gash 模型及其改进模型与实测观测结果拟合得较好（Rao，1987；Bruijnzeel and Wiersum，1987；Hutjes et al.，1990；Dykes，1997；Lloyd et al.，1988；

Schellekens et al. ,1999)。

现在,有许多基于此基础上的改进模型,如 Mass man、Mulder、Liu 模型等(Massman,1980,1983;Liu,1992,1997;刁一伟和裴铁璠,2004)。

1.2.2.2　林地蒸发散

蒸发散作用是森林生态系统水分循环的一个重要环节。森林的蒸散是森林生态系统内植物的蒸腾以及从土壤表面和植物表面(截留降水)的蒸发向大气输送水分形成的,它在森林生态系统的水量平衡中占据重要地位。森林变化引起流域产水量的变化与森林蒸发散密切相关,一般认为森林具有比其他植被更大的蒸腾量,加之森林冠层与枯落物截持损失是森林减少引起流域产水量增加最为主要的原因。因此,准确测定或计算林地蒸发散的时空变化对于评价森林水文循环机理和流域水文模型开发具有十分重要的意义。

目前国内外已有的研究方法包括以下几种。①水文学法:基于系统的水量平衡方程通过测定降雨量、深层渗漏项、地表径流项以及土壤水分储存动态变化项来计算系统的蒸发量。②气象学方法:包括热量平衡法、空气动力学方法、综合法和涡流相关法(Prueger et al. ,1997)。③土壤水动力学方法:包括零通量面法、表面通量法和定位通量法。土壤水动力学方法是通过直接采用描述土壤水分垂直方向运动的达西 Darcy 定律和质量守恒方程来计算蒸发蒸散量的。④植物生理学方法:主要是测定植物蒸腾量,包括热脉冲法、同位素示踪法、气孔计法和通风室法。

影响森林流域蒸发散的主要因素是降雨截持、净辐射、发射、紊流传输、枯落物覆盖、叶面积和植物的水容量。蒸发散速率与天气状况以及植物的种类组成和生长状况关系密切,起主导作用的是环境条件的变化。预测森林流域(区域)蒸发散的方法包括以下几种。①流域水量平衡法:被广泛用于估计长期的年蒸发散,同时也用来评价预测蒸发散的方法和模型的精度,需要有长期的观测数据。②基于行星边界层理论的方法:此方法应用较少,Brutsaert 和 Mawdsely(1976)利用此方法进行区域蒸发散的计算,与月的气象数据有较好的相关度。③基于遥感的方法。

我国在 20 世纪 60 年代初开始了森林蒸发散的研究工作,大多数研究表明,包括截流损失在内森林生态系统的蒸发散量占降水量输入的 40%～80%。相关研究表明(刘昌明等,1978;田大伦,1993;雷瑞德和张仰渠,1996;石培礼和李文华,2001):森林植被破坏引起森林覆盖度降低一般会导致径流量增加,蒸发散降低。这主要是由于森林砍伐后,降低了林冠层的蒸腾,使收入的水分增大,增加了产流量,河川径流增加,蒸发散降低。而在长江流域则出现相反的现象,森林砍伐导致流域产流量降低,蒸发散增加,蒸发散占降水量的比例增加。对于长江流域与其他流域得出的相反结论,有的学者给予了这样的解释:森林对径流的影响是通过影响降水与蒸发来进行的,在长江上游地区,山高谷深,气候湿润,蒸发力与实际蒸发量接近,在这种气候条件下,森林生长并不一定引起实际蒸发量的显著增加。程根伟等(2003)对贡嘎山林区的蒸发实验观测,利用修正的 Penman-Monteith 公式对地面和冷杉林蒸散进行模拟,并与水面实际观测资料进行对比。结果显示:控制该区蒸散的主导因子是太阳有效辐射、大气温度和植被类型。

1.2.2.3　枯落物持水

地被物层是森林对降雨的第二个拦截层(杨立文等和石清峰,1997)。森林枯落物层可以缓冲雨滴动能,减少雨滴击溅造成的土壤表层结构破坏和土壤侵蚀。同时,枯落物层具有较土壤更多更大的孔隙,能够吸持水分,促进下渗,迟滞径流产生时间,减少表层径流量,减轻径流侵蚀程度,并对土壤水分的补充和植物水分的供应产生影响(Putuhena and Cordery,1996)。研究表明,地被物层的水源涵养作用大于林冠层。在郁闭林分下,死地被物是地被物层作用的主体,活地被物不多,其对水分循环的影响处于次要地位。森林的枯落物有很强的持水能力,一般吸持的水量可达其自重的 2~4 倍(刘世荣等,1996)。枯落物层的最大持水能力在不同的森林生态系统中也有很大的不同,其最大持水量平均为4.18mm。林地枯枝落叶层的截留量与枯枝落叶的种类(随树种而异)、厚度、干重、湿度及分解程度有密切关系。

1.2.2.4　土壤入渗和土壤水分运动

森林植被和土壤调节地表和地下径流形成的数量和速度,其中土壤入渗速率和土壤持水能力是决定森林生态系统涵养水源能力的关键因素,它们随土壤的理化性质、含水量、降雨强度的差异而变化。

土壤入渗包括两部分:一是从地表到土壤的下渗;二是从表层土壤到土壤孔隙系统的渗漏。当前研究的热点和难点包括土壤水分渗透原理和渗透速率,在观测试验的基础上建立了大量的入渗模型。其中,著名的达西定律(Darcy,1856)描述饱和均一土壤水分运动速率与土壤水量、水势、土壤的孔隙度及土壤垂直透水能力的关系。霍尔顿公式(Horton,1940)把土壤入渗速率表示为时间的函数。菲利普(Philip,1957)入渗公式把入渗速率表示成稳定渗透速率和土壤含水量的函数,可计算土壤含水量增加后土壤入渗速率潜在值的变化。Green-Ampt 模型是根据土壤水动力学和达西定律推导建立的简化概念性模型,它把土壤含水量、土壤水的表面动能和入渗速率结合,根据水在土壤里运动过程中形成的土壤干湿界面上下两侧的水势差与土壤含水量、土壤物理性质的关系,以及水在该势差作用下的运动过程而建立模型。

目前有关土壤入渗研究的工作主要是根据观测数据计算上述入渗公式的系数。土壤入渗速率随降雨过程的变化,一方面是由于土壤含水量的增加而引起的,另一方面还与雨滴对地表的击溅作用改变了土壤表层的结构有关。Bajracharya 和 Lal(1999)研究了不同土地利用方式下的土壤表面结皮和由于雨滴击溅形成的土壤表面结皮对土壤入渗作用的影响。

有关土壤水分研究的另一个重要方面是土壤水分的运动和时空分布。Jacques 等(2001)发现,微变异即使在小尺度土壤水分变异中也起重要作用,地形、土壤、植被等诸因子的相对贡献主要依赖于前期平均含水量的状况;许多研究认为土壤水分的变异随土壤平均含水量的降低而减小(Famiglietti et al.,1998;Fitzjohn et al.,1998;Western et al.,1998);张继光等(2006)在桂西北研究了旱季初期湿润和干旱条件下表层土壤水分的空间结构及其分布特征。结果表明,表层土壤水分存在明显的空间异质性和各向异性,呈现差异显著的斑块状分布格局;陈洪松等(2006)研究了土壤初始含水率对坡面降雨入渗、湿润锋运移及土壤水分再分布规律的影响。

1.2.2.5 径流研究

在森林水文学中对径流的研究方法主要是通过建立集水区,进行径流观测,进行集水区对比或者对多个集水区的观测结果进行统计和综合分析来确定不同森林植被对径流的影响。

国内外开展了大量的有关森林对径流影响的研究工作,积累了丰富的资料。我国现有的 20 多个森林水文定位观测站几乎都进行径流观测。森林产汇流过程的研究就是在定位和对比观测的基础上,根据水文过程推导建立坡面产汇流方程与模型。

1) 坡面产流模型

坡面流运动十分复杂,目前主要采用运动波理论、扩散波或完整圣维南方程进行描述。20 世纪 60 年代后期 Woolhiser 和 Ligget(1967)将运动波模型引入坡面水流研究,大大简化了计算工作,促进了该研究的发展。运动波模型是从一维圣维南方程简化而来,其基本假设是水流的能坡和底坡相等,并借助 Chezy 阻力公式得到流量和水深的关系。Woolhiser 和 Ligget 的研究结果表明在运动波波数 $k>10$ 时,运动波模型可以很好地描述坡面水流运动。而实际坡面流的运动波波数一般远大于 10(沈冰,1996),但它是一维模型,不能反映流域面上不同土壤结构、不同植被形式、不同地貌形状对产汇流的影响。其后,Ponce 等(1978)和 Govindaraju 等(1988a,1988b)对运动波理论进行修正,保留了水深的沿程变化项,相当于压力梯度,被称为扩散波模型。该模型扩展了适用的参数范围,但并无实质性改进,因此实际应用仍以运动波为主。也有使用完整圣维南方程求解实际问题的(戚隆溪等,1997)。此外美国土壤保持局(USDA)的 SCS 径流曲线(USDA,1972),因其所需要的输入比较简单,数据较易获取,在模型中也常采用,如 SWRRB、SWAT 模型即采用此方法。从模型的角度来说,主要的工作是针对不同的区域,确定和检验适合不同区域的模型参数。

2) 汇流模型

汇流模型中的单位线法一直是流域汇流计算的主要方法,在我国被广泛采用。纳西1957 年提出了瞬时单位线;罗格里兹和沃德斯 1979 年提出了地貌瞬时单位线。我国学者近年来在参数定量方面做了一些有效的工作。芮孝芳(1999b)推导出基于 HORTON地貌参数计算瞬时单位线参数 N 和根据地形资料计算 K 的公式,使纳西(NASH)模型在我国没有水文观测资料地区的汇流计算成为可能。

1.3　水文模型的研究进展

为了对森林流域水文现象及水文过程进行模拟而建立的数学模型称为森林水文模型,由于森林水文可以看做是水文的分支,因此流域水文模型、森林水文模型、水文模型往往是同一含义。其研究始于 20 世纪初,在世界的不同国家、不同地区进行了大量的研究工作,研究方法通常是对不同试验流域或森林群落采用长期定位对比观测,分析研究区域内水文要素的数量变化趋势以及相互影响作用,由此探索出许多有关森林水文规律的经验半经验模型和数学统计模型,并有大量的水文研究论文和专著发表出版。50年代后期,随着计算机技术和系统理论的广泛应用,流域水文模型开始迅速发展,70年代至80年代中期是其蓬勃发展的时期,在此期间,一些比较著名的水文模型相继提出并得到了相应的应用,如美国的斯坦福(Stanford)模型和萨克拉门托(Sacramento)模型,日本的水箱(Tank)模型以及中国的新安江模型等。但是在80年代后期至今,全世界范围内流域水文模型的发展处于缓慢阶段,除了对原有模型有一些修改外,几乎没有什么突破性进展,也没有特别有影响的新模型出现。目前森林水文模型已经成为研究降雨径流机理与过程的重要手段,其应用前景非常广阔。

1.3.1 国内外研究现状及发展趋势

由于森林流域水文过程中的空间分布不均衡及水文现象的复杂性,以致至今不能采用数学物理方程来描述径流形成过程中的每一个子过程,在产流、汇流等环节上仍然主要借助于概念性水文模型、水量平衡方程或经验公式。目前能够实际应用的森林水文模型多采用简单的下渗经验公式、经验流域蓄水曲线和水箱侧孔等来模拟产流过程;采用单位线、线性或非线性水库及渠道来模拟汇流过程。

当前很多国家已把水文模型模拟的方法应用到不同水文气候条件下的河流流域。例如,美国天气局水文研究室在20世纪30年代提出的API模型,此模型是建立在降雨径流经验关系基础上的一种连续水文模型;美国萨克拉门托河流预报中心提出的萨克拉门托流域模型现已较广泛地应用于湿润地区和干旱地区的洪水及枯水预报;日本国立防灾中心于60年代提出了水箱(Tank)模型,此模型经过不断改进已经成为一种应用较为广泛的降雨径流模型,模型的基本思路是将降雨转换为径流的复杂过程,简单地归纳为若干个子蓄水水箱的调蓄作用,以水箱中的蓄水深度等参数来计算流域的产流、汇流及下渗过程。

我国水文模型的发展相对较晚,赵人俊等(1984,1993)提出了新安江流域降雨径流模型,模型的核心是以湿润地区的主要产流方式为蓄满产流;长江流域规划办公室水文局逐步发展并完善了丹江口洪水预报调度模型,此模型是一个包括水库入流过程预报、水库防洪调度、水库下游区间洪水预报、河道洪水演算等预报内容的单元汇流法模型;施雅风利用综合非线性水量平衡模式模拟了海河、滦河流域径流对降雨、蒸发能力变化的响应;刘春蓁等(1997)利用月水量平衡模式及水资源利用综合评价模式,模拟研究了未来气候变化对我国部分流域水资源的可能影响。

可见,水文模型的发展历史还不长,所发展的模型主要针对一些小流域,在代表整个河流流域方面有一定局限性。另外,利用这些模型主要是研究年平均径流量的变化,但不能反映出径流量的季节变化。

近年来,随着环境质量恶化、资源减少和枯竭等问题的日益突出,研究人员更加关注各种人为活动对环境的影响,如森林采伐、开荒、水源林和防护林营造,特别是营林面积、营林方式及其空间分布等对环境的不同影响,更加希望能够在预先进行水文响应的比较和分析之后再进行科学决策。由于分布式水文模型在预测土地利用变化对环境的影响、污染物的迁移扩散、水土流失情况以及缺少观测数据地区的水文状况等方面具有明显的优势,同时计算机技术、卫星云图技术、地理信息系统(GIS)和遥感技术(RS)的进一步发展和完善使处理大量空间信息成为可能,特别是流域管理等生产实践活动对分布式水文模型的需要,使得分布式水文模型正成为当今流域水文学、森林水文学和水资源管理学的研究热点(Swanson,1998),代表着未来模型发展的方向,并且正逐步成为流域管理和水资源管理的重要手段。目前,许多学者从事此方面的研究工作,并在 *Hydrological Process* 等国际杂志上发表了大量的文章。

目前国内外主要开发和使用的分布式水文(森林水文)模型很多,应用较多的有HEC-1、HYMO、RORB、SSARR、ISGW、SWATNMOD、SFWMM、HSE、WDWBM、SWMM、TANK、XINGANJIANG、TOPMODEL、SWMM、SLURP、GLSNET、PRMS、DR3M、AGNPS、SWRRB、CREAMS、LISAMS、KINEROS、SWAT、ANSWERS2000、WEPP、ESWAT、MIKE SHE、WMS、BASINS、HSPF 等。

1.3.2　水文模型的分类及优缺点比较

森林流域水文模型主要有黑箱式、集总式、分布式 3 种类型。黑箱式模型是最早的水文模型,它把流域看成黑箱,只考虑其输入和输出,不考虑其内部结构和过程。随着对森林流域涵养水源及水分循环过程认识的深入,黑箱模型逐步被集总式模型(lumped model)所取代。20 世纪 80 年代以来,现代计算机技术、系统理论、地理信息系统和遥感技术的高速发展为数据的提取、储存、处理和计算提供了灵活、方便的手段,从而为分布式模型(distributed model)的发展及应用提供了强有力的技术支撑,使得人们有条件考虑地理要素的空间异质性对水文过程的影响,并开展了以此为基础的分布式水文模型研究(郭生练和刘春蓁,1997;胡建华和李兰,2001)。

1.3.2.1　集总式模型

集总式模型假定流域系统内的植被、土壤、地形、地貌等在空间上是完全均质的,在此基础上考虑流域内各个水文过程之间的联系,即把影响流域水文过程的各种不同参数进行均一化处理,其模拟结果不包含流域水文过程空间特性的具体信息,其表述为一般的差分方程,不考虑过程的空间变化、边界条件、输入和流域几何特征等。只是基于简化的水利学和水文学定律或经验公式,把整个流域看成一个单元,不考虑影响水文过程的气候条件和下垫面条件的时空差异,如 10mm 的降水是在全流域均降 10mm,还是只在 1/3 的面积上降了 30mm,集总式模型不予区分。

集总式模型通常根据长期观测获得的大量数据来拟合、确定模型的参数值。该参数值只能表达流域的平均状况,如常用的地貌瞬时单位线模型就是一种集总式模型。它假定降水均匀地分布在流域内,将流域划分为一系列的集水面和河道,集水面和河道组合成一条条降水汇流路径。流域的径流过程线由汇流路径和汇流时间决定。通过计算降水在每条路径上的概率分布(分布概率的大小是降水汇流路径集水面大小的函数),根据降水经过每条路径到流域出口所需的时间(汇流时间),然后可以用积分求得流域出口的水文过程线。集总式模型虽然考虑流域内水文过程之间的内在联系,却没有考虑流域内部的空间异质性,这就使得集总式模型不能反映和预测流域内局部发生的自然变化和人为活动(如造林、火灾、砍伐等)对该流域水文状况和水资源的影响。

目前国内外的水文过程模型多为集总式模型,由于这类模型所采用的实际上是一种数学统计方法,所以精确度较低,通用性不高。

1.3.2.2 分布式模型

分布式模型是根据物质和能量守恒定律,基于地理要素的概念性模型。它认为植被、土壤、地貌等地理要素综合影响流域的水文过程,模型充分考虑到流域各个水文因子的空间异质性和模型的输入输出以及模型的边界控制条件等,将流域细化为一系列不嵌套的连续水文响应单元,不同单元中流域因子不同,而每一个单元中的各地理要素是相对一致的,单元之间有水分的流动和交换,每个单元内部根据各种地理要素对水文过程的影响机制,把地理要素作为模型的参数,建立外部因素与水文过程的数量关系。因此,模型可以反映时空变化过程,可对流域内任一单元进行模拟和描述,从而把各个单元的模拟结果通过非线性方程联系起来,扩展为整个流域的输出结果,同时还能兼容小区试验研究成果,能更恰当地模拟流域的自然时空过程,其运行结果可信度较高。所以在预测土地利用变化对流域水资源和水环境的影响、污染物的迁移扩散、水土流失等方面具有集总式模型所不具有的优势,能够反映流域内局部变化对环境和资源的影响,从而有效地预测和评价流域的管理行为对水文过程的影响。

1.3.3 分布式水文模型研究进展

森林植被究竟在多大程度上对洪水有影响依然没有明确答案。通过建立分布式水文模型,采用计算机模拟是解决和回答这一问题的最有效途径(Feldman,1995;Smith, et al.,1995;Huber,1995;McCullch and Robinson,1993;Watson et al.,1999;Dawes et al.,1997;Parkin et al.,1996;Bronstert et al.,2002;Beven,1995,1996,1997,2001, 2004;Legesse et al.,2003;陈仁升等,2003;刘新仁,1997;王书功等,2004a;任立良,2000;程根伟等,2004;吴险峰等,2002;穆宏强等,2003;郭生练等,2001;余新晓等,2003;王秀英等,2001;于澎涛,2000)。

1.3.3.1 分类

1) 根据时空尺度不同,分布式水文模型分为空间尺度模型和时间尺度模型

Song 和 James(1992)总结出用于水文模型研究中的 5 种空间尺度:①实验室;②山坡;③流域;④河盆;⑤大陆及全球尺度。

时间尺度模型包括基于场次暴雨事件的短时间尺度模型和连续的长时间尺度模型两种。短时间尺度模型预测几小时至几十小时等短时间内的水文过程,由于地下径流流速比较缓慢,在短时间内没有明显的变化,所以短时间尺度模型把地下水径流作为背景值,主要针对一次降水事件引起的地表径流和壤中流以及由此引起的水土流失等,如ANSWERS模型;长时间尺度模型主要是针对比较缓慢的过程或者是渐变的过程而建立的水文模型,如污染物的扩散、植物的生长发育过程对水文过程的影响等。

2) 根据研究对象的侧重点及所考虑的影响因素划分

在构造分布式模型时,对流域水文过程作了不同程度的简化,形成针对不同问题的分布式水文模型,如径流模拟模型、人类活动对径流的影响模型、水质和土壤侵蚀模型、陆面水文过程模型等。

3) 按由单元面积产汇流过程转变为整个流域产汇流过程的方法,可将分布式流域水文模型划分为非耦合式和耦合式两类

非耦合式的分布式流域水文模型假设流域中每个单元面积对流域总响应的贡献是相互独立的,因此,在分别求得各单元面积的贡献后,通过叠加就可得到流域的总响应。耦合式的分布式流域水文模型则考虑产汇流过程中各单元面积贡献之间的相互作用,为此,一般必须通过联立求解各单元面积产汇流过程的偏微分方程组,才能求得流域的总响应。

1.3.3.2　模型结构

分布式水文模型是在不同的建模思路指导下,经过人为概化形成几种相对独立的水文过程模型,如降雨模型、渗透模型、汇流模型等。虽然分布式水文模型有不同的建模思路,但其基本结构却大同小异,都是运用水量平衡方程和动力波方程组合构建而成。整个模型所涉及的水文物理过程模型相对独立,主要包括降水模型、植被截留模型、蒸散发模型、融雪模型、下渗模型、地表径流模型和地下径流模型等,这些模型通过时间维及空间维进行整合形成一个较为系统的模型。

1.3.3.3　水文响应单元(HRU)的划分方法

为了反映流域下垫面因素(如地形、土壤类型、植被覆盖等)和气象因素(如降水、气温、辐射等)的空间分布对流域水文循环的影响,以及人类活动和气候变化对流域径流过程的干扰,同时也为了更好地与数字化高程模型(DEM)和遥感相结合,分布式流域水文模型一般在水平方向上将研究流域划分成若干子单元(子单元也可进一步细分),在每一个水文单元上垂直又可分为冠层、非饱和水土壤层与饱和水土壤层。

目前,划分单元面积的基本方法有 4 种:①按雨量站控制面积划分;②按流域内自然分水线划分;③按有限差分法矩形网格划分;④按有限单元法剖分单元划分。由于流域被划分成足够多的单元面积,故可认为其中任一单元面积的降雨输入和下垫面条件都呈空间均匀分布,因而可按空间分布的条件来分析每个单元面积的产汇流过程,然后再由各单元面积的分析结果确定整个流域的产汇流过程。

1.3.3.4　分布式水文模型的优点

分布式水文模型的发展有助于人们进一步了解水文循环中物理要素的时空变化过程。与传统水文模型相比,它具有以下显著的优点:

(1) 具有物理基础,可以在资料缺乏的地区建模;

(2) 能够描述流域内水文循环的时空变化过程;

(3) 由于建立在 DEM 基础之上,所以能够及时地模拟出人类活动或下垫面因素的变化对流域水文循环过程的影响;

（4）分布式水文模型的结构较严谨，参数的物理意义明确，可以利用常规理论来描述各水文要素的变化过程。

总之，分布式流域水文模型通过地理信息系统、数字化高程模型和遥感技术提供的信息可以提取大量的陆地表面形态信息，包含流域网格单元的坡度、坡向以及单元之间的关系等。同时根据一定的算法可以确定出地表水流路径、河流网络和流域的边界。在DEM、GIS 和 RS 所划分的流域网格单元上建立水文模型，模拟流域单元内 SPAC 系统的水分运动及整个流域的产汇流过程，并考虑不同单元之间和不同子流域之间的水平联系，进行流域洪峰和降水模拟的推求演算。因此可以研究更为广泛的问题，如径流模拟、人类活动对径流的影响、水质和土壤侵蚀模型、陆面水文过程的物理机制等。所以分布式流域水文模型已成为水文学研究的热点之一。

1.3.3.5　分布式水文模型亟须解决的技术问题

从技术上讲，要构成分布式水文模型的框架并不难，关键问题为水文响应单元划分、空间参数确定、产汇流机制确定和应用于实际流域（或水库）的有效模拟算法实现。由于分布式水文模型需要高分辨率的数据资料，所以目前多用于小流域，利用空间插值获得数据。目前，对分布式水文模型的研究，亟待解决的技术问题突出表现为以下几个方面。

1）模型输入的空间分散性和不均匀性

分布式水文模型的输入是流域上各点的降雨过程，输出是流域出口断面的流量或水位过程，因此，它是一种输入具有分散性和输出具有集中性的模型。现有森林水文模型在结构上一般与此并不匹配，在实际应用中考虑这一问题时，几乎无一例外地采用将全流域按雨量站划分成若干个面积单元的方法，认为当面积单元的尺度小到一定程度时，即可用集中输入和集中输出的流域水文模型来模拟该单元面积的径流形成，最后将各面积单元对全流域出口断面输出的贡献叠加起来作为其出口断面的输出。显然，这种实用的处理方法是不合理的。例如，不同面积单元在径流形成机制和模型参数上的差别、各面积单元对全流域出口断面的贡献是否满足叠加原理、各面积单元降水量的空间变化等问题都未得到解决。

2）模型的时间和空间尺度问题

分布式水文模型考虑了流域的空间异质性，但是没有对空间异质性本身的内在规律进行探讨。因此，在实际操作中存在着主观性。现有模型在时间尺度上较为单一，空间尺度上多以中小流域（面积小于 1 万 km^2）为研究对象，同时由于分布式模型需要高分辨率的数据资料，所以目前在小流域利用中多采用空间插值获得数据，这样就无法揭示或预测中等以上流域较长系列的水文周期及水文现象的变化趋势，因此不能满足现代流域治理规划的需求。

3）模型的结构和参数问题

模型结构是对复杂水文现象的概化，而参数则是这种现象的数值表达。现有的模型，虽能较好地在物理概念上描述产汇流和产输沙过程，但其结构复杂，参数较多，不易率定；且参数间存在较强的互补性，从而使参数及结果存在一定的不确定性。因此模型应采用较少的参数，并要求参数具有一定的独立性，各个参数具有明确的物理意义。

4）水文响应单元（HRU）的划分

水文响应单元大小的划分是每项研究都必须首先解决的问题。单元尺寸受研究对象的空间尺度影响较大，单元尺寸选择过大，难以体现单元格内部空间地理信息的均一性；单元尺寸选择过小，无形中会形成海量数据，增加计算分析难度。

5）模型的其他问题

此类模型考虑了降水的空间变化，但未考虑降水的时间变化，未考虑暴雨期间土壤含水量的再分配，未考虑人类活动改变流域环境而对流域水文现象、规律及水文机制造成的影响，未考虑尺度转换问题（即如何用点上的监测数据来准确反映流域或者更大区域尺度上的水文规律）。

1.3.3.6　MMS 应用前景

分布式水文模型已广泛用于模拟和预测流域水文效应，并被认为是开展此类研究的有效途径，目前大多数分布式水文模型都适用于研究较长时间尺度的流域水资源管理（Binley et al.，1991；Andersen et al.，2001；Barlage et al.，2002；Calder，1993），对于暴雨洪水预报的应用受到限制。美国地质调查局开发的模块化模型系统（module modeling system，MMS），不仅可用来评价降水、气候和土地利用等综合因素对流域产流、产沙及流域水文的影响，研究水资源平衡，而且能够模拟流域水文对极端降雨和融雪的响应，研究洪水过程、洪峰及洪水流量、土壤水分变化、流域产沙量及地下水补给。MMS 在美国流域水文模拟中应用较为广泛（Leavesley et al.，1994，2002；Mazi et al.，2004；Qi et al.，2004），而在我国的应用较少。齐实等（2006）应用该模型在三峡库区进行森林理水调洪模拟研究，模拟精度较高。

第2章 研究地区概况

2.1 三峡库区

三峡库区指的是三峡大坝于三斗坪建起后,水库蓄水,在坝址至水库回水末端这一距离内,长江干流及其两侧集水区的整个地区,也即长江两侧分水岭所夹持的这一区段的长江流域,泛指 175m 水位方案淹没涉及的 20 个县市(图 2-1)。库区包括湖北省的宜昌、兴山、秭归和巴东县,重庆市区(市区所属的北碚区、江北区、渝中区、南岸区、大渡口区、九龙坡区和沙坪坝区),重庆直辖市的涪陵区、丰都县、武隆县、石柱土家族自治县、万州区、巫山县、巫溪县、奉节县、云阳县、开县、忠县、渝北区、巴南区、江津市和长寿县,总面积为 5.8 万 km²,重庆片面积为 4.62 万 km²,湖北片面积为 1.18 万 km²。其地理坐标为东经 105°49′~110°50′,北纬 28°28′~31°44′,长江干流在库区长 570km。

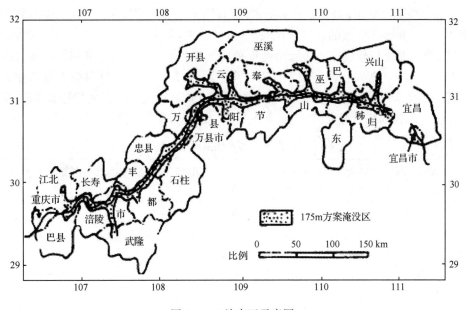

图 2-1 三峡库区示意图

2.1.1 地貌与地质特征

库区地质地貌结构复杂,以山丘为主。库区处于大巴山断褶带、川东褶皱带和川鄂湘黔隆起褶皱带三大构造单元的交汇处。大巴山断褶带自西向东蜿蜒于本区北部。北部主要出露震旦系及下古生界石灰岩,南部由震旦系、二叠系和三叠系的石灰岩、板页岩组成,褶皱北紧南松,呈明显层状结构,由北而南层层下降。山脉海拔为 1000~2000m。

　　川鄂湘黔隆起褶皱带位于库区南部,以古生界和下中三叠系石灰岩、千枚岩和页岩为主,形成北东走向的巫山和七耀山,海拔1000～1500m,属高原山地。长江由西向东横切,形成举世闻名的长江三峡。

　　中部的川东褶皱带,由数十条平行排列的阻挡式构造组成,背斜形成低山,向斜多为丘陵谷地,岭谷相间,平行排列,向西南逐渐敞开,形成"川东平行岭谷区"。背斜山地由三叠系石灰岩、泥灰岩、泥岩和砂岩组成,一般海拔500～800m,个别达1200～1400m,具有"一山二岭一槽"或"一山三岭二槽"的形态。向斜丘陵谷地由侏罗系紫色砂泥岩组成,海拔200～500m,以单斜丘陵和台地为主。

　　本区土地类型按中地貌单元,可划分为平地、丘陵台地、低山、中山和高中山等21个土地类型。各种土地类型性状各异,肥力水平不一,分布甚为复杂,但从总体上看,有两个显著特点:一是丘陵山地面积大,平地面积小;二是土地结构复杂,垂直差异明显。这种土地资源特点,使本区多种农业地域类型往往在一个小范围内共存,农业土地利用结构具有立体层状特征。

2.1.2　气候

　　库区位于我国中亚热带湿润地区,冬微冷,夏热,四季分明。由于受季风的影响,冬季雨水少而夏季雨水集中,但盛夏雨水不多,常有伏旱。年平均气温为15～18℃,年降水量为1000～1200mm。气候的区域变化较大,沿江两岸,年平均气温达18℃,极端最高气温达44℃;垂直变化也较显著。边缘山地年平均气温为10～14℃,年平均气温垂直递变率为0.63℃/100m。极端最高气温万县以西高于万县以东,极端最低气温万县以东低于万县以西。年降水量的高值区在大巴山南坡,而不在库区内最高海拔区的神农架;低值区在沿江地区。库区的相对湿度大,达60%～80%,沿江一带相对较小。详见表2-1。

表2-1　三峡库区主要气候站点气候要素特征表

地名	平均气温 /℃	相对湿度 /%	降水量 /mm	蒸发量 /mm	日照时数 /h	平均风速 /(m/s)	雾日数 /d	雷暴日数 /d
重庆	17.8	79	1151.5	1048.0	943.0	1.4	37	30
长寿	17.6	83	1016.0	985.5	1166.7	2.0	72	43
涪陵	18.1	81	956.3	1174.4	984.5	0.6	115	49
万州	18.1	81	1185.4	1096.0	1488.2	0.5	40	51
奉节	16.5	69	1107.3	1421.0	1637.6	1.6	17	34
巫山	18.4	67	1049.4	1635.0	1865.6	1.6	6	24
巴东	17.4	71	1081.2	1545.0	1444.3	1.5	33	36
秭归	18.4	70	679.7	1601.0	1830.5	0.9	0	29
坝河口	17.3	74	945.3	1401.0	1511.8	1.9	3	28
宜昌	16.8	74	1182.6	1362.0	1643.9	1.5	20	39

资料来源:肖文发等,2000。

　　三峡库区水热资源最突出的问题是时空分布不均,降水和地表径流的年内变化和年际变化大。由于季风影响,往往出现突发性暴雨、山洪和伏旱等自然灾害,主要表现为在5~6月暴雨成灾,7~8月常有伏旱(频率达 70%左右),此外雾日多、日照少、年辐射量低。

2.1.3　土壤

母岩是土壤发育的基础,同时气候和生物乃至人类活动,对土壤的性质及肥力也有极为重要的作用。在这些综合因素的影响下,库区的土壤在水平方向上属于红壤、黄壤地带与黄棕壤地带;在垂直方向上发育黄红壤-黄壤、黄棕壤-棕壤-山地草甸土及黄棕壤-棕壤、暗棕壤-山地草甸土这样的土壤山地垂直地带结构。受岩性的影响,库区内有较大面积发育在紫色砂页岩上的紫色土,发育在石灰岩上的各类石灰土(钙质土)。受耕作的影响还有相当大面积的水稻土和各类耕作土。

紫色土面积占土地总面积的 47.8%,富含磷、钾元素,石灰土面积占 34.1%,大面积分布在低山丘陵区;黄壤、黄棕壤占 16.3%,是库区基本的水平地带性土壤,土壤自然肥力较高。

2.1.4　植被

三峡库区位于我国中亚热带北部栲类、桢楠林亚地带,是以壳斗科、樟科、山茶科等常绿乔木树种所组成的常绿阔叶林为基带的山地植被区域,由于库区有数千年的耕作历史,农业的垦植对原始植被的破坏十分严重,库区低海拔地区已难以找到能反映原始植被面貌的完整的地带性植被类型,只残存有极小面积的,且受人为活动影响的植物群落片段,原始的植被类型只有在中山山地才能见到。

库区的森林面积占库区总面积的 14.95%,灌丛占库区总面积的 13.43%,草地占库区总面积的 16.25%。库区的植被类型有 77 类,其中针叶林所占森林面积最大,主要植被类型包括亚热带山地常绿阔叶林,亚热带山地常绿、落叶阔叶混交林,亚热带山地落叶阔叶林,常绿针叶林,针阔混交林,竹林以及亚热带山地灌丛矮林的落叶阔叶灌丛 7 类。

常绿阔叶林在库区的地带性植被类型,主要有栲林,包括丝栗栲(*Castanopsis fargesii*)林、甜槠(*C. eyrei*)林、苦槠(*C. sclerophylla*)林、扁刺栲(*C. platycantha*)林;青冈栎林,包括青冈栎(*Cyclobalanopsis glauca*)林、巴东栎(*Quercus engleriana*)林;硬叶栎林,包括刺叶栎(*Quercus spinosa*)林、匙叶栎(*Q. spathulata*)林、岩栎(*Q. rehderiana*)林;局部地段出现有桢楠(*Machilus bracteata lecomte*)和楠木[*Phoebe bounei*(Heml. Yang)]林。在常绿阔叶林类型中,青冈栎林、硬叶栎林则是分布在中山带的植被类型。

常绿、落叶阔叶混交林,包括水青冈与包果柯(*Lithocarpus cleistocarpus*)或巴东栎组成的混交林、曼青冈(*Cyclobalanopsis. oxydom*)与化香组成的混交林、小叶青冈(*Cyclobalanopsis myrsinaefolia* Oerst)与锐齿槲栎(*Q. aliena* var. *acuteserrata*)组成的混交林及刺叶栎与野核桃(*Juglans cathayensis*)组成的混交林等,大都具有生态条件时空演变过程中的过渡性。

落叶阔叶林有栎林,包括短柄枹栎(*Quercus serrata* var. *brevipetiolata*)林、锐齿槲栎林、麻栎(*Q. acutissima*)林、栓皮栎(*Q. variabilis*)林;栗林,包括茅栗(*Castanea sequinii*)林、锥栗(*C. henryi*)林;桦木林,包括糙皮桦(*Betula utilis*)林、红桦(*B. albo-sinensis*)

林、亮叶桦(*B. luminifera*)林;桤木(*Alnus cremastogyne*)林,山杨(*Populus davidiana*)林,化香(*Platycarya strobilacea*)林,黄连木(*Pistacia chinensis*)林;枫香树(*Liquidambar formosana*)林及水青冈林,包括米心水青冈(*Fagus engleriana*)林、水青冈(*F. longipetiolata*)林和亮叶水青冈(*F. lucida*)林。落叶阔叶林中,大多具有常绿阔叶乔木或灌木成分,群落的组成和结构,表现出该类型的次生性和过渡性。但落叶的水青冈林是一类亚热带中山地带的自然植被类型,有较好的原始性。

针叶林主要包括马尾松(*Pinus massoniana*)林、巴山松(*P. henryi*)林、华山松(*P. armandii*)林、杉木(*Cunninghamia lanceolata*)林、柏木(*Cupressus funebris*)林、黄杉(*Pseudotsuga sinensis*)林、油杉(*Keteleeria davidiana*)林、水杉(*Metasequoia glyptostroboides*)林、银杉(*Cathaya argyrophylla*)林、云杉(*Picea wilsonii*)林和巴山冷杉(*Abies fargesii*)林。马尾松林主要分布在库区酸性或中性的土壤上,柏木林是钙质土上的森林植被类型,这两类森林群落在库区森林中面积最大,多为疏林或幼林,为次生的人工林或半人工林。

针阔叶混交林分布在库区的丘陵和低山地区,主要为马尾松、栓皮栎林或柏木、栓皮栎混交林,它们是一种演替过程中的类型。库区的中山,则有铁杉(*Tsuga chinensis*)、锐齿槲栎林、华山松、杨桦林及巴山冷杉、红桦林,它们也具有较强的次生性或过渡性。

库区主要有两类竹林,即乔木型的楠竹(毛竹)(*Phyllostachys pubescens*)林、刚竹(*Ph. viridis*)林、斑竹(*Ph. bambusoides* cv. *tanakae*)林、淡竹(*Ph. nigra* var. *heglauca*)林、慈竹(*Neas inocalamus affinis*)林、车筒竹(*Bambusa sinospinosa*)林,以及灌木型的水竹(*Phyllostachys congesta*)、拐棍竹(*Fargesia robusta*)、箬竹(*Indocalamus tessellatus*)、箭竹(*Fargesia spathacea*)竹丛。

三峡库区的灌丛,有常绿的蚊母树(*Distylium racemosum*)、黄杨灌丛、杜鹃灌丛、落叶的雀梅藤(*Sageretia thea*)、铁仔(*Myrsine africana*)灌丛、裸实(*Gymnosporia variabillis*)灌丛、马桑(*Coriaria nepalensis*)灌丛、火棘(*Pyracantha fortuneana*)灌丛、黄栌(*Cotinus coggygria*)灌丛、檵木(*Loropetalum chinense*)灌丛、荆条(*Vitex negundo*)灌丛、小果蔷薇(*Rosa cymosa*)灌丛等。在这些灌丛中,有的建群种常混生在一起,无法分其主次,如马桑和荆条、黄栌和马桑等。

2.1.5　水文

库区处于长江流域中上游,涉及的流域包括嘉陵江流域(包括北碚、渝北部分地区)、乌江流域(包括武隆)、长江上游干流(包括重庆市区、江津市、巴南区、长寿、涪陵、丰都、石柱、忠县、万州、开县、云阳、巫溪、奉节、巫山、巴东、秭归、兴山和宜昌部分地区)以及长江中游干流(宜昌部分地区)。

本区多年平均降水量约 719.3 亿 m^3,折合降水深度 1207.7mm,平均每平方千米产水量 67.9 万 m^3,平均每人每年占有水量仅 2154m^3,只相当于全国人均占有水量的 84.6%。长江横贯全区,过境客水丰富,其总量达 3956.4 亿 m^3。每亩[①]耕地占有水量

---

① 1亩≈667m^2,后同。

2318m³,高出全国 1800m³ 均值 29％。

降水和河川径流的年际变化大。年降水量的最大值与最小值相差 2.66 倍。年径流量的最大与最小比值一般为 2～3,个别站超过 3。

浅层地下水的年内分配不像降水和径流那样集中,最高地下水位一般在 10 月,10 月以后逐渐降低。受降水丰枯年变化影响,地下水也呈年际变化,但其变化幅度较降水和河川径流要缓和得多。

2.2 研究流域及试验地概况

四面山林场面积 224km²,位于东经 106°22′～106°25′,北纬 28°35′～28°39′,研究区响水溪流域总面积 12.34km²,距离江津市 90km,处于笋溪河上游头道河的中上游河段。

笋溪河是綦江的重要支流之一,是长江的二级支流。流域面积 1165.9km²,河道全长 126.7km,总落差 1075m,河道平均比降 8.5‰。流域多年平均降水量为 1050～1500mm,多年平均径流深 350～900mm,变化趋势由南向北递减,随出露高程降低而减少,流域内水源丰富,河道落差集中。

头道河系笋溪河上游段,流域面积 173.5km²,河道长约 54km,河道比降 20.6‰,在江津市境内的河段长 41km,总落差 940m,河道比降 23‰。

2.2.1 地貌与地质特征

该区属于四川盆地川东褶皱带与贵州高原大娄山山脉的过渡地段。经历漫长的各个地质阶段构造运动,云贵高原的不断抬升,使区内山峦起伏,垂直节理崩塌形成的陡崖使巨厚的红色砂岩、砂砾岩层出露地表,使该区为典型的丹霞地貌发育。地势南高北低,海拔为 1000～1550m。出露地层主要是白垩纪晚期的夹关组。岩性为巨厚层砖红色细砂岩和粉砂岩夹薄层泥岩,水平层理和交错层理十分发育,中部夹石膏薄层,底部为砾岩,在本区边缘和沟谷低处分布有少量侏罗纪的蓬莱镇组地层,岩性为紫红色泥岩、粉砂岩与灰白色、青灰色、灰紫色长石石英砂岩层,两组岩层的厚度都为 100～1000m。

区内层状地貌发育。地表长期处于侵蚀剥蚀过程中,由于间歇性上升过程中曾有几度停顿,使得三级剥夷面较为普遍。第一级以海拔 1500m 左右山顶剥夷面为代表,第二级以海拔 1000～1200m 的山顶剥夷面为代表,第三级相当于三峡期或乌江期,发生在第四纪至现代,表现特征是地壳急剧上升,河流强烈下切,形成嵌入基岩的深切曲流和相对高差约几百米的峡谷、陡崖,河流纵剖面上的裂点形成梯级瀑布。

响水溪流域内地势南高北低,河流走向基本与山脉走向一致,坡度较大,海拔为 600～1700m,最高海拔(蜈蚣坝)1709m。

2.2.2 气候

四面山属于北半球亚热带季风性湿润气候区,气候温暖湿润,雨量充沛,四季分明,无霜期长,为 285d。

本区年平均日照时数为 1082.7h/a,生长季节 5～9 月的日照时数约为全年日照时数的 63.6%。区域内不同地形部位的日照时数差异较大,沟底日照时数最低,各月份平均日照时数如表 2-2 所示。年平均总太阳辐射量为 73 073.2cal/cm²,散射辐射占总辐射的 62.2%,直接辐射占 37.8%。年总辐射的 70%集中在 4~9 月,其中 7~8 月的辐射量最大,分别占全年的 15.5%和 14.3%,如表 2-3 所示。

表 2-2　四面山多年月平均日照时数　　　　　　　（单位：h/m）

月份	日照时数	月份	日照时数	月份	日照时数	月份	日照时数
1	33.3	4	106.9	7	186.7	10	57.6
2	42.5	5	94.8	8	194.4	11	42.1
3	87.9	6	106.9	9	106.3	12	30.2
全年/(h/a)				1082.7			

表 2-3　四面山多年月平均太阳辐射　　　　　　　（单位：cal/cm²）

月份	1	2	3	4	5	6
总辐射	2 370.3	1 525.9	5 897.8	7 229.0	7 853.0	8 121.4
直接辐射	570.7	723.7	1 821.4	2 573.4	2 636.2	2 937.8
散射辐射	2 299.6	2 802.2	4 076.4	4 655.6	5 216.8	5 183.6

月份	7	8	9	10	11	12	全年
总辐射	11 328.6	10 453.9	6 536.2	3 705.7	2 861.4	2 690.0	73 073.2
直接辐射	5 728.7	5 643.4	2 726.7	1 131.1	691.1	484.5	27 650.6
散射辐射	5 599.9	4 810.5	3 809.5	3 592.6	2 170.3	2 205.5	45 422.5

四面山的热量状况受地理条件、海拔、地形和下垫面性质等多种因素的影响,而在时间和空间上分布不均。多年平均气温 13.7℃,月平均最高气温在 8 月,达 31.5℃,月平均最低气温在 1 月,为-5.5℃,每 100m 气温递减率为 0.58℃。热量状况随着地形部位的不同也表现出较大的差异。7 月北坡比南坡低 0.5℃,山谷则比山顶高 0.2℃。

林内外气温差异较大。林内平均气温比林外低 0.6~1.0℃,晴天差异更大,差值为 2.2℃左右。林内的土壤温度比林外低 1.6~2.3℃。林内地面的最高气温比林外低 9℃左右。林内气温随着离地面高度的增加而升高。林冠层的气温最高,林冠层晴天气温比林内 0.2m 高度的气温高 1.0℃,日平均气温则高 0.4℃(表 2-4)。

表 2-4　四面山林内外气象要素状况表

气象要素	林内	林外	气象要素		林内	林外
平均气温/℃	20.5	21.2	地面最高		22.3	31.0
最高气温/℃	24.1	25.4	土壤温度/℃	地面最低	18.5	19.1
最低气温/℃	18.9	19.0		0cm	20.0	23.0
平均相对湿度/%	94	87		5cm	19.4	21.7
蒸发量/mm	0.5	2.1		10cm	19.2	21.7
降水量/mm	3.6	5.3		15cm	19.0	21.6
照度/lx	48.5	182.5		20cm	18.9	21.4

流域土壤温度随土层深度的增加而降低,且不同部位的土壤温度状况也不同。本区热量在时间和空间上分布不均。夏季半年(4～9 月)的积温达 3571.6℃,占全年总量的73%;6～8 月的积温占全年总量的 42%。流域内林木总辐射的 0.5%被固定为生物能,66%消耗于林冠的蒸腾蒸发。

2.2.3 土壤

区内森林土壤均由白垩纪夹关组砖红色长石,石英砂岩夹砖红色、紫红色粉砂岩等风化残积物、冲击物发育而成,主要土壤类型为黄壤土、紫色土、黄黏土等,主要的森林土壤类型有:粗骨质黄棕壤、腐殖质黄壤、冷砂黄壤、红砂土、红砂泥等。该区地势较陡,土层厚度一般为 10～70cm,局部可超过 120cm。土壤物理沙粒在 70%以上,有机质含量、代换量、含磷量都较低。土壤 pH 多为 5～6,呈酸性反应,盐基淋溶流失强度大,缓冲能力弱,一般无石灰反应。具体指标参见表 2-5。本区土壤是酸性母质在生物气候和人为活动的作用下形成的,盐基交换量低,供肥能力较差,养分较缺乏,表现为酸瘦、粗有机质积累较多、氮素转化率低、黏粒含量低、土质轻、土壤透水性好,导致盐基淋溶、养分流失、土壤保水保肥性差。

森林土壤的发生、发育和演化,除与气候因素的影响相关外,还受生物因素和人为因素的影响。在同一气候和母质的条件下,不同森林植被发育着不同的土壤。据调查,森林植被以亚热带常绿阔叶林为主,因此,森林土壤主要是腐殖质黄壤和粗骨黄壤。但从 20世纪 50 年代末以来,区内阔叶林被大量砍伐,并进行迹地炼山,营造杉木纯林,于是库区土壤演化成肥力低下的冷砂黄壤。森林土壤的理化性质如表 2-5 所示。

表 2-5 四面山森林土壤理化性质

土壤类型	植被	层次	厚度/cm	pH	有机质/%	全氮/%	全磷/%	全钾/%	土壤质地
粗骨黄壤	小叶栲石栎林	A	0～17	4.52	4.29	0.143	0.061	0.913	砂质土壤
		AB	17～28	5.10	2.19	0.062	0.015	1.064	砂质土壤
		B	28～59	5.60	0.96	0.038	0.012	1.220	砂质土壤
		C	59～75	5.80	0.46	0.028	0.000	1.477	
腐殖质黄壤	亚热带常绿阔叶林	A	0～35	4.00	5.61	0.202	0.120	0.860	砂质土壤
		AB	35～53	4.65	—	0.307	0.040	1.929	砂质土壤
		BC	56～106	4.40	0.93	0.307	0.030	3.165	砂质土壤
山地黄壤	松类	A	0～15	4.20	4.66	0.081	0.032	0.785	黏壤土
		AB	15～52	4.65	0.70	0.029	0.026	1.012	黏壤土
		C	52～110	4.55	0.39	0.022	0.026	1.690	砂质土壤
冷砂黄壤	杉类	A	0～32	6.10	3.51	0.287	0.065	0.912	砂质土壤
		B	32～64	4.60	1.83	0.059	0.035	1.007	砂质土壤
		C	64～110	4.80	0.34	0.077	0.029	2.962	砂土

注:—表示无数据。

2.2.4　植被

本区属于中亚热带偏湿性常绿阔叶林,由于流域内地形复杂,小气候环境差异大,水热条件充足,因此物种资源十分丰富,是同纬度地区保存最完好的森林植被。植物区系的地理成分较为复杂,以热带成分为主,占 51.23%,其次为温带成分,占 31.88%。区内有维管植物 1500 种以上,其中,蕨类植物 100 多种,药用植物 300 多种。主要的乔木树种有马尾松、杉木、枫香、木荷(*Schima superba*)、福建柏(*Fokienia hodginsii*)、楠竹、石栎、元江桉(*Casanopsis orthacantha*)、灯台树(*Bothrocaryum controversum*)等。灌木树种有杜鹃(*Rhododendron simsii*)、竹(*Phyllostachys* sp.)、冬青(*Ilex purpurea*)、鹅掌柴(*Schefflera delavayhi*)、柃木(*Eurya japonica*)、荚蒾(*Viburnum dilatatum*)、悬钩子(*Rubus corchovifolius*)、米饭花(*Vaccinium sprengelii*)等。草本植物有狗脊蕨(*Woodwardia japonica*)、莎草(*Carex rotundus*)、里白(*Diplopterygium glaucum*)、野牡丹(*Melastoma normale*)、圆叶堇菜(*Viola schneideideri*)及蕨类植物鳞毛蕨(*Dryopteis*)、复叶耳蕨(*Arachniodes*)、乌蕨(*Stenoloma chusana*)、蕨(*Pteridium aquilinum*)等。

区内有不少国家珍稀植物和保护植物,如福建柏、鹅掌楸、刺桫椤、青冈、杜仲、红豆杉、樟木、水杉、楠木等。此外还有珍稀蕨类植物,如中华双山蕨、树蕨等。

由于遭受破坏,目前天然植被存留很少。植被主要由天然次生林和人工林组成。人工林中绝大部分为杉木纯林,占人工林总面积的 92%,而混交林只占人工林总面积的 1%。主要人工乔木树种有杉木、马尾松、柳杉、枫香、酸枣、木荷、灯台、楠竹等。

2.2.5　水文

四面山多年平均降雨量为 1127mm,年最大降雨量为 1550mm。雨季集中在 5～9 月,降雨量占年平均降雨量的 62.7%,而 10 月至次年 4 月降雨量只占年平均降雨量的 37.3%。降雨量随海拔变化较大,每 100m 递增率为 43.3mm。地表径流主要由降水形成,地表径流深为 650～700mm,径流年际变化较大,年内分配不均,56.1% 的径流集中在 4～7 月雨季节,而 12 月至次年 3 月,径流量仅占 10.7%。

2.3　试验和研究方法

2.3.1　样地及流域调查

水文观测系统布设在江津市四面山镇响水溪流域,控制面积 12.34km²,流域内植被以天然次生林为主,零星分布人工林,流域水系分布及水文设施试验系统见图 2-2。水文观测试验系统包括 3 个水文控制断面、5 个森林径流小区(水量平衡试验场)、1 个气象站、25 块林地标准样地、10 块新造林试验地。

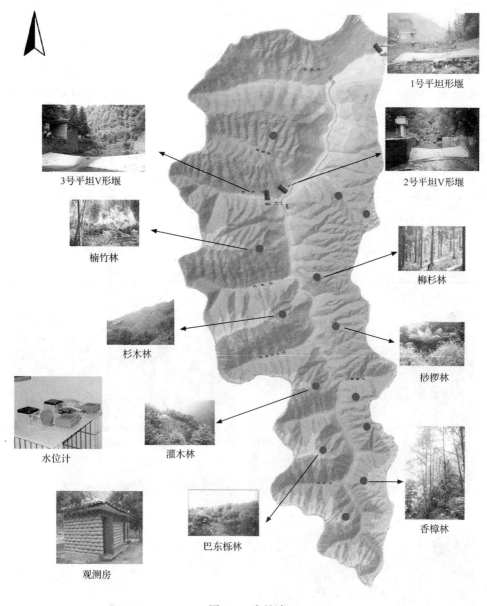

1号平坦形堰

3号平坦V形堰

2号平坦V形堰

楠竹林

柳杉林

杉木林

桫椤林

水位计

灌木林

香樟林

观测房

巴东栎林

图 2-2　流量计

2.3.2　坡面定位观测

试验设施包括始建于 1998 年的 $(5 \times 20)m^2$ 水量平衡场 5 个(针阔混交林、阔叶林、毛竹林、灌木林、农耕地),2001 年 5 月测试安装完成的使用 CR10X 数据采集器的全自动气象站 1 个、CR2 型自计雨量仪 5 台、T9801 型多通道微计算机全自动翻斗式流量计 10 套与 GERMAN 12 型 GPS、森林罗盘仪等仪器,以及树干径流观测设施 58 套和入渗双环 5 套、渗透管 55 套等试验工具。

2.3.3　水文控制站

在响水溪流域内共布设大(1 号站)、中(2 号站)、小(3 号站)3 个不同流域尺度的水文控制站。堰形选用平坦 V 形堰,平坦 V 形堰是国际标准推荐的一种新型测流工具,它是上部为矩形、下部为 V 形的复合断面量水设备。其最大的优点是最大流量和最小流量的测流精度都较高,特别适合在水头变化范围大而又要求测流精度高的沟道上使用(范家炎等,1990)。例如,响水溪流域 1 号站,可测 20 年一遇的洪峰流量 71m^3/s 和最小流量 0.008 27m^3/s。各堰的技术规格见表 2-6,各堰的形式见图 2-3。

表 2-6　水文观测量水堰技术规格表

技术指标	地点	尺寸(长×宽×高)/m^3	建筑材料	控制面积/km^2	水位计型号
1 号量水堰	响水溪沟口	25×18×3	浆砌块石	12.34	WGZ-1
2 号量水堰	响水溪	20×12×3	浆砌块石	8.03	WGZ-1
3 号量水堰	笋子沟	3×2×1.5	浆砌块石	0.92	WGZ-1

(a) 1号量水堰　　　　　　　　　　　(b) 2号量水堰

(c) 3号量水堰　　　　　　　　　　　(d) 水位计

图 2-3　四面山响水溪流域水文站

第3章　典型森林群落对水文过程的影响

3.1　森林群落特征

3.1.1　优势植物群落的建群种组成

项目研究区植被类型属亚热带常绿阔叶林,为亚热带湿润季风气候下的产物。常绿阔叶林外貌上林冠较平整,常以浓绿色为主,群落层次结构可分为乔木层、灌木层和草本层。通常乔木层只有 1～2 层,上层林冠一般高 20m 左右,很少超过 30m。组成树种主要有壳斗科(Fagaceae)、樟科(Lauraceae)、木兰科(Magnoliaceae)、山茶科(Theaceae)等植物,林冠下层占优势地位的种类多属于蔷薇科(Rosaceae)、杜鹃花科(Ericaceae)、豆科(Leguminosae)、茜草科(Rubiaceae)、冬青科(Aquifoliaceae)、忍冬科(Caprifoliaceae)、大戟科(Euphorbiaceae)等。灌木层比较明显,但较稀疏。草本层以蕨类为主,藤本和附生植物仍常见。此外,尚有珍贵树种银杏(*Ginkgo biloba* Linn *glyptostroboides* L)、水杉、桫椤(*Alsophila spinulosa* Tryon)、鹅掌楸(*Liriodendron chinense* Sarg)等,还分布常绿针叶树种马尾松、杉木、柳杉(*Cryptomeria japonica* Hooibrenk)等。

在森林群落中,乔木层、灌木层、草本层和活地被物层分别存在各自的优势种,优势种是指群落中每一层个体数目最多、生态作用最大、决定该层基本特征的植物种。其中乔木层的优势种为建群种。按照四面山响水溪流域水平和垂直地理分布特征以及植物群落建群种的数量、影响程度,将流域内植被群落划分为 20 种类型。

3.1.1.1　柳杉林

柳杉林多为人工造林类型,海拔较高,一般分布在海拔 1000～1650m 的山地黄棕壤上,土层较厚,大于 100cm。林分乔木层由柳杉、亮叶桦(*Betula luminifera*)、青冈(*Cyclobalanopsis glaucoides*)等种类组成,其中柳杉和桦木为该层的优势建群树种,郁闭度 0.7 左右。柳杉胸径 3.0～15.5cm,树高 2.8～115m,密度为 1800～2100 株/hm²。

灌木层由钝叶木姜子(*Litsea pungens*)、短柄枹栎、琼花荚蒾(*Macrocephalum* Fort)、山矾(*Symplocos botryantha*)、麻栎等组成,该层植株高度 0.8～3.4m,盖度 15%左右。

草本层植物由蕨(*Pteridium aquilinum* Kuhn var. *latiusculum* Underw. ex Heller)、浆果薹草(*Carex. baccans* Nees)、芒(*Miscanthus sinensis* Anderss)等种类组成。该层植株高 0.6～1.0m,盖度不足 5%。

3.1.1.2　杉木林

杉木是喜温凉湿润的树种,多生长于低山丘陵的背风坡和沟谷的静风环境内,最适宜海拔幅度为 600～1250m。分布区年均温为 14～17℃,年降水量为 1000～1800mm,相对湿度 80% 以上。土壤为砂岩、页岩和石灰岩上之山地黄壤、山地黄棕壤、山地酸性紫色土。由于各地环境条件以及人为影响程度的差异,目前库区内杉木林零星分布于各县区内,且在种类组成、群落外貌与层片结构上均有显著的差异,主要有下列组合类型。

1) 含有多种常绿阔叶树的杉木林

含有多种常绿阔叶树的杉木林主要分布于低山和湿润的深丘地区。这些地区一般云雾多、湿度大,土壤较深厚、肥沃,杉木常与多种常绿阔叶树组成混交林。常绿阔叶树种有栲(*Castanopsis fargesii* Franch)、润楠(*Machilus pingii* Cheng)、大头茶(*Gordnia axillaris*)、薯豆(*Elacocarpusjaponicus*)等;灌木主要有杜茎山(*Maesa japonica* Moritzi)、乌饭树(*Vaccinium bracteatum* Thunb)等;草木层以狗脊蕨和中华里白占优势,在局部透光处则以铁芒萁为主。

2) 含有落叶阔叶树种的杉木林

含有落叶阔叶树种的杉木林多分布于土壤瘠薄的山脊和坡地上。林内常有落叶栎类掺杂。群落外貌黄绿色,层次分明,乔木层郁闭度 0.4 左右。杉木多为萌生幼树或中龄树,株高 2.5～11.5m,胸径 3.0～15.0cm,灌木层盖度 25% 以下,主要种为映山红、乌饭树、小果蔷薇、马银花(*Rhododendron ovatum*),次之为荚蒾、南烛(*Vaccinium bracteatum* Thunb)、牛奶子(*Elaeagnus umbellate* Thunb)、铁仔(*Myrsine africana* Linn)等;草本层盖度 45% 左右,以芒萁占绝对优势,次之为白茅(*Imperata cylindrica* Beauv)、芒、糙苏(*Phlomis umbrosa*)、荩草(*Arthraxon hispidus*)、金星蕨[*Ptericlium glanduligera* (Kze.)ching]等;层外植物以野葡萄较常见。

3) 杉木纯林

杉木人工林多系纯林,且结构简单。乔木层为杉木,高度 14m,盖度 70%。灌木层主要有山鸡椒[*Litsea cubeba* (Lour.)Pers.]、野樱桃[*Cerasus szechuanica* (Batal.)]、鸡爪槭(*Acer palmatum* Thunb.),其他尚有绣线菊(*Spiraea salicifolia* Linn)、漆树[*Toxicodendron vernicifluum* (Stokes)F. A. Barkl.]等,草本层以水金凤为主,其他尚有血水草、鱼腥草。层间植物有南蛇藤、两型豆、乌头等。

主要分布于海拔 850～1060m 的山麓坡地上,在山体中上部局部背风湿润的凹地上有小片分布。土层平均厚度 40cm,湿度大。群落外貌深绿色,林冠整齐。群落高度 15～20m,成层明显,郁闭度大,林下植物繁茂种类丰富。乔木层除黄杞(*Engelhardtia serrata* Blume)、杉木外,常见栲、福建柏、腺萼马银花(*Rhododendron bachii* Lévl.)等,局部地段福建柏优势明显。灌木层常见柃木、杜茎山、岗柃(*Eurya groffii* Merr)、杜鹃等。草本丰富,盖度达 0.8,常见贯众(*Rhizoma cytomii fortunei* J. Sm)、里白(*Dicranopteris glaucum* Nskai)等。层外植物有菝葜(*Smilax china* Linn)、青江藤(*Celastrus hindsii* Benth.)。由于地形和小气候差异,所以该群落分布于不同位置,植物组分上有所差异。在山体中上部局部背风湿润的凹地上分布的该类群落,杉木生长和保存良好,优势明显,同时伴生有石栎、石灰树、四照花(*Dendrobenthamia japonica* var. *chinesis* Fang)等。

4) 杉木-黄杞林

主要分布于海拔 850～1060m 的山麓坡地上,在山体中上部局部背风湿润的凹地上有小片分布。土层平均厚度 40cm,湿度大。群落外貌深绿色,林冠整齐。群落高度 15～

20m,成层明显,郁闭度大,林下植物繁茂,种类丰富。乔木层除黄杞、杉木外,常见栲、福建柏、灰木、华中山柳、腺萼马银花等,局部地段福建柏优势明显。灌木层常见枹木、杜茎山、岗柃、杜鹃、长圆叶鼠刺等。草本丰富,盖度达 0.8,常见楮头红、贯众、里白等。层外植物有牛母瓜、菝葜、岩豆藤。由于地形和小气候差异,所以该群落分布于不同位置,植物组分上有所差异。在山体中上部局部背风湿润的凹地上分布的该类群落,杉木生长和保存良好,优势明显,同时伴生有硬生石栎、石灰树、四照花等。

3.1.1.3　马尾松林

马尾松是库区内针叶林的主要代表树种,是一种向阳、喜温暖的树种。多分布于酸性土上。分布的土壤为发育于砂岩、页岩的酸性土壤。分布的海拔幅度为 200～1500m,集中分布于海拔 1000m 以下地区。

群落外貌呈翠绿色,林冠整齐,郁闭度 0.4～0.8,株高 3.5～12m,胸径 2.5～20cm,以纯林为主。林内比较通风透光,层次明显,通常为乔木、灌木、草本 3 层。

在不同的生境下,马尾松林的种类组成与层片结构有很大差异,主要有下列组合类型。

1) 含有多种阔叶树的马尾松林

在排水良好,土层较深厚肥沃,生境偏阴湿的低山上部,与常绿阔叶林比邻的地区,马尾松常与多种阔叶树组成混交林。组成种类复杂,林下多为喜阴湿的植被,层片结构较复杂。一般地,马尾松生长旺盛,阔叶树种则随地区不同而有差异,常见种为栲、山矾、虎皮楠属(*Daphniphyllum* Blume)等,此外,枫香树与杉木也有分布。

林下灌木一般茂密,常见种为短柱柃(*Eurya brevistyla* Kabuski)、细齿叶柃(*Eurya nitida* Korthals)、四川冬青(*Ilex szechwanensis* Loes.)等。草本层以里白、狗脊蕨为主,层外植物多见猕猴桃(*Actinidia chinensis* Lindl)与崖豆藤属(*Millettia* Wight et Arn.)等。

2) 含有映山红等多种灌木的马尾松

以马尾松组成单优势种的群落,林下灌木以映山红、乌饭树为优势,其次为米碎花(*Eurya chinensis* R. Br.)、水红木(*Viburnum cylindricum*)、马桑、盐肤木(*Rhus chinensis* Mill.)等。

草本层常以铁芒萁占优势,多见芒、白茅等层外植物,以及盘叶忍冬(*Lonicera tragophylla* Hemsl.)、海金子(*Pittosporum illicioides* Makino)、土茯苓(*Smilax glabra* Roxb.)等,林下一般更新良好。

3) 含有多种落叶栎类的马尾松林

在干旱贫瘠的山脊坡地上,马尾松常形成疏林。乔木层只有马尾松一种,灌木层以落叶栎类为主,如槲栎、麻栎、白栎等。草本层以白茅占绝对优势,盖度达 40%～50%。马尾松一般生长缓慢,更新不良,树干多扭曲,成材率较低。

3.1.1.4　化香杂木林

群落在库区内分布较广,通常在海拔 1000～1800m 的山地,下限也可至海拔 200m,

多在阳坡和半阳坡上。土壤为山地棕壤或山地黄褐土,成土母质为砂页岩和石灰岩。土层浅薄,pH 近中性。

群落结构比较简单,组成随生境而有差异。乔木层高度 12m,总盖度 75%。组成虽以化香为主,但其他阔叶树种占有较大的比重,常见的伴生乔木树种有川黔千金榆(*Carpinus fangiana* Hu)、槭树科(Aceraceae)、灯台树、黄连木、合欢(*Albizzia julibrissin* Durazz.)、华中山柳等,此外,还有少量的常绿树种,如曼青冈、川桂(*Cinnamomum wilsonii*)、异叶梁王茶(*Nothopanax davidii*)等。灌木层高度一般为 0.4~2m,平均盖度为 25%,主要有杜鹃、樱桃(*Cerasus pseudocerasus* G. Don)、木姜子、小叶六道木(*Abelia parvifolia* Hemsl.)、猫耳刺(*Ilex pernyi* Franch.)等。草木层植物有防己(*Sinomenium acutum* Rehd. et Wils.)、铁线莲(*Clematis florida*)、茜草(*Rubia cordifolia*)等。

化香林是典型中山石灰岩、紫色砂岩植被之一,多生长于山坡中上部,甚至峭壁上,土壤贫瘠而干燥且在生境条件较好处,树木高大通直,可做木材用。生长在贫瘠峭壁,对环境改造有重要作用。

3.1.1.5　化香、槲栎树

分布于海拔 220m 以下的低山丘陵,土壤类型为灰棕紫色土,土层厚度大于 50cm。林分乔木层建群种为化香,胸径 2.8~7.8cm,树高 4.0~10.5m,密度 1100~1250 株/hm²。乔木层其他组成种类有麻栎、白栎林、柏木、盐肤木、野桐等,林分郁闭度 0.7 左右。灌木层植物总盖度 40%~80%,其主要组成种类有锐齿槲栎、水竹、刺五加、算盘子、盐肤木等。草木层植物组成简单,也较稀疏,常见种类有腹水草、金星蕨、野谷草等,盖度不足 5%。

3.1.1.6　枫香林

枫香林主要分布于海拔 600m 左右的低山区,土壤类型为山地黄壤,土层厚度大于 30cm。林分乔木层由枫香树和柚子组成,郁闭度 0.7。建群种类有南天竹、裂叶榕、小果蔷薇等。草本层盖度 10%~45%,组成主要种类有冷水花(*Pilea notada* C. H. Wright)、苋草、碎米荠(*Cardamine hirsuta* Linn)、高茎紫菀(*Aster prorerus* Hemsl.)、星蕨(*Microsorum punctatum* Cop.)、沿阶草(*Ophiopogon bodinieri* Lévls)、楼梯草(*Elatostema involucratum* Franch. et Sav.)等。

3.1.1.7　水青冈、包石栎林

分布于海拔 1300~2000m 的中山地带。上限与针叶、阔叶混交林或水青冈为主的落叶阔叶林相交,下限与常绿阔叶林或低山落叶栎类阔叶林、次生灌丛连接。土壤为山地黄棕壤,群落外貌呈暗绿色,但入秋大多落叶。林冠稍整齐,层次明显,乔木层郁闭度 0.5~0.7,常绿乔木则稍逊于落叶阔叶林,常见有青冈、包果柯(*Lithocarpus cleistocarpus* Rehd. et Wils.)等。

3.1.1.8　石栎、水青冈林

分布于海拔 1300m 以上中山山地的黄棕壤上,其群落结构层次分明,外貌呈绿色,乔木层落叶树种主要有水青冈、栓皮栎、三花槭(*Acer triflorum* Kom)、红桦等。乔木层常绿树种主要有包果柯、小叶青冈、栲等。灌木有箭竹、杜鹃、猫儿刺、荚蒾等。草本层有黄水枝(*Tiarella polyphylla* D. Don)、龙牙草(*Agrimonia pilosa* Ledeb.)、楼梯草等。

3.1.1.9　石栎类落叶阔叶林

该类型分布于海拔 1500m 左右的局部地区,土壤为山地黄棕壤。群落外貌郁茂。乔木层盖度 60%,有大叶杨(*Populus lasiocarpa* Oliv.)、灯台树、千金榆(*Carpinus cordata* Blume)、漆树等。灌木层盖度 60%,主要有箬竹,其他有卫矛(*Euonymus alatus* Sieb.)、胡颓子(*Elaeagnus pungens* Thunb.)、马桑等。草本层较稀疏,盖度 15% 左右,常见有佩兰(*Eupatorium fortunei*)、薹草(*C. baccans* Nees)等。

3.1.1.10　石栎林

分布于海拔 1000~1500m 背阴的沟谷或斜坡。分布区的气候较为湿润,土壤为山地黄棕壤及山地黄壤。此群落的林冠波浪形不十分整齐,有一定的落叶树种存在,所以外貌季节变化明显。群落高 20~30m,树干胸径 50~100cm,最大可达 200cm。一般林木稀疏,冠幅较大,郁闭度 0.7~0.9,乔木层以硬斗石栎占绝对优势,其次有石灰树、木荷、栲、四照花等,落叶成分增多。灌木层竹居多,草本稀少。灌木层竹类占据优势,因海拔高度的变化,种类有所不同。海拔 1200m 以上,以水竹为主,盖度 60%~70%,高 3.5~5m,生长健壮繁茂。海拔 1200m 以下,以方竹为主,盖度 30%~60%,高 1.5~2m,在方竹较少的情况下,其他灌木较多,有异叶梁王茶、宜昌荚蒾(*Viburnum erosum* Thunb.)、青荚叶(*Helwingia japonica* Dietr.)、牛鼻栓(*Fortunearia sinensis* Rehd. et Wils.)等。草本层以喜阴湿植物为主,主要为贯众、普通凤丫蕨(*Coniogramme intermedia* Hieron)、日本金星蕨[*Parathelyptenis nipponica*]等。层外植物常见常春藤(*Heddera nepalensis* var. *sinensis* Rehd.)、猕猴桃、五味子(*Schisandra chinensis* Baill.)等。

3.1.1.11　木荷-石栎林

主要分布在海拔 1340~1480m 的山体上部或山脊两侧,土层较薄,土壤偏干。群落外貌为绿色,林冠波浪形。群落高 15~20m,郁闭度 0.5~0.6。乔木层中以木荷和硬斗石栎占优势,其次有栲、细叶青冈(*Cyclobalanopsis gracilis*)、薯豆、杜鹃、石灰树、四川木莲(*Manglietia rufiarbata* Dandy)、白楠(*Phoebe neurantha* Gamble)等。灌木种类稀少,盖度仅 0.3,以竹居多;草本层不明显,种类单一;无层外植物。

3.1.1.12　元江栲林

主要分布于海拔 1140~1280m 的阳坡坡地,坡度较大,土层平均厚度 42cm,湿度较小。群落外貌浅绿色,林冠较连续。群落高 20~25m,郁闭度大,林下植物较少。乔木层以元江栲为主,局部混生有海南五针松、华山松。乔木层第三亚层中腺萼马银花、紫花杜鹃特别丰富。灌木层多乔木幼苗;草本层种类稀少,常见狗脊蕨、里白;层外植物有木瓜[*Chaenomeles sinensis*(Touin)Koehne]、菝葜。

3.1.1.13　山地竹林

1) 楠竹林

楠竹又名毛竹,主要集中于海拔1000m以下的低山、丘陵地带。分布区坡度平缓,且大都是避风的山麓、谷地和丘陵,因此土层深厚肥沃,主要是紫色土或黄壤土。

楠竹林多为人工栽培群落,结构单纯,灌木层不甚明显,但草本层发育较繁茂。乔木层中以楠竹占优势,在低山或靠近森林地区,常有楠木、大头茶、杉木等树种混生,这些树种树冠突出,多高出楠竹,林冠呈角状分布,而在阳坡或丘陵上部楠竹常呈纯林生长,林冠郁闭度0.5~0.9,竹竿高10~15m,胸径多为10~15cm,密度1500~4000株/hm²。灌木层高度0.05~0.7m,盖度在20%以下,常见种类有鹅掌柴、山矾、茶等。草本层高度0~0.5m,盖度多为60%~90%,分布较均匀,常见种类有马桑、卷柏、里白、芒等。

2) 箬竹林

在海拔700~1600m的山地均有分布,其中在沟谷中常形成单优势种群落。土壤为黄壤和山地棕壤。箬叶竹一般株高1~2m,径粗0.5~1cm,密集成丛,常可单独组成群落,也可在混交林下形成灌木层,单独成林的群落内没有其他植物生长,只在林窗处有少量植物,如柳、马桑等。混交林的箬叶竹盖度一般为60%~80%,高者达90%以上,灌木层伴生有刺叶栎、蔷薇等植物。因箬竹林盖度大,所以草本层不发达。箬叶竹林生长地段是杉木等的宜林地。

3) 箭竹林

主要分布在海拔1600m以上的常绿与落叶阔叶混交林或亚高山常绿针叶林地带。土壤以山地黄棕壤为主。箭竹高12m,径粗0.5~2cm,盖度较大,达80%,多为常绿与落叶阔叶混交林遭破坏后形成的,故常残有一些阔叶树种,如莢蒾、大叶杨、桦木等种类,有的地段有巴山冷杉、水青冈等。林下草本层植物组成简单,植物株高0.05~0.45m,盖度不足5%。

上述群落类型基本反映了四面山植物群落的概貌和植物成分的组成状况,黄杞、杉木、元江栲、木荷、石栎是该区森林群落的建群成分。

3.1.2　植被群落的海拔梯度

海拔1300m以下为低山常绿阔叶林、常绿针叶林带,具亚热带温暖湿润的生态环境;海拔1300~1700m,为中山常绿阔叶与落叶阔叶混交林带,受人为干扰相对较轻,植物种类十分丰富,除有部分壳斗科常绿树种外,以落叶木本植物最多。海拔1700~2200m为中山含有针叶树的落叶阔叶林带。属落叶阔叶林向寒温性针叶林的过渡带,随海拔高度的上升,阔叶树种减少而针叶树种增多。主要针叶树种有:华山松、巴山冷杉、买吊云杉 (*picea brachytyla* Pritz)、铁杉。阔叶树种丰富,有多种桦、槭、水青冈、山杨。

上述 20 种四面山典型植物群落随海拔因子变化的情况见表 3-1。

表 3-1　四面山植被群落类型最高、最低海拔高度分布表

序号	群落类型	最低海拔/m	最高海拔/m
1	柳杉林	1000	1650
2	含有多种常绿阔叶树的杉木林	1000	1800
3	含有落叶阔叶树种的杉木林	900	1900
4	杉木纯林	800	1600
5	杉木-黄杞林	850	1060
6	含有多种阔叶树的马尾松林	200	1500
7	含有映山红等多种灌木的马尾松	500	1200
8	含有多种落栎类的马尾松林	800	1500
9	化香杂木林	1000	1800
10	化香、槲栎树	100	200
11	枫香林	500	600
12	水青冈、包石栎林	1300	2000
13	石栎、水青冈林	1300	1800
14	石栎类落叶阔叶林	1400	1550
15	石栎林	1000	1500
16	木荷-石栎林	1340	1480
17	元江栲林	1140	1280
18	箬竹林	700	1400
19	箭竹林	1600	1900
20	楠竹林	800	1100

海拔是植被群落在垂直分布上的重要限制因子,以各植被群落垂直分布的海拔上下限作为该群落的生活空间,把四面山响水溪流域内 20 种植被群落类型做成图谱,以便于植被群落类型判别、高效理水调洪植物群落配置及满足营林生产需要。见图 3-1。

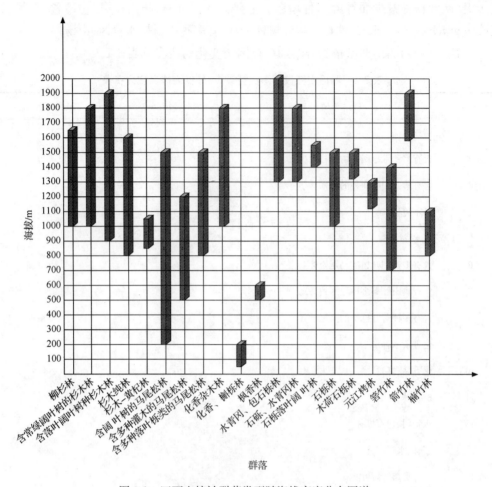

图 3-1　四面山植被群落类型随海拔高度分布图谱

3.2　林冠层水文功能研究

林冠是植被截留降雨的第一个承接面,由于林冠的截留作用,降雨动能减少,大大削弱了雨滴对地表的打击力度,减轻了地表侵蚀的危险。同时由于林冠自身叶面积的截留作用,也蓄留了一部分降雨量,减少了地表产流量。

由于不同林分林冠的枝叶生物学特性存在差异,其截留能力与林冠的最大容水量 I_m 存在密切的关系。表 3-2 为采用沾水法测定的森林流域几种主要树种的枝叶最大容水量。林冠最大容水量 I_m 越大,在同一降雨条件下,林冠的截留能力越强。林冠最大容水量 I_m 与林分郁闭度及各组成树种的枝叶质量有关。林分结构越复杂、郁闭度越高,组成树种的枝叶质量越高,则林冠容水能力越强。

表 3-2　四面山响水溪流域主要造林树种枝叶最大容水量

树种	林分郁闭度/%	平均胸径/cm	林龄/a	平均枝叶重/(t/hm²)	最大容水量 I_m/[(t/hm²)/mm]	占枝叶重/%
杉木	75	11.5	18	30.93	0.59	19.07
柳杉	76	38.2	20	43.92	0.93	21.10
香樟	90	15.7	25	7.02	0.09	12.96
楠竹	65	8.14	25	16.93	0.31	18.13
石栎林	79	17.9	19	8.11	0.19	22.81
马尾松、阔叶林	85	14.1	20	3.78	0.19	48.94
杉木、马尾松、阔叶林	86	19.5	18	12.45	0.31	24.95
尖杉	85	15.4	16	7.98	0.23	29.66
柳杉、楠竹	76	21.1	15	14.85	0.41	27.88
板栗	90	17.4	18	27.62	0.42	15.21
尖杉、马尾松、阔叶林	90	23.6	20	11.96	0.52	43.72

由表 3-2 可知，几种树种枝叶的最大容水量为 0.91～9.25t/hm²。其中柳杉林的 I_m 值最大，为 9.25t/hm²，而香樟林的 I_m 值最小，为 0.91t/hm²。研究结果表明，各树种枝叶平均容水量占枝叶质量的 12.96%～48.94%。树种枝叶平均容水量与枝叶质量呈线性关系，可以用 $y=a+bx$ 来表示，其中 a、b 为参数。各树种枝叶容水量预测模型见表 3-3。该模型可用来预测以上树种组成的林分林冠截留降雨量。

表 3-3　不同树种枝叶容水量预测模型

树种	枝叶容水量预测方程	样本数	相关系数 R
杉木	$\hat{y}=3.1373+0.0899x$	35	0.9921
柳杉	$\hat{y}=-34.0481+1.0002x$	35	0.9606
香樟	$\hat{y}=-1.5872+0.3669x$	20	0.9891
楠竹	$\hat{y}=-8.1041+0.7105x$	30	0.9040
石栎林	$\hat{y}=-3.6865+0.6565x$	20	0.8775
马尾松	$\hat{y}=-0.9406+0.7237x$	40	0.9851

3.3　枯落物层水文功能研究

3.3.1　枯落物储量和持水深

枯落物的持水能力多用干物质的最大持水量和最大持水率来表示，其值的大小与林分类型，林龄，枯落物的组成、分解状况、累积状况等有关。

三峡库区几种主要树种枯落物干重、湿重及最大持水能力如表 3-4 所示。

表 3-4　不同林分枯落物干重、湿重及最大持水量

林　分	枯落物厚度/cm	干重/(t/hm²)			最大持水量/(t/hm²)			最大持水率/%
		未分解层	半分解层	合计	未分解层	半分解层	合计	
楠竹林	2.8	4.25	13.75	18.00	18.00	40.63	58.63	326
柳杉、楠竹混交林	3.0	3.82	10.41	14.23	15.82	35.23	41.05	288
杉木林	2.6	5.75	3.25	9.00	18.75	13.38	32.13	357
板栗林	2.8	10.43	9.97	20.40	40.56	17.35	57.91	283
柳杉林	4.0	4.82	2.29	7.11	20.63	13.38	34.01	479
石栎林	3.5	7.80	5.58	13.38	39.75	20.00	59.75	446
杉木、马尾松、阔叶混交林	4.0	4.13	4.93	9.06	18.13	25.06	43.19	476
马尾松、阔叶混交林	3.0	4.47	2.48	6.95	16.50	8.69	25.19	362
尖杉林	4.2	6.28	4.52	10.80	23.56	19.71	43.27	429
尖杉、马尾松、阔叶混交林	3.5	8.41	7.65	16.06	17.21	30.53	47.74	297
香樟林	2.80	8.94	8.18	17.12	34.75	14.47	49.22	288

注：最大持水率为浸水 24h 后重与其干重之比。

由表 3-4 可知：几种林分枯落物的最大持水量变动范围为 25.19～59.75t/hm²。由图 3-2 很直观地看出：石栎林、楠竹林和板栗林枯落物的最大持水量较高，分别为 59.75t/hm²、58.63t/hm² 和 57.91t/hm²，而杉木林、柳杉林等针叶树种的枯落物最大持水量较低，分别为 32.13t/hm² 和 34.01t/hm²。针阔混交林则居于两者之间。几种林分枯落物的最大持水量的排列顺序为：石栎林＞楠竹林＞板栗林＞香樟林＞尖杉、马尾松、阔叶混交林＞尖杉林＞杉木、马尾松、阔叶混交林＞柳杉、楠竹混交林＞柳杉林＞杉木林＞马尾松、阔叶混交林。

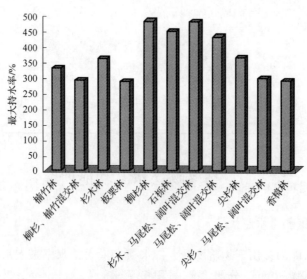

图 3-2　几种林分枯落物的最大持水率

枯落物最大持水率变动范围为 283%～479%。依次为：柳杉林＞杉木、马尾松、阔叶混交林＞石栎林＞尖杉林＞马尾松、阔叶混交林＞杉木林＞楠竹林＞尖杉、马尾松、阔叶混交林＞柳杉、楠竹混交林＝香樟＞板栗林。同一树种的最大持水率与最大持水量呈现出不同的规律，这是因为最大持水率还与枯落物本身的生物量和结构有关。

此外枯落物的分解程度也影响枯落物层的持水能力。枯落物分解程度越高，表现为未分解层枯落物量越大，枯落物层的持水能力越高。由于阔叶树种林下枯落物的分解程度高于针叶树种，因此阔叶树种枯落物的持水能力普遍高于针叶树种。

3.3.2　枯落物持水特征

枯落物吸持水的速度与枯落物的干燥程度、枯落物量和枯落物结构有关。枯落物越干燥，吸持水的速度越快；枯落物量越多，短时间内的吸持水量越大；而革质、含油脂的树种的枯落物吸持水量的速度比非革质、含油脂量少的树种的枯落物慢。

通过浸水实验，研究者观测和分析了不同林分枯落物的持水过程。如表 3-5 所示。

表 3-5　不同林分枯落物持水过程测定表　　　　（单位：t/hm²）

林分	1/2h	1h	2h	4h	6h	8h	10h	12h	24h
松栎混交林	40.42	43.25	44.85	46.12	46.78	48.01	48.79	49.01	49.22
石栎林	40.22	44.68	55.12	48.54	49.23	50.85	52.36	56.47	59.75
马尾松林	26.77	27.46	28.41	28.94	29.77	30.22	31.50	31.78	32.13
柳杉林	17.68	18.12	18.45	20.13	20.91	22.14	23.56	24.65	25.19
杉栎混交林	46.23	48.37	49.12	51.01	52.39	53.14	54.13	55.90	57.91
杉木林	28.49	29.89	30.99	31.42	31.56	32.01	32.64	32.78	32.89
楠竹林	48.78	49.52	51.56	53.23	54.86	55.78	56.34	57.25	58.63
天然阔叶林	36.63	37.05	37.89	38.25	38.91	40.03	40.31	42.56	43.19
香樟林	26.46	27.63	28.88	29.12	30.45	31.58	32.12	33.56	34.01

由枯落物持水过程实验结果可以看出：枯落物的吸持水量在浸水实验开始的半个小时内迅速增加，以后随着时间的延长而有不断增加的趋势，但增加的速度放慢。因此可以认为，枯落物拦蓄地表径流的功能在降雨开始时的半小时以内最大，此后随着枯落物湿润程度的增加，吸持能力降低，直到达到枯落物的最大饱和持水量。同时也表明：枯落物拦蓄地表径流的能力与其自身的干燥程度有关。

由表 3-5 可以看出：在 30min 内，楠竹林枯落物的持水能力最大，为 48.78t/hm²，其次为杉栎混交林，为 46.23t/hm²，柳杉林的持水能力最小，为 17.68t/hm²。阔叶林枯落物的 30min 持水能力普遍高于针叶林。

将不同林分枯落物的累积吸持水量 y 与吸持时间 x 进行回归分析，得到表 3-6 所示的方程。所得的回归方程相关系数 R 均在 0.89 以上。

表 3-6　不同林分枯落物累积吸持水量回归方程

林分类型	回归方程	R	R^2
松栎混交林	$\hat{y}=40.518x^{0.092}$	0.9977	0.9955
石栎林	$\hat{y}=39.192x^{0.1622}$	0.9560	0.9140
马尾松林	$\hat{y}=26.133x^{0.0878}$	0.9680	0.9371
柳杉林	$\hat{y}=16.417x^{0.1742}$	0.9316	0.8679
杉栎混交林	$\hat{y}=45.227x^{0.0968}$	0.9652	0.9317
杉木林	$\hat{y}=28.586x^{0.0655}$	0.9943	0.9887
楠竹林	$\hat{y}=47.581x^{0.0876}$	0.9746	0.9499
天然阔叶林	$\hat{y}=35.514x^{0.0724}$	0.8993	0.8089
香樟林	$\hat{y}=25.708x^{0.1161}$	0.9666	0.9344

3.4　土壤层水文功能研究

3.4.1　土壤持水特征

土壤贮水力是评价不同植物群落下的土壤涵养水源及调节水分循环的一个重要指标,其计算公式为

$$S = 10\,000 \times h \times p \times r \tag{3-1}$$

式中,S 为土壤贮水力(t/hm^2);h 为土壤厚度;p 为非毛管孔隙度;r 为水的密度。

由于土壤在淋溶作用下自然分层,不同的土壤持水力受非毛管孔隙度的大小影响很大,从 A 层到 B 层逐层计算,不同植物群落下 1m 深土壤贮水力见表 3-7。

表 3-7　四面山响水溪流域样地土壤贮水力计算表

样地编号	主要林分	土层厚度/cm		总孔隙度/%	毛管孔隙度/%	非毛管孔隙度/%	$S_{nc}/(t/hm^2)$
1	楠竹林	A	10	83.85	62.82	21.03	1713.10
		B	90	66.73	50.03	16.70	
2	荒草地	A	19	47.96	42.71	5.25	454.40
		B	81	46.68	42.30	4.38	
3	柳杉、楠竹林	A	14	69.71	56.50	13.20	465.70
		B	86	63.36	53.71	9.65	
4	杉木林	A	12	81.61	70.25	11.36	978.50
		B	88	59.57	50.00	9.57	
5	板栗林	A	31	73.06	66.59	6.47	576.60
		B	69	64.93	59.48	5.45	
6	柳杉林	A	18	44.29	38.22	6.07	349.40
		B	82	38.55	3.13	5.42	

样地编号	主要林分	土层厚度/cm		总孔隙度/%	毛管孔隙度/%	非毛管孔隙度/%	S_{nc}/(t/hm²)
7	石栎林	A	16	74.04	67.47	6.57	971.30
		B	84	66.00	60.24	5.76	
8	杉木、马尾松、阔叶林	A	21	74.77	56.29	18.48	765.20
		B	89	65.07	50.55	14.52	
9	马尾松、阔叶林	A	25	78.81	67.19	11.62	527.10
		B	75	70.22	58.81	11.41	
10	尖杉林	A	18	70.46	59.11	11.35	432.50
		B	82	63.01	54.17	5.84	
11	尖杉、马尾松、阔叶林	A	22	74.27	51.42	23.85	568.90
		B	78	66.61	48.22	18.39	
12	香樟林	A	40	78.24	69.33	8.91	762.60
		B	60	71.24	64.47	6.77	
13	檫木林	A	18	66.09	57.53	8.56	580.20
		B	82	60.41	53.44	6.97	

从表 3-7 可以看出,在各种林分类型中,贮水力大小为 1713.3～432.50t/hm²,其排列顺序为楠竹林>杉木林>石栎林>杉木、马尾松、阔叶混交林>香樟林>檫木林>板栗林>尖杉、马尾松、阔叶混交林>马尾松、阔叶混交林>柳杉、楠竹混交林>尖杉林>柳杉林。人工林中,杉木林、柳杉林分别为 978.5t/hm² 和 349.4t/hm²,相差 2.8 倍。

3.4.2　土壤入渗特征

土壤渗透性是土壤极为重要的物理特征参数之一,其渗透性能的好坏,直接关系到地表产生径流量的大小,对土壤侵蚀影响很大。已有的研究表明土壤渗透性能越好,地表径流就会越少,土壤的流失量也会相应减少。由于土地利用方式的不同,即使是同一类型的土地,其渗透性也会有很大差异,因此分析不同土地利用方式的土壤渗透性对该土地类型区的土地合理利用就具有重要的指导意义。按照土地利用形式土地分为天然林、人工林、荒地三大类,各类土壤渗透性能指标测定计算见表 3-8。

表 3-8　标准样地土壤渗透指标测定计算表

试验区号	主要林分	初渗速率/(mm/min)	稳渗速率/(mm/min)	渗透方程	R
1	楠竹林	22.8	6.3	$f=14.89t^{-0.25}$	0.83
2	荒草地	4.6	1.1	$f=9.97t^{-0.54}$	0.97
3	柳杉、楠竹混交林	18.5	4.2	$f=12.5t^{-0.071}$	0.85
4	杉木林	43.7	2.3	$f=20.11t^{-0.51}$	0.95
5	板栗林	14.4	1.1	$f=19.5t^{-0.6}$	0.98
6	柳杉林	18.2	3.5	$f=13.60t^{-0.33}$	0.87

试验区号	主要林分	初渗速率/(mm/min)	稳渗速率/(mm/min)	渗透方程	R
7	石栎林	22.2	4.0	$f=18.70t^{-0.45}$	0.87
8	杉木、马尾松、阔叶混交林	19.8	2.7	$f=22.3t^{-0.36}$	0.89
9	马尾松、阔叶混交林	13.7	0.6	$f=25.38t^{-0.99}$	0.99
10	尖杉林	17.4	0.8	$f=16.5t^{-0.57}$	0.91
11	尖杉、马尾松、阔叶混交林	24.1	1.8	$f=18.1t^{-0.66}$	0.94
12	香樟林	14.8	2.1	$f=14.56t^{-0.52}$	0.84
13	檫木林	19.3	1.7	$f=32.74t^{-0.80}$	0.91

从表 3-8 中可以看出,在各种林分类型中,土壤初渗速率为 13.7~43.7mm/min,其排列顺序为杉木林>尖杉、马尾松、阔叶混交林>楠竹林>石栎林>杉木、马尾松、阔叶混交林>檫木林>柳杉、楠竹混交林>柳杉林>尖杉林>香樟林>板栗林>马尾松、阔叶混交林;稳渗速率为 0.6~6.3mm/min,排列顺序为楠竹林>柳杉、楠竹混交林>石栎林>柳杉林>杉木、马尾松、阔叶混交林>杉木林>香樟林>尖杉、马尾松、阔叶混交林>檫木林>板栗林>尖杉林>马尾松、阔叶混交林。

描述土壤入渗率的模型较多,常用的有以下几种。

(1) 考斯加柯夫公式

$$f = at^{-\frac{1}{2}} \tag{3-2}$$

式中,f、a、t 分别为入渗率、常数和时间。

(2) 菲利普公式

$$f = \frac{1}{2}st^{-\frac{1}{2}} + b \tag{3-3}$$

式中,s、b 分别为吸水率和稳渗速率。

(3) 霍顿公式

$$f = f_0 + (f_c - f_0)e^{-kt} \tag{3-4}$$

式中,f 为 t 时刻的入渗率;f_c 为稳定入渗率;f_0 为初始入渗率;k 为常数。

通过对 11 块标准样地入渗率的测定数据进行回归分析,土壤入渗率回归方程(表 3-8)为乘幂形式:$f = at^{-b}$,其中,f 为 t 时刻的入渗率;a、b 为常数。回归系数 R 为 0.83~0.99,说明方程拟合效果较好。从模拟回归方程系数 b 大小来看,香樟林地、石栎林地、荒草地更接近考斯加柯夫公式中的系数 1/2。

第4章 典型森林群落理水调洪功能评价

4.1 静态评价

4.1.1 森林群落理水调洪功能评价指标体系

森林群落理水调洪功能评价的根本目的是要对森林群落的涵养水源、保持水土、调节洪峰等功能进行评价,因此,应遵循以下一些原则。①生态功能主导的原则:树种和群落一般要求有较强的郁闭能力、树冠浓密、林下枯落物丰富,具有一定的灌草层覆盖度、土壤蓄水能力强、根系发达等特征。②适地适树原则:树种和群落的选择应力争做到适地适树,选择的树种应使造林地立地条件与树种和群落的生物学特性相互适应,切实达到"地"和"树"的统一,这样可以保证造林的成活率。具有较高的生物量是确保林分理水调洪功能发挥的重要前提。③多样性原则:为提高林分自身的稳定性,提倡造林树种多样化,具有一定的混交林比例。

4.1.1.1 植物群落理水调洪机理分析

森林植物群落的理水调洪功能是通过林冠层、灌草层、枯落物层、土壤层这几个环节来实现的。因此研究和分析这些环节对降雨的分配作用是全面了解库区防护林植被理水调洪机理的重要前提,也是理水调洪型防护林植被稳定林分结构设计的重要理论依据。

防护林植被的理水调洪功能是通过森林-土壤系统对降雨的截留和拦蓄作用实现的。森林-土壤系统对降雨的截留和拦蓄又是通过组成该系统的各个子系统,如林冠层、灌草层、枯落物层、土壤层等来实现的。各子系统水文功能的高低影响整个植被系统理水调洪功能的发挥。

4.1.1.2 植物群落理水调洪功能评价指标体系的建立

植物群落理水调洪功能评价指标筛选原则。
(1)系统性:评价指标和标准要反映植物群落的发生、发展规律,而且还要反映出指标对环境功能的作用,以及整个森林生态系统与环境、社会经济系统的整体性和协调性。
(2)独立性:评价指标和相应标准具有相对的独立性。
(3)可比性:评价指标应有明确的内涵。
(4)真实性:评价指标能反映事物的本质特征。
(5)实用性:评价指标量化操作简便,评价方法易于掌握。
植物群落理水调洪功能评价的层次结构模型。
1)构建层次结构模型
植物群落理水调洪功能评价是通过层次分析法(AHP)建立评价指标体系的层次结

构模型,详见图 4-1。评价指标体系综合目标确定为植物群落理水调洪的功能(目标层 A 层),选择林冠层、枯落物层、土壤层作为目标层的支持层(准则层 B 层),该层下面选择若干评价指标作为指标层(C 层),如林冠最大截留量、灌草层盖度、地表糙率系数、土壤稳渗速率等。

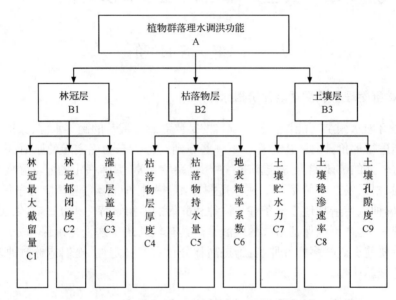

图 4-1　植物群落理水调洪功能层次结构模型

建立了层次分析结构模型后,明确了上下层之间的隶属关系,就可转化为层次中的排序计算问题。在排序计算中,每一层次中的排序,又可简化为下一层次各因素相对于上一层次每一准则或目标的重要性之间的比较,得到各因素相对重要性权重。对于定量数据,可用总和标准化后得到它们各自相对重要性权重;对于定性数据,可对各因素的相对重要性作出判断,并按 Saaty 创立的 1~9 级标度将判断定量化,构造出判断矩阵(表 4-1)。

表 4-1　层次分析法评价指标重要程度标度值及其含义

标度	含义
1	表示两个因素相比,具有同等重要性
3	表示两个因素相比,一个因素比另一个因素稍微重要
5	表示两个因素相比,一个因素比另一个因素明显重要
7	表示两个因素相比,一个因素比另一个因素十分重要
9	表示两个因素相比,一个因素比另一个因素绝对重要
2、4、6、8	处于上述两相邻标度之中值
倒数	设因素 i 与 j 比较得判断 a_{ij},则因素 j 与因素 i 的重要性之比为 $a_{ji} = 1/a_{ij}$

2) 构造判断矩阵

按表 4-1 中所述标准可以得到各准则下的判断矩阵,$\boldsymbol{A} = (a_{ij})_{n \times n}$,它具有以下性质:

$$a_{ij} > 0, \quad a_{ji} = 1/a_{ij}, \quad a_{ii} = 1$$

3）层次单排序

层次单排序主要是计算判断矩阵的最大特征根 λ_{max} 及其对应的特征向量 W 和特征根 n，即计算满足

$$AW = nW \tag{4-1}$$

由矩阵理论可知道，式(4-1)中 n 为判断矩阵 A 唯一非零的最大特征根 λ_{max}，W 为其所对应的特征向量，则式(4-1)可改写为

$$AW = \lambda_{max}W \tag{4-2}$$

式(4-2)的解经过归一化处理后，即为同一层次各因素对于上一层次某一准则相对重要性的排序权重 $W = [W_1, W_2, \cdots, W_n]^T$。

A. 权重的计算

设一与判断矩阵同阶的正规化初始向量 W^0，如 $W^0 = [1/n, 1/n, \cdots, 1/n]^T$；

对于

$$K = 0, 1, 2, 3, \cdots, n, \quad 计算 W^{k+1} = AW^k$$

令

$$\beta = \sum_{i=1}^{n} W_n^{k+1}, \quad 计算 W^{k+1} = W^{k+1}/\beta$$

对于预先给定的精度 ε，当 $\lambda_{max}|W_i^{k+1}+1| < \varepsilon$ 成立时则停止计算，取 $W = W^{k+1}$，即为所求的特征向量。否则继续进行第二步计算。最后取

$$\lambda_{max} = \sum_{i=1}^{n} W_i^{k+1}/nW_i^k \tag{4-3}$$

B. 计算一致性指标 CI，检查判断思维的一致性

当判断矩阵 A 的阶数 n 为 1 或 2 时，判断矩阵总是一致的。

当判断矩阵 A 的阶数 n 大于 2 时，计算一致性指标 CI

$$CI = (\lambda_{max} - n)/(n-1) \tag{4-4}$$

CI 是一致性或判断可靠性的度量，为了度量不同阶的判断矩阵是否具有满意的一致性，还要引入判断矩阵的平均随机一致性指标 RI 值，1～15 阶判断矩阵的 RI 值如表 4-2 所示。

表 4-2　多阶判断矩阵平均随机一致性指标 RI 值

矩阵阶数	1	2	3	4	5	6	7	8
RI	0	0	0.58	0.90	1.12	1.24	1.32	1.41

矩阵阶数	9	10	11	12	13	14	15	
RI	1.45	1.49	1.51	1.54	1.56	1.57	1.59	

计算一致性比例

$$CR = CI/RI$$

当 CR<0.1 时，认为判断矩阵 A 的一致性是可以接受的。

4）层次总排序

为了得到递阶层次结果中每层次中所有元素相对于总目标的相对权重，需把前一步

计算的结果进行适当的组合,以计算出总排序的相对权重,并进行层次和结构一致性检验。因此,要由上至下逐层进行,最后得出最低层次元素,即决策方案优先顺序的相对权重和整个递阶层次模型的判断一致性。

A. 合权重的计算

设 K 层所有元素为 $A_1, A_2, A_3, \cdots, A_n$, $K+1$ 层元素为 $B_1, B_2, B_3, \cdots, B_n$,该层层次单排序权重值如表 4-3 所示。

表 4-3　单排序权重值计算表

下层元素	$A_1, A_2, A_3, \cdots, A_n$ / $a_1, a_2, a_3, \cdots, a_m$	下层组合优先权重
B_1	$W_{11}, W_{12}, W_{13}, \cdots, W_{1m}$	$\sum\limits_{j=1}^{\infty} a_j W_{1j}$
B_2	$W_{21}, W_{22}, W_{23}, \cdots, W_{2m}$	$\sum\limits_{j=1}^{\infty} a_j W_{2j}$
B_3	$W_{31}, W_{32}, W_{33}, \cdots, W_{3m}$	$\sum\limits_{j=1}^{\infty} a_j W_{3j}$
$\vdots$	$\vdots$	$\vdots$
B_n	$W_{n1}, W_{n2}, W_{n3}, \cdots, W_{nm}$	$\sum\limits_{j=1}^{\infty} a_j W_{nj}$

B. 组合判断的一致性检验

设第 K 层一致性检验的结果分别为 CI_k、RI_k 和 CR_k,则第 $K+1$ 层的相应指标为

$$\mathrm{CI}_{k+1} = (\mathrm{CI}_k^1, \mathrm{CI}_k^2, \cdots, \mathrm{CI}_k^m) a^{k-1} \tag{4-5}$$

$$\mathrm{RI}_{k+1} = (\mathrm{RI}_k + \mathrm{CI}_{k+1} / \mathrm{RI}_{k+1}) \tag{4-6}$$

式(4-5)、式(4-6)中 CI_k^i、RI_k^i 分别为在 k 层第 i 个准则层下判断矩阵的一致性指标和平均随机一致性指标。当 $\mathrm{CR}_{k+1} < 0.1$ 时,认为递阶层次结构在 $k+1$ 层水平上的判断有满意的一致性。

然后计算各指标的合成权重,见表 4-4。

表 4-4　计算各指标的合成权重值

准则层	B_1		B_2			B_3			检验结果
单权重	0.182		0.127			0.691			CI=0.076
指标层	C_1	C_2	C_3	C_4	C_5	C_6	C_7	C_8　C_9	CI$_1$=0.011;CI$_2$=0.0035;CI$_3$=0.046
单权重	0.251	0.576	0.173	0.537	0.230	0.223	0.428	0.365　0.207	CI=0.015;RI=0.58
合成权重	0.046	0.105	0.032	0.068	0.029	0.028	0.296	0.174　0.143	

4.1.2　评价方法

评价方法采用综合评分法,综合评分法又称为加权平均法,它是对多目标技术方案进行综合评价的数量化方法之一。用指标评分值将不同度量单位的指标统一起来,并用总

分值权衡各项技术方案的优劣,获得总分最高的方案便是诸方案中的最佳方案。

综合评分法数学表达式如下:

$$Z_i = \sum W_j P_j \tag{4-7}$$

式中,Z_i 为方案的加权总分,$i = 1, 2, \cdots, m$;W_j 为第 j 项评价指标的权重;P_j 为第 j 项评价指标的得分值;n 为评价指标的数量。

为了统一各评价技术指标的量纲,首先要对各评价技术指标值进行标准化处理,对有些指标是要求越大越好,如林冠郁闭度、枯落物厚度等,而有些指标则是要求越小越好,如水土流失量等,本书采用最大值化的处理方法,计算方法如下:

$$P_j = \begin{cases} 0, & X_j \leqslant X_{min} \\ (X_j - X_{min}) \times P_{max}/(X_{max} - X_{min}), & X_{min} \leqslant X_j \leqslant X_{max} \\ P_{max}, & X_j \geqslant X_{max} \end{cases}$$

式中,P_j 为指标得分值,$j = 1, 2, \cdots, n$;X_j 为指标实际水平或测定值;X_{max} 为指标获得满分时的水平;X_{min} 为指标不允许的下限值;P_{max} 为满分值。

评分标准采用 10 分制,即满分值 $P_{max} = 10$。

4.1.3　典型森林群落评价

响水溪流域植物群落各项指标测定值及标准化后的得分值详见表 4-5 和表 4-6。从表 4-6 可以明显看出,各植物群落的理水调洪功能量化指标为 1.1～7.3,其排列顺序为楠竹林＞杉木、马尾松、阔叶混交林＞石栎林＞尖杉、马尾松、阔叶混交林＞香樟林＝柳杉、楠竹混交林＞马尾松、阔叶混交林＞杉木林＞尖杉林＞板栗林＞檫木林＞柳杉林＞荒草地。但是,由于各植物群落的测定样地所处空间地理差异性,所以结合植物群落生活型的海拔梯度分布规律,在海拔 1000m 以上的范围内,各植物群落的理水调洪功能表现为:杉木、马尾松、阔叶混交林＞石栎林＞尖杉、马尾松、阔叶混交林＞马尾松、阔叶混交林＞杉木林＞尖杉林＞柳杉林;在海拔 1000m 以下的范围内,楠竹林＞杉木、马尾松、阔叶混交林＞板栗林＞檫木林＞荒草地。

表 4-5　响水溪流域植物群落各项指标测定值

主要林分	林冠最大截留量/(t/hm²)	郁闭度/%	灌草层盖度/%	枯落物厚度/cm	枯落物最大持水量/(t/hm²)	糙率系数 n	土壤贮水力/(t/hm²)	土壤稳渗速率/(mm/min)	土壤孔隙度/%
楠竹林	3.07	65	95	2.8	58.63	0.0444	1713.3	6.3	75.29
荒草地	0.00	70	98	0.6	0.00	0.0456	454.4	1.1	47.96
柳杉、楠竹	7.62	76	52	3.0	41.05	0.0816	465.7	5.8	68.45
杉木林	5.90	75	40	2.6	32.13	0.0295	978.5	2.3	70.59
板栗林	2.32	90	70	2.8	57.91	0.0182	576.6	1.1	69.00
柳杉林	9.25	76	30	4.0	34.01	0.1252	349.4	3.5	40.10
石栎林	1.85	79	55	3.5	59.75	0.1338	971.3	4.0	72.21

续表

主要林分	林冠最大截留量/(t/hm²)	郁闭度/%	灌草层盖度/%	枯落物厚度/cm	枯落物最大持水量/(t/hm²)	糙率系数 n	土壤贮水力/(t/hm²)	土壤稳渗速率/(mm/min)	土壤孔隙度/%
杉木、马尾松、阔叶林	2.12	86	75	4.0	43.19	0.2575	765.2	5.4	71.32
马尾松、阔叶林	1.85	85	75	3.0	43.27	0.1007	527.1	4.6	65.17
尖杉林	3.34	85	30	4.2	25.19	0.0688	432.5	4.1	66.52
尖杉、马尾松、阔叶林	3.68	90	40	3.5	47.74	0.2194	568.9	4.7	73.86
香樟林	0.91	90	90	2.80	49.22	0.0195	762.60	2.1	74.74
檫木林	1.55	76	55	4.00	44.32	0.0142	580.20	1.7	63.22

表 4-6　响水溪流域植物群落各项指标标准化值

主要林分	林冠最大截留量/(t/hm²)	郁闭度/%	灌草层盖度/%	枯落物厚度/cm	枯落物最大持水量/(t/hm²)	平均糙率系数 n	土壤贮水力/(t/hm²)	土壤稳渗速率/(mm/min)	土壤孔隙度/%	总得分
楠竹林	2.6	0.0	9.6	6.5	9.7	1.2	10.0	10.0	10.0	7.3
荒草地	0.0	2.0	10.0	0.0	0.0	1.3	0.8	0.0	2.2	1.1
柳杉、楠竹混交林	8.0	4.4	3.2	7.1	4.6	2.8	0.9	9.0	8.1	4.6
杉木林	6.0	4.0	1.5	5.9	2.0	0.6	4.6	2.3	8.7	4.2
板栗林	1.7	10.0	5.9	6.5	9.5	0.2	1.7	0.0	8.2	3.7
柳杉林	10.0	4.4	0.0	10.0	0.0	4.6	0.0	4.6	0.0	2.6
石栎林	1.1	5.6	3.7	8.5	10.0	4.9	4.6	5.6	9.1	5.4
杉木、马尾松、阔叶混交林	1.5	8.4	6.6	10.0	5.2	10.0	3.0	8.3	8.9	5.9
马尾松、阔叶混交林	1.1	8.4	6.6	7.1	3.6	3.6	1.3	6.7	7.1	4.4
尖杉林	2.9	0.0	0.0	10.6	0.0	2.2	0.6	5.8	7.5	4.0
尖杉、马尾松、阔叶混交林	3.3	10.0	1.5	6.5	8.4	8.4	1.6	6.9	9.6	5.3
香樟林	0.0	10.0	8.8	6.5	7.0	0.2	3.0	1.9	9.8	4.6
檫木林	0.8	4.4	3.7	10.0	5.5	0.0	1.7	1.2	6.6	3.1

4.2　动态评价

　　动态评价是指根据实际观测数据来对森林群落的理水调洪功能进行评价。选取了缙云山试验小区 2002～2004 年实测 11 场暴雨（日降雨量＞50mm）条件下，其平均降雨量 76.19mm，平均雨强 0.66mm/min，平均降雨历时 16h。以平均径流特征值（表 4-7）作为动态指标，对不同森林群落的理水调洪功能进行评价。

表 4-7　各森林群落典型林分 11 场降雨的坡面平均径流特征值

林分	坡面地表径流			坡面地下径流			总径流
	径流深/mm	径流历时/h	最大峰值/(mm/min)	径流深/mm	径流历时/h	最大峰值/(mm/min)	径流深/mm
针阔混交林	10.14	19.77	0.093	44.96	74.7	0.131	55.10
常绿阔叶林	4.79	16.71	0.065	48.78	65.9	0.170	53.57
楠竹林	27.15	17.44	0.184	5.43	22.78	0.009	32.58
灌木林	7.48	16.80	0.08	4.91	11.48	0.039	12.39
农地(对照)	6.09	16.18	0.063	4.76	4.87	0.022	11.85

由表 4-7 可知,在相同暴雨条件下,常绿阔叶林坡面地表径流深最小,为 4.79mm,其次为灌木林,为 7.48mm,楠竹林坡面地表径流深最大,为 27.15mm,而各典型林分的坡面地表径流历时相差不大,因此,楠竹林地表产流量最大,减缓洪水能力最差,常绿阔叶林具有明显的拦蓄降雨、减少径流的作用。

楠竹林坡面地表径流峰值约为混交林和灌木林的 2 倍,为常绿阔叶林的 3 倍,即楠竹林削减洪峰作用最差,常绿阔叶林对洪峰削减作用最强。因此,常绿阔叶林理水削减洪峰作用最强,楠竹林最差。

针阔混交林和常绿阔叶林的坡面地下径流深,比其他林分类型大 1 个数量级,同时坡面地下径流历时为其他林分和农地土壤的 3~5 倍,即说明针阔混交林和常绿阔叶林调蓄洪水能力最强,能有效地将地表水转为地下水,补给地下水和河川基流。

综合各典型林分坡面产流量、产流历时和径流峰值可以得出,常绿阔叶林的理水调洪作用最优,楠竹林最差。

综合静态评价结果和动态评价结果,可以得到灌木林、常绿阔叶林、针阔混交林都是理水调洪功能较强的森林群落。

第 5 章　森林流域分布式暴雨水文模型构建和参数

5.1　模 型 构 建

5.1.1　技术平台

采用美国地质调查局(USGS)主持开发的模块化模型系统为技术平台,参加该平台构建的主要单位有内务部土地管理局、美国农业部的自然资源保护局、林务局、农业研究中心、科罗拉多大学、亚利桑那大学、美国国家航空航天局(NASA)、美国能源部、国防部、自然保护局,德国希勒大学及日本公共事业研究所等。该系统主要包括以下三部分(图 5-1)。

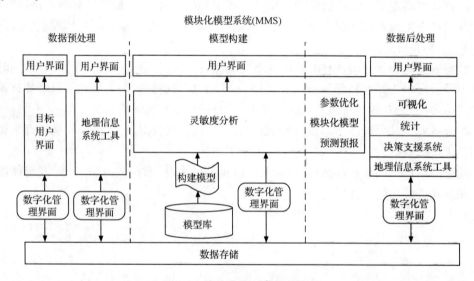

图 5-1　模块化模型化系统组成

第一部分是数据预处理,由用户界面和 GIS Weasel 两部分组成,通过 GIS 手段处理和提取与模型相关的参数和数据。

第二部分是模型构建,其主要过程和功能是通过选择水文过程的不同模块,经过用户组合,构建适用于用户自己的分布式水文模型系统,模拟降雨、气候和土地利用变化的水文过程和泥沙情况,并提供参数优化、灵敏度分析和预测预报的功能。模块部分以 PRMS(降雨径流模型系统)为核心组成。

第三部分是数据后处理部分,包括可视化、统计和决策等。

MMS 通过子程序级别的集成实现了流域过程紧密耦合的需求。从根本上而言,MMS 是一套相互匹配的子程序,它们可以被一起编译,以表征一个特定流域。这些子程序被称为模块,分别描述降雨、蒸腾、地表径流、地下水、日辐射、蒸发、融雪、河川径流和森林生长。MMS 提供的用户界面可为用户提供不同处理及了解不同模块相互之间的交互方式,最终把模块组装起来描述流域,其各模块间的集成是通过对数据定义和数据交换格式的严格控制来实现的。MMS 建模系统在美国流域水文模拟中应用较为广泛,而在我国的应用还很鲜见。

本系统的最大特点是用户可以根据自己的需要去选择不同的水文计算模块进行组合,建立和开发适于自身的水文模拟系统。该系统为进行本研究提供了可靠的技术支撑。

5.1.2　模块选择

本项研究是为了构建三峡库区的分布式暴雨水文模型系统,并应用该模型模拟森林小流域的洪水过程。根据研究目标,结合考虑三峡库区的自然条件,从 MMS 平台中选取包括降雨、温度、蒸发、截留、下渗、地表径流、亚表层径流、地下水等 19 个水文模块,这些模块根据系统工程的原理,按照径流形成的各个阶段,概化森林小流域的水文功能,采用数学方法对各单元的输入和输出变量、状态变量进行描述,再根据产流和汇流的物理联系过程进行组织,构成一个逻辑严密、时空上可以递推的模型系统。

5.1.3　PRMS 模型系统

利用所选取分布式水文模型的模块进行系统组合后,再对输入的参数和数据进行水文过程拟合计算。PRMS 分布式水文模型系统于 1983 年建立,其系统组成见图 5-2,PRMS 模型结构示意图见图 5-3。该模型基于地貌、海拔、土壤、植被类型、土地利用和降雨分布,将流域分成不同的具有同一特征的水文响应单元(HRU),根据面积大小赋予相应权重,以此来反映整个流域的情况。流域为概念化的由河道和流动的面相联结的一个系列,每个亚流域可单独模拟暴雨过程。

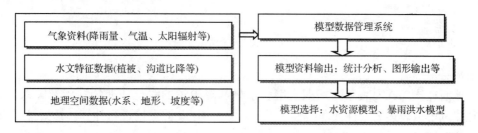

图 5-2　PRMS 模型系统组成

模型输入包括降雨、气温和太阳辐射等。植被截留作为植被覆盖密度和 HRU 优势植被可储量的函数。表示为:净降雨＝总降雨×(1－季节覆盖密度)＋通过林冠降雨×季节覆盖密度。

入渗过程中,把土壤层作为一个土壤区域库,其最大持水能力(SMAX)是田间持水量和土壤凋萎点的差。模型将土壤层分成两层:可交换层和下层。可交换层由用户定义一个最大可持水能力(REMX),其损失为蒸发和蒸腾;下层只有蒸腾损失,其最大可持水能力为 SMAX 和 REMX 的差。当土壤区域库水分达到 SMAX 时,则水分入渗到亚表层和

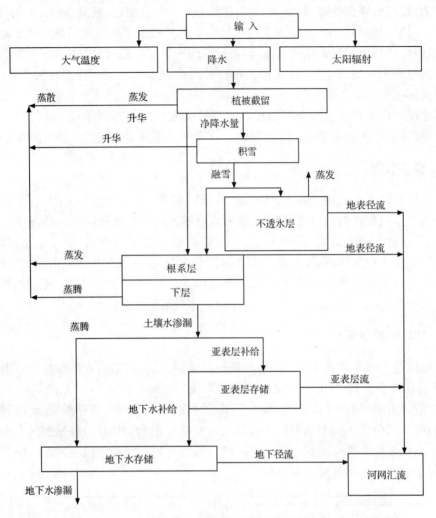

图 5-3   PRMS 模型结构示意图

地下水层。

地面径流(CAP)表示为前期土壤含水量和降雨量的线性或非线性函数关系。亚表层径流也可以表述为线性或非线性关系式,可采用运动波理论进行计算。暴雨过程,其地表径流采用运动波理论。

河道汇流表示为水库的输入和输出,可用线性储存沿程过程表示,也可用修正的沿程过程(SCS,1972)表示。

模型可以模拟一般降水、极端降水及融雪过程时的水平衡关系、洪峰及洪峰流量、土壤水等的变化。主要用于评价降水、气候、土地利用和植被等变化对河流流量、泥沙冲积量、洪水等水文过程的影响(Leavesley et al. ,1994,2002)。

模型模拟过程中,需要输入的参数主要包括各水文响应单元的地貌、植被类型、土壤类型及水文特征等,并且需要输入整个流域的气候参数。如果不模拟融雪过程,也可以用日蒸发能力来替代温度资料。如果需要模拟融雪过程,则还需要输入日均太阳辐射资料。

模拟洪水过程时需要输入间隔为 60min 或更高时间分辨率的降水资料。

5.1.4　主要模块

1）降水

降水时每个 HRU 的总降水量（PPT）可以由下式计算：

$$PPT = PDV \times PCOR \tag{5-1}$$

式中，PDV 为与该 HRU 关系密切的降水测站的降水量；PCOR 为 HRU 的降水调整系数，它主要受海拔高度、地形等的影响。

每个响应单元的降水形式（雨、雪或雨夹雪）由 HRU 的最高温度（TM）、最低温度（TN）及它们与给定的参考温度（BST）的关系来确定。

2）气温

气温模式输入的地面最高温度、最低温度可以是华氏温标（F），也可以是摄氏温标（℃）。每个月份（MO）都要计算每个 HRU 的温度调整系数，以最高温度调整系数（TCRX）的计算为例，其表达式如下：

$$TCRX(MO) = [TLX(MO) \times ELCR] - TXAJ \tag{5-2}$$

式中，TLX 为最高温度递减率；ELCR 为每个 HRU 平均海拔高度与测站海拔高度差值；TXAJ 为 HRU 的水平面和坡面之间大气最高温度的平均差值。

这样，每个 HRU 调整后的日平均最高温度为

$$TM = TMX - TCRX(MO) \tag{5-3}$$

式中，TMX 为观测的最高温度。

最低温度的调整方案与最高温度类似。

3）太阳辐射

太阳辐射模型在计算融雪过程和蒸散时需要利用太阳短波辐射资料。观测的太阳短波辐射（ORAD）是代表水平面值，而每个 HRU 的坡面值（SWRD）则需要根据 ORAD 进行调整

$$SWRD = ORAD \times DRAD/HORAD \tag{5-4}$$

式中，DRAD 为某个 HRU 的坡面日均可能太阳辐射；HORAD 为水平面日均可能辐射。

DRAD 和 HORAD 可以根据给定的太阳可能辐射值内插求得。

如果模型中不计算融雪过程，那么太阳辐射值可以不必输入，而是利用输入的最高温度、最低温度资料近似求得。

模型提供了两种可供选择的计算方案，第一种方案是 Leaf 和 Brink 建立的度·日方案。

图 5-4 中曲线代表不同月份实际太阳辐射与可能辐射之比（SOLF）。利用图 5-4 就可得到不同月份，在不同的最高温度时的度·日系数（DD）和实际辐射与可能辐射之比。由此就可以计算太阳短波辐射值

$$ORAD = SOLF \times HORAD \tag{5-5}$$

式中，计算的 ORAD 为无降水时的值，有降水发生时，需要对 ORAD 进行调整。

第二种方案是由 Thompson 发展的，主要考虑了太阳辐射与云量之间的关系及云量

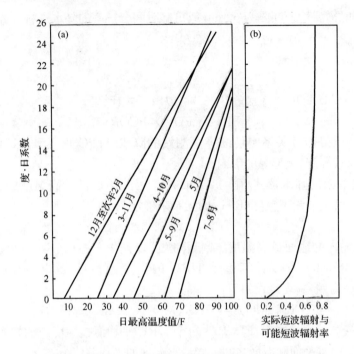

图 5-4　利用最高温度计算太阳短波辐射的度·日方案

与最高温度、最低温度之间的关系,这种方案在湿润地区的应用效果最好。日平均云量
(SKY)可由下式计算:

$$SKY = RDM(MO) \times (TMX - TMN) + RDC(MO) \tag{5-6}$$

式中,RDM 为每个月份云量随大气温度变化曲线的斜率;TMX 为观测的最高温度;
TMN 为观测的最低温度;RDC 为每个月份云量曲线与日均温度变化曲线的交点。

知道了日平均云量后,就可以计算 ORAD 与晴空有效辐射之间的比率(RAJ)

$$RAJ = RDB + (1 - RDB) \times (1 - SKY)^{RDP} \tag{5-7}$$

式中,RDB 值可查表取得;RDP 为常数,一般可取 0.61。有降水发生时的 RAJ 可由晴空
RAJ 乘一常数求得。

ORAD 就可由下式计算:

$$ORAD = RAJ \times HORAD \tag{5-8}$$

4)雨水截留

模型将雨水截留量看作每个 HRU 的主要植被类型的覆盖密度和可存储量的函数。
截留后的净降水量(PTN)由下式计算:

$$PTN = [PPT \times (1 - COVDN)] + (PTF \times COVDN) \tag{5-9}$$

式中,PPT 为一个 HRU 所接收的总降水;COVDN 为夏季或冬季平均的植被覆盖密度;
PTF 为透过植被冠层的降水量。

其中 PTF 由下式求得:

$$PTF = PPT - (STOR - XIN), \quad PPT > (STOR - XIN) \tag{5-10}$$

$$PTF = 0.0, \quad PPT \leqslant (STOR - XIN) \tag{5-11}$$

式中,STOR 为植被上的最大截留储存深度;XIN 为当前植被上的截留储存深度。

STOR 的值由季节及降水形式(冬季降雨、冬季降雪或夏季降雨)确定。被截留的雨水将按照自由水面的蒸发率蒸发。

5) 蒸散

模型提供了利用蒸发皿观测的蒸发资料、将蒸散量看作日平均大气温度和日照时间的函数(Hamon 方程)及 Jensen-Haise 公式三种方法计算可能蒸散(PET)。

利用器皿实测数据的计算公式如下:

$$PET = EPAN\_COEF \times PAN\_EVAP \tag{5-12}$$

式中,EPAN_COEF 为月蒸发系数;PAN_EVAP 为实测蒸发数值。

利用 Hamon 方程计算潜在蒸发散的公式如下:

$$PET = HAMON\_COEF \times RADPL\_SUN^2 \times VDSAT \tag{5-13}$$

式中,HAMON_COEF 为月气温系数;RADPL_SUN 为日照时间;VDSAT 为饱和水汽密度。

利用 Jensen-Haise 计算潜在蒸发散的公式如下:

$$PET = JH\_COEF \times (TAV - JH\_COEF\_HRU) \times RIN \tag{5-14}$$

式中,JH_COEF 为月空气温度调节系数;JH_COEF_HRU 为水文单元气温系数;TAV 为水文单元平均温度;RIN 为太阳辐射值。

6) 下渗

下渗过程的计算因时间间隔和输入的降水形式的不同而变化。洪水过程只计算降雨过程,不计算降雪过程,且只在无积雪地区计算。如果计算日平均降水,则当降雨发生在没有积雪的 HRU 地区时,下渗变量为净降水与表面径流的差值。如果模型计算的是融雪过程,则在土壤水分未达到区域蓄水能力前,为无限下渗;当水分达到区域蓄水能力时,日平均下渗量由用户定义的最大下渗能力(SRX)决定,超过 SRX 的融雪量将变为表面径流。如果降雨发生在积雪表面,则在积雪没有完全耗尽以前,下渗水量为融雪量;积雪完全耗尽以后,则同无积雪区一样。

模型采用 Green-Ampt 公式计算入渗率(FR),该公式被 Dawdy 等(1972)进一步改进,得到公式如下:

$$FR = KSAT \times (1 + PS/SMS) \tag{5-15}$$

式中,KSAT 为水力传导度;PS 为毛管张力与水分亏缺乘积的有效值;SMS 为当前累积的入渗量。

7) 地表径流

洪水模型的地表径流由运动波动近似(kinematic wave approximation)来计算。透水区的地表径流由剩余降水(QR)产生,不透水区的地表径流由观测降水量决定。一个 HRU 可以看作一个地表径流平面,也可以根据地形斜率和表面粗糙度分为几个径流平面。径流平面产生的表面径流将最终汇入某一段河道内。

降水产生的平均地表径流可由贡献区域(contributing-area,CAP)的概念来计算。一个 HRU 的降水对地表径流的贡献百分率可以通过原土壤湿度和降水量的线性函数或非线性函数计算。在线性模型中,贡献区域(CAP)的大小可由式(5-16)计算:

$$CAP = SCN + (SCNX - SCN) \times (RECHR/REMX) \tag{5-16}$$

式中,SCN 为最小可能贡献区域;SCNX 为最大可能贡献区域;RECHR 为当前土壤蓄水带的可得水量;REMX 为土壤蓄水带的最大蓄水能力。

这样地表径流量(SRO)就可由下式计算:

$$SOR = CAP \times PTN \tag{5-17}$$

在非线性计算方案中,CAP 由下式计算:

$$CAP = SCN \times 10(SCI \times SMIDX) \tag{5-18}$$

式中,SCN 和 SCI 为系数;SMIDX 为当前土壤蓄水带的可得水量加上净降水量的一半。地表径流量的计算如式(5-17)所示。不透水区的日地表径流量可利用总降水量(PPT)计算。当持水能力满足时,剩余的降水量就变为径流量。

8)亚表层径流

模型中亚表层流被定义为从未饱和带向河道较快速流动的水流,主要产生于降水和融雪过程中或降水和融雪过程后。亚表层流的水源为土壤水分超过区域持水能力的部分,它最终将流入较浅的地下蓄水带或沿斜坡向下从一些下渗点流入到一些位于水面以上的陆地出水点。亚表层流量可以用蓄水区路径系统(reservoir routing system)计算。当一个 HRU 的土壤含水量超过其最大可能蓄水能力(SMAX),且这些剩余水量也超过了向地下蓄水区的渗流率(SEP)时,就会产生亚表层流,即亚表层流是剩余水量与 SEP 的差。

9)地下水

模型中将地下水系统概念性地表达为一个线性的蓄水区,它是地下径流(BAS)的源泉。水可以从土壤蓄水带流入地下水储存区,也可以从次地表蓄水区流入地下水储存区。当土壤水分含量超过区域持水能力时,水分就由土壤带流入地下水储存区。从次地表蓄水区流入地下水储存区的流量(GAD)由下式计算:

$$GAD = RSEP \times (RES/RESMS) \times REXP \tag{5-19}$$

式中,RSEP 为日平均水分再补给系数;RES 为次地表蓄水区的当前储量;RESMS 和 REXP 为描写 GAD 路径特征的系数。

由地下水产生的地下径流可根据下式计算:

$$BAS = RCB \times GW \tag{5-20}$$

式中,RCB 为蓄水区路径系数;GW 为地下蓄水区储量。

10)河川径流

洪水过程的河川径流路径通过将排水网参数化为河道、蓄水区及河道支流来实现。河道、蓄水区及河道支流三者之和不能超过 50。每一个河道支流最多可以接收三个上游河道支流的来水,并且最多可以接收两个来自侧面的地表径流。

5.1.5 分布式暴雨水文模型 PRMS_Storm 构建

三峡库区分布式暴雨水文模型 PRMS_Storm 构建的技术路线详见图 5-5,模型系统的生成主要通过模块选择、模型系统生成、HRU 划分、模型所需的参数文件数据来完成。

为了构建三峡库区的分布式暴雨水文模型系统,并应用该模型模拟森林流域的洪水

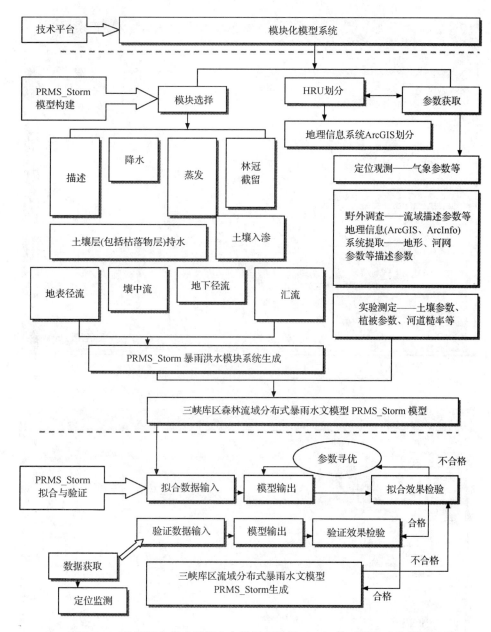

图 5-5　三峡库区分布式暴雨水文模型 PRMS_Storm 构建的技术路线图

过程,根据研究目标,结合考虑三峡库区的自然条件,从 MMS 平台中选取包括降雨、温度、蒸发、截留、下渗、地表径流、亚表层径流、地下水等水文模块,这些模块根据系统工程的原理,按照径流形成的各个阶段,概化森林流域的水文功能,采用数学方法对各单元的输入和输出变量、状态变量进行描述,再根据产流和汇流的物理联系过程进行组织,构成一个逻辑严密、时空上可以递推的模型系统。

利用 MMS 提供的 Model Build 功能,对所选择的模块进行模型系统生成。模块选择和模型系统生成过程见图 5-6,模型系统模块网络见图 5-7。

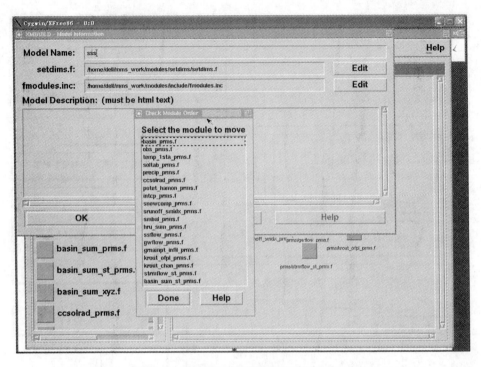

图 5-6 模块选择和模型系统生成过程

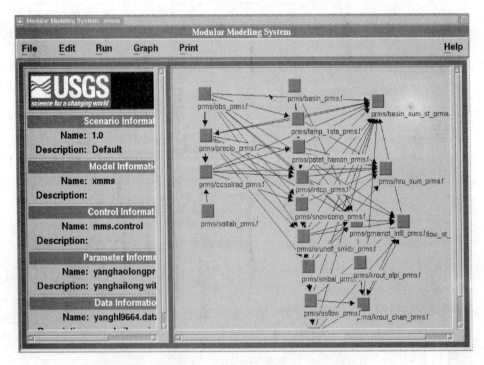

图 5-7 分布式暴雨水文模型系统模块网络图

5.1.5.1　数据文件获取与整理

1）数据文件格式

进行洪水过程模拟时，在 PRMS_Storm 模型系统中需要输入以下格式的数据文件，数据输入包括降雨时间、降雨量、径流量、日最高气温值、日最低气温值，数据文件格式如下：

```
2004 zhongyan baoyu 9.4-9.5
runoff 1
precip 1
tmin 1
tmax 1
solrad 0
pan_evap 0
form_data 0
route_on 1
#####################################
2004  9  4  20   0   0   1.6562   0.0000   64   77   1
2004  9  4  20  15   0   1.6562   0.0044   64   77   1
2004  9  4  20  30   0   1.6562   0.0162   64   77   1
2004  9  4  20  45   0   1.6562   0.0660   64   77   1
2004  9  4  21   0   0   1.6562   0.0320   64   77   1
2004  9  4  21  15   0   1.6562   0.0014   64   77   1
2004  9  4  21  30   0   1.6562   0.0014   64   77   1
2004  9  4  21  45   0   1.6562   0.0014   64   77   1
2004  9  4  22   0   0   1.6562   0.0014   64   77   1
2004  9  4  22  15   0   1.7247   0.0014   64   77   1
2004  9  4  22  30   0   1.8087   0.0014   64   77   1
2004  9  4  22  45   0   1.8878   0.0014   64   77   1
2004  9  4  23   0   0   1.9669   0.0014   64   77   1
2004  9  4  23  15   0   2.0460   0.0014   64   77   1
2004  9  4  23  30   0   2.1301   0.0014   64   77   1
2004  9  4  23  45   0   2.2092   0.0325   64   77   1
2004  9  5   0   0   0   2.2883   1.4173   64   77   1
```

2）暴雨数据的获取和整理

可从布置在四面山响水溪森林流域的气象站采集暴雨数据，当地气象站使用自记雨量计时时获取试验区域的降雨数据。通过对采集数据的整理分类，选定数场暴雨数据作为本项研究的基础数据，并对其进行内插赋值和格式转换，以供模型数据文件调用。

3）洪水数据的获取和整理

四面山试验区在流域出口处设置有 V 形量水堰，通过自记水位计记录河道水位变化情况,作为推求流域径流成分和洪峰的依据。根据水位-流量对应关系,可将水位数据转化成与暴雨数据一一对应的流量数据。此过程同样需要内插赋值和格式转换,统一成模型所要求的数据单位,然后存储为 Textpad 文件形式,就可被模型数据文件调用。

其中利用平坦 V 形量水堰计算流量的公式如下:

$$Q = 0.8C_{De}C_v Z_h g^{\frac{1}{2}} h_{le} m \tag{5-21}$$

式中,Q 为流量(单位:m^3/s);C_{De} 为自由流量系数;C_v 为行近流速系数;Z_h 为形状系数;h_{le} 为上游实测水头(单位:m);m 为堰宽(单位:m)。

4) 数据文件生成

构建的分布式暴雨水文模型拟合、检验及应用需要输入间隔为 60min 或更高时间分辨率的降水资料和洪水资料。本节通过整理实测水位数据,根据数值自记的不同时段间隔求均值,得到洪水过程拟合及检验的最佳模拟时间分辨率均为 15min。

通过调用整理后的暴雨数据和洪水流量数据,并将两类数据按照时间顺序一一对应,同时输入模型模拟时的最大温度和最小温度,就可以生成模型可调用的完整数据文件。

模型运行界面见图 5-8。

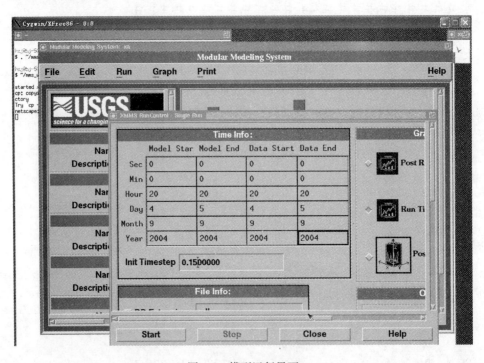

图 5-8　模型运行界面

5.1.5.2　参数文件生成

模型参数是对系统具体特点的量化,参数的选取与率定在一定程度上决定了模型的精度与适用性。在本模型中,大致可划分为以下几种类型参数:地理空间参数、植被参数、水文参数、土壤参数等。

　　模型的参数数值的获取受多方面因素的影响。例如,模型的参数取值受到模型计算单元尺寸的影响;参数优化计算强度大,一些传统的优化方法不能胜任等。各种类型参数中有些参数为物理量或常数,对于具有物理意义的参数,易于估计其变化范围,而有些参数则可以直接从森林流域的地理地貌、土壤植被等资料分析中求得,还有一些参数随时间和空间发生变化,需要通过模型的分析试算和拟合来确定,模型拟合过程主要就是针对这部分参数进行的。

　　模型参数文件具有固定的格式,我们只要输入各个参数的具体数值,然后通过参数文件的整合,各参数就可以直接被模型读取调用。

　　模型需要输入的参数主要包括各水文响应单元的地貌、植被与土地利用类型、土壤类型及水文特征等,各段河网(nchan)的糙率、比降、长度、宽度及水文特性等,并且需要输入整个流域的气候参数(气温、太阳辐射)。

　　输入的水文响应单元及河网的上述参数指标指的是水文响应单元内的某种统计特征值(均值、比例),如平均坡度、农地比例、沟谷密度等。

5.2　模型主要参数阈值获取

5.2.1　样地植被特征参数

　　对四面山响水溪森林流域 13 块样地典型植被类型调查表明:研究范围区内森林主要以人工林和天然次生林为主,林龄多为 10～30 年,郁闭度均在 70% 以上,高者达 90%。林下枯落物厚度为 2～4cm,并且多呈分解、半分解状态。土壤容重最大为荒地,最小为多种混交林地。林下下层植被主要有胡枝子、芒草及蕨类等。详见表 5-1。

表 5-1　四面山响水溪流域典型植被样地基本情况

样地编号	主要林分	坡度/(°)	林龄	郁闭度/%	灌草层盖度/%	枯落物厚度/cm	土壤容重/(g/cm³)	主要下层植被
1	楠竹林	30	3	65	95	2.8	1.3	八角、悬钩子、芒草
2	荒草地	20		70	98	0.6	1.9	芒草、水金凤
3	柳杉、楠竹混交林	28	12	76	52	3.0	1.3	蕨类、浆果薹草、芒草
4	杉木林	23	15	75	40	2.6	1.5	荚蒾、铁仔
5	板栗林	28	15	90	70	2.8	1.3	胡枝子、卫矛、蕨类
6	柳杉林	15	12	76	30	4.0	1.3	蕨类、浆果薹草、芒草
7	石栎林	25	27	79	55	3.5	1.2	马银花、枫香、蕨类
8	杉木、马尾松、阔叶混交林	26	18	86	75	4.0	1.2	映山红、胡枝子、蕨类
9	马尾松、阔叶混交林	37	25	85	75	3.0	1.2	映山红、火棘、铁芒萁
10	尖杉林	22	16	85	30	4.2	1.3	映山红、铁芒萁、芒草
11	尖杉、马尾松、阔叶混交林	35	16	90	40	3.5	1.3	胡枝子、蕨类、枫香
12	香樟林	20	22	90	90	2.8	1.1	蕨类、悬钩子、芒草
13	檫木林	22	25	76	55	4.0	1.3	蕨类、芒草、火棘

5.2.2　样地土壤特征参数

5.2.2.1　土壤基本特征

经过实地调查,研究区内土壤多为浅黑色和黄色,质地以轻壤土和黏土居多,一般层次过渡较为明显,主要根系分布层一般在 50cm 以内。抚育石栎、多种混交林、松杉混交林样地土壤中有少量的石块侵入,香樟林地的侵入体为大块岩石。有新生体的土壤为抚育石栎、多种混交林和松杉混交林地。各样地土壤的紧实度为 2~7cm,剖面内分布规律为由上到下,土壤逐渐密实且黏重。具体土壤基本情况如表 5-2 所示。

表 5-2　四面山响水溪流域样地土壤基本情况表

样地编号	主要林分	土壤层	土层颜色	土壤质地	紧实度/cm	主要根系分布层/cm	其他
1	楠竹林	A	浅黑	壤土	7	20~50	1、4
		B	黄色	轻壤	2		
2	荒草地	A	浅黑	黏土	3	2~20	2、5
		B	棕黄	黏土	1		
3	柳杉、楠竹	A	棕黄	壤土	5	15~80	1、3、5
		B	浅黑	黏土	2		
4	杉木林	A	黄黑	壤土	5	20~80	2、6
		B	黄色	黏土	3		
5	板栗林	A	黄黑	壤土	6	10~50	1、4
		B	黄色	黏土	3		
6	柳杉林	A	棕黄	壤土	5	5~80	1、3、7
		B	棕黄	黏土	3		
7	石栎林	A	浅黑	轻壤	4	15~40	1、3、4、7
		B	黄色	黏土	2		
8	杉木、马尾松、阔叶混交林	A	黄色	壤土	4	5~70	1、3、7
		B	黄黑	黏土	2		
9	马尾松、阔叶混交林	A	黄色	壤土	4	5~70	1、3
		B	黄黑	黏土	2		
10	尖杉林	A	黄色	壤土	4	10~60	1、4、7
		B	黄黑	黏土	1		
11	尖杉、马尾松、阔叶混交林	A	黄色	轻壤	5	5~80	1、3、7
		B	黄褐	黏土	2		
12	香樟林	A	黑褐	黏土	6	40~70	1、8
		B	黄褐	黏土	3		
13	檫木林	A	黄黑	壤土	5	20~100	1、4、8
		B	黄色	黏土	3		

注:1. 层次过渡明显;2. 层次过渡不明显;3. 有少量新生体;4. 无明显侵蚀;5. 有轻度侵蚀;6. 有中度生物;7. 有少量侵入体;8. 有大量侵入体。

影响土壤渗透性的因素很多,如样地的坡度、土壤砾石含量、土层紧实度、初期含水率、孔隙度等。吴发启等(1998)的研究发现,在以上各因素中以土壤的初始含水率、孔隙度以及土壤容重影响最大。据调查得出,区内土壤的总孔隙度多在50%以上,最高为楠竹林地(A层达83.85%、B层达66.73%、均值为75.29%),最小的为柳杉林地(A层为44.29%、B层为38.55%、均值为41.42%)。各样地之间非毛管孔隙度的相对大小基本类同总孔隙度的大小,各土层的土壤密度多为1.2~1.5g/cm³,土壤含水率变化较大,多为40%~70%,在同一剖面之中由上至下,土壤孔隙度呈递减趋势,具体数值如表5-3所示。

表5-3　四面山响水溪流域样地土壤物理性质表

样地编号	主要林分	土壤层	总孔隙度/%	毛管孔隙度/%	非毛管孔隙度/%	土壤含水率/%
1	楠竹林	A	83.85	62.82	21.03	55.80
		B	66.73	50.03	16.70	
2	荒草地	A	47.96	42.71	5.25	24.50
		B	46.68	42.30	4.38	
3	柳杉、楠竹混交林	A	69.71	56.50	13.20	38.20
		B	63.36	53.71	9.65	
4	杉木林	A	81.61	70.25	11.36	60.86
		B	59.57	50.00	9.57	
5	板栗林	A	73.06	66.59	6.47	70.60
		B	64.93	59.48	5.45	
6	柳杉林	A	44.29	38.22	6.07	49.72
		B	38.55	3.13	5.42	
7	石栎林	A	74.04	67.47	6.57	60.09
		B	66.00	60.24	5.76	
8	杉木、马尾松、阔叶混交林	A	74.77	56.29	18.48	54.10
		B	65.07	50.55	14.52	
9	马尾松、阔叶混交林	A	78.81	67.19	11.62	57.20
		B	70.22	58.81	11.41	
10	尖杉林	A	70.46	59.11	11.35	49.10
		B	63.01	54.17	5.84	
11	尖杉、马尾松、阔叶混交林	A	74.27	51.42	23.85	62.30
		B	66.61	48.22	18.39	
12	香樟林	A	78.24	69.33	8.91	62.30
		B	71.24	64.47	6.77	
13	檫木林	A	66.09	57.53	8.56	65.70
		B	60.41	53.44	6.97	

5.2.2.2　土壤贮水特征

土壤非毛管贮水性能,即土壤快速贮水量,是评价不同植物群落下土壤涵养水源及调节水分循环的一个重要指标。

由于土壤在淋溶作用下自然分层,不同的土壤贮水量受非毛管孔隙度的大小影响差异很大,从 A 层到 B 层逐层计算,不同植物群落下 1m 深土壤贮水量见表 3-8。

从表 3-8 可以看出,在各种林分类型中,贮水量大小为 45.44～195.91mm,最大为尖杉、马尾松、阔叶林混交林,最小为荒草地。人工林中,杉木林、柳杉林分别为 97.85mm 和 55.37mm。

5.2.2.3　土壤入渗特征

土地利用方式不同,即使是同一类型的土地,其渗透性也会有很大差异,因此分析不同土地利用方式的土壤渗透性对该土地类型区的土地合理利用具有重要的指导意义。对响水溪 13 个标准样地实测其渗透特征值 kpar,同时再根据样地土壤的物理特征,得到 psp 和 rgf 的数值。各类土壤渗透特征参数计算见表 5-5。

本节构建的分布式暴雨水文模型采用 Green-Ampt(1911)入渗计算公式模拟入渗过程,其中了解 kpar、psp 及 rgf(Leavesley et al. ,1983)3 个土壤水文参数的分布规律,可为今后的进一步研究提供基础数据,且 kpar 这一参数对模型模拟结果影响较大,影响因素较多,包括土壤、气候、植被、地形等,因此准确地获取其参数数值对进一步提高模型的模拟精度影响显著。

1) Green-Ampt 入渗模型概述

Green-Ampt 模型是根据 Darcy 定律建立的一种近似模型。模型最初是根据地面积水、深厚均质土层及初始含水量均匀分布条件下的入渗建立的。假定水流以活塞流形式进入土壤,在湿润和未湿润区之间,形成一个剧变的湿润锋面。忽略地面积水深度的 Green-Ampt 入渗率公式是

$$f = K\left[1 + \frac{(\phi - \theta_i)S_f}{F}\right] \tag{5-22}$$

其积分形式为

$$K_t = F - S_f(\phi - \theta_i)\ln\left[1 + \frac{F}{(\phi - \theta_i)S_f}\right] \tag{5-23}$$

式中,K 为水力传导度(单位:mm/min);S_f 为湿润锋面处的有效吸力(单位:mm);ϕ 为土壤孔隙度(单位:%);θ_i 为初始含水量(单位:%);F 为累积入渗量(单位:mm);f 为入渗率。式(5-23)假定地面积水,因此入渗率等于入渗能力。

Mein 和 Larson(1973)为应用 Green-Ampt 模型于降雨入渗,发展了下面的系统。在地面发生积水之前的降雨强度 R 等于入渗率 f,累积入渗量 F_p 等于发生积水时刻之前的全部降雨,即雨强乘积水发生时间 t_p 对稳定降雨入渗率为

$$当 t \leqslant t_p 时, \quad f = R \tag{5-24}$$

$$当 t > t_p 时, \quad f = K + \frac{K(\phi - \theta_i)S_f}{F} \tag{5-25}$$

式中，$t_p = F_p/R, F_p = [S_f(\phi - \theta_i)]/(R/k - 1)$。

其积分形式类似于式(5-2)

$$K(t - t_p + t'_p) = F - S_f(\phi - \theta_i)\ln\left[1 + \frac{F}{(\phi - \theta_i)S_f}\right] \tag{5-26}$$

式中，t'_p 为在地面积水的初始条件下入渗量达到 F_p 的当量时间，可以由式(5-23)计算。一般 Green-Ampt 模型用于计算累积入渗量 F 和解式(5-26)中的 t，然后用式(5-25)求 f。

2）kpar 水文参数获取

kpar 水文参数对应入渗模型中的 K 值，即水力传导度。其是土壤传输水分的能力取决于土壤特性和液体特征。总孔隙度、孔隙大小分布和孔隙连续性是影响水力传导度的重要土壤特性。影响水力传导度的液体特性是黏滞性和密度。

测定土壤水力传导度的野外和室内实验方法很多。室内有定水头渗透仪法(Reynolds et al.，1998；于东升和史学正，2002)、变水头渗透仪法(Vanderlinden et al.，1998；Gomez et al.，2001；Regalado and Munoz-Carpena，2004)等；田间现场测定的众多方法中比较成功的是双环法。双环法一般只用于测定表土层的入渗能力，此法耗水量较大。同时，不同的测定方法往往获得不太一致的结果，因为这个参数对取样大小及很多土壤物理水文特征很敏感。此外，很多测定水力传导度(樊军等，2006)的方法并不是适合或者准确针对所有的土壤类型。

3）psp 水文参数获取

psp 水文参数定义解释为水分亏缺与毛管张力的乘积，即入渗模型中水分含量之差与湿润锋面处的有效吸力的乘积。根据试验区土壤各自的含水量，再通过得到 S_f(湿润锋面处的有效吸力)数值，最终得到试验区土壤 psp(mm)水文参数值。其中 Green-Ampt 湿润锋吸力参数 S_f 可以根据 Brooks-Corey 参数估计为

$$S_f = \frac{2 + 3\lambda}{1 + 3\lambda} \cdot \frac{h_b}{2} \tag{5-27}$$

式中，λ 为 Brooks-Corey 孔径分布指数；h_b 为 Brooks-Corey 气泡压力水头。若有更准确详细的土壤物理特性数据(张建云等，2002)，也可根据 Rawls 和 Brakensiek 的进一步引申式来计算，他们将 S_f 和土壤特性联系，得下列公式：

$$\begin{aligned}
S_f = \exp[&6.53 - 7.32(\phi) + 0.00158(C^2) + 3.809(\phi^2) \\
&+ 0.000344(S)(C) - 0.04989(S)(\phi) + 0.0016(S^2)(\phi^2) \\
&+ 0.0016(C^2)(\phi^2) - 0.0000136(S^2)(C) - 0.00348(C^2)(\phi) \\
&+ 0.000799(S^2)(\phi)]
\end{aligned} \tag{5-28}$$

式中，S 为砂土占土壤中的百分数；C 为黏土占土壤中的百分数；ϕ 为孔隙率。

采用美国农业部所给出的不同土壤质地的湿润锋吸力均值来计算 psp 参数的数值，见表 5-4(Rawls and Brakensick，1983)。

表 5-4　不同土壤质地分类的 Green-Ampt 入渗参数

土壤质地分类	孔隙率/%	湿润锋土壤吸力水头 S_f/mm
砂土	43.7	49.5(9.7~253.6)
壤质砂土	43.7	61.3(13.5~279.4)
砂质壤土	45.3	110.1(26.7~454.7)
壤土	46.3	88.9(13.3~593.8)
粉砂质壤土	50.1	166.8(29.2~953.9)
砂质黏壤土	39.8	218.5(44.2~1080.0)
黏壤土	46.4	208.8(47.9~911.0)
粉砂黏壤土	47.1	273.0(56.7~1315.0)
砂质黏土	43.0	239.0(40.8~1402.0)
粉砂黏土	47.9	292.2(61.3~1394.0)
黏土	47.5	316.3(63.9~1565.0)

4）rgf 水文参数获取

rgf 水文参数的定义解释为土壤田间持水量时的 psp 与凋萎点时的 psp 比值。因此确定土壤不同时期的含水量是计算 rgf 参数数值的关键。

对响水溪 13 个标准样地实测其渗透特征值 kpar,同时再根据样地土壤的物理特征,得到 psp 和 rgf 的数值。各类土壤渗透特征参数计算见表 5-5。

表 5-5　四面山响水溪流域样地土壤渗透参数测定计算表

样地编号	主要林分	kpar/(mm/min)	psp/mm	rgf
1	楠竹林	6.3	48.58	13.00
2	荒草地	1.1	121.00	12.81
3	柳杉、楠竹混交林	4.2	165.74	11.41
4	杉木林	2.3	152.05	3.88
5	板栗林	1.1	147.31	3.43
6	柳杉林	3.5	84.53	1.17
7	石栎林	4.0	151.15	3.99
8	杉木、马尾松、阔叶混交林	2.7	157.84	6.27
9	马尾松、阔叶混交林	0.6	168.75	6.43
10	尖杉林	0.8	153.62	7.27
11	尖杉、马尾松、阔叶混交林	1.8	149.89	3.26
12	香樟林	2.1	163.49	4.66
13	檫木林	1.7	129.02	1.15

表 5-5 表明,在各种林分类型中,土壤水力传导度 kpar 为 0.6～6.3mm/min,最大值为楠竹林,最小为马尾松、阔叶混交林;psp 为 48.58～168.75mm;rgf 最大值达 13.00,最小值为 1.15。

5.2.3　林冠截留特征参数

林冠截留量与降水量存在着极紧密的正相关关系,但它又相当复杂,受降雨量、降雨强度、降雨历时、前期环境状况及林种、林龄、林分密度等多种因素的影响和制约。根据水量平衡原理有:

$$I = P - P' - G \tag{5-29}$$

式中,P' 为穿透雨;G 为树干径流;I 为树冠截留;P 为林内降雨量。

影响模型截留模块模拟结果的主要参数为 srain_intcp,即降雨截留量。

一般来讲树干截留量只占林分截留总量的 1% 左右,因此在许多时候这部分截留可以忽略不计。林冠截留能力与林分本身的结构特征有关(包括冠层厚度、林分郁闭度、林冠干燥程度、叶面积大小等)。冠层越厚,林冠的截留量越大;林分郁闭度越大,冠层对降雨的截留能力就越强;而林冠的干燥程度也影响冠层对降雨的截持能力,表现为干燥程度越高,林冠截留量越大,反之越小。当然林冠的截留能力也与林外降雨特性,如降雨量大小、降雨强度、降雨历时等存在极其密切的关系。表 5-6 为标准径流小区不同植被类型林冠一次降雨截留能力状况。

表 5-6　四面山响水溪流域不同植被类型林冠一次降雨截留能力

场次	林外降雨量/mm	针阔混交林			阔叶林			楠竹林			灌丛		
		穿透雨量/mm	林冠截留量/mm	截留率/%	穿透雨量/mm	林冠截留量/mm	截留率/%	穿透雨量/mm	林冠截留量/mm	截留率/%	穿透雨量/mm	林冠截留量/mm	截留率/%
1	3.4	2.08	1.32	38.82	1.04	2.36	69.41	1.04	2.36	69.41	3.12	0.28	8.20
2	3.7	2.08	1.62	43.78	1.04	2.66	71.89	1.04	2.66	71.89	3.12	0.58	15.67
3	5.1	2.08	3.02	59.22	1.04	4.06	79.61	3.12	1.98	38.82	4.16	0.94	18.43
4	5.2	2.08	3.12	61.18	1.04	4.16	80.00	1.04	4.16	80.00	1.04	4.16	80.00
5	5.7	2.08	3.62	63.51	1.04	4.66	81.75	1.04	4.66	81.75	3.14	2.56	44.91
6	6.2	3.12	3.08	49.68	1.04	5.16	83.22	1.04	5.16	83.22	2.10	4.10	66.13
7	7.9	3.28	4.62	63.46	3.12	4.78	60.51	5.20	2.70	34.18	5.22	2.68	33.92
8	10.3	5.20	5.10	49.51	2.08	8.22	79.81	3.12	7.18	69.71	6.23	4.07	39.51
9	12.0	5.44	6.56	54.67	5.44	6.56	54.67	6.89	5.11	42.58	7.45	4.55	37.92
10	39.4	34.20	5.20	13.20	28.08	11.32	28.73	22.88	16.52	41.93	25.93	13.47	34.19
11	43.6	36.64	6.96	15.96	30.16	13.44	30.82	32.75	10.85	24.88	35.66	7.94	18.21

由表 5-6 可以看出,不同类型植被的林冠对不同雨量级别的降雨截持能力存在差异。

4 种林分类型表现的总体趋势是随着降雨量的增加,林冠的截留能力也相应增加,到达一定程度后,出现下降趋势。4 种林分类型截留率出现的峰值为:当林外降雨量达到 6.2mm 时,阔叶林和楠竹林的林冠截留率最高,为 83.22%,超过此降雨量数值后,阔叶林、楠竹林以及灌丛截留率均有所下降;当林外降雨量达到 7.9mm 时,针阔混交林林冠截留率最高,为 63.46%。表明降雨量在 10mm 以下时,林冠截留的作用明显,而大于这一范围,截留率明显减少,这是因为随着雨量的增大,雨滴打击林冠力度加大,当超过林冠的最大持水能力时,大部分降雨成为穿透雨。

在林冠截留降雨达到饱和以前,林冠截留量随着降雨量的增加而不断增加,但增加的比率越来越小,直到趋近于林冠最大持水量。所以,林冠截留量与林外降雨量呈幂函数关系。根据上述实测数据,对处于不同森林植被的林冠截留量与林外降雨量进行回归分析,林冠截留量与林外降雨量表现出明显的幂函数关系:

针阔混交林

$$I = 0.9957P^{0.6209} \quad (n = 10, R^2 = 0.7103) \tag{5-30a}$$

阔叶林

$$I = 1.4673P^{0.5991} \quad (n = 11, R^2 = 0.9045) \tag{5-30b}$$

楠竹林

$$I = 1.0918P^{0.6725} \quad (n = 11, R^2 = 0.7788) \tag{5-30c}$$

灌丛

$$I = 0.2534P^{1.0788} \quad (n = 11, R^2 = 0.6619) \tag{5-30d}$$

式中,I 为林冠截留量;P 为林外降雨量;R^2 为相关系数;n 为样本个数。

5.2.4　枯落物截留特征参数

林地枯落物是森林涵蓄水源的又一重要环节。森林生态系统中的枯枝落叶层主要是由森林植物凋落物集聚在土壤表面所形成的一个重要覆盖面和保护膜,它不仅是森林生态系统的物质组成部分,经常处于不断输入和逐渐分解的动态变化之中,而且对林地土壤的理化性质、结构及养分状况等方面有显著影响。因此在大量森林水文作用研究中都将其作为一个重要的水文层次予以关注。枯落物层除了本身的水分蓄持能力外,还具有改良其下层土壤物理性能、增加土壤的孔隙度、抑制林地土壤水分蒸发、促进土壤水分入渗等重要功能。此外,由于林地枯落物的存在,增加了地表的糙率,在阻延地表径流方面起着重要作用。

枯落物的持水能力多用干物质的最大持水量和最大持水率来表示,其值的大小与林分类型、林龄、枯落物的组成、分解状况、累积状况等有关。

响水溪森林流域几种主要树种枯落物干重、湿重及持水率见表 5-7。

表 5-7　四面山响水溪流域不同林分枯落物干重、湿重及最大持水率

林　分	枯落物厚度/cm	干重/(t/hm²)			浸水 24h 后重/(t/hm²)			最大持水率/%
		未分解层	半分解层	合计	未分解层	半分解层	合计	
楠竹林	2.8	4.25	13.75	18.00	18.00	40.63	58.63	326
柳杉、楠竹混交林	3.0	3.82	10.41	14.23	15.82	35.23	41.05	288
杉木林	2.6	5.75	3.25	9.00	18.75	13.38	32.13	357
板栗林	2.8	10.43	9.97	20.40	40.56	17.35	57.91	283
柳杉林	4.0	4.82	2.29	7.11	20.63	13.38	34.01	479
石栎林	3.5	7.80	5.58	13.38	39.75	20.00	59.75	446
杉木、马尾松、阔叶混交林	4.0	4.13	4.93	9.06	18.13	25.06	43.19	476
马尾松、阔叶混交林	3.0	4.47	2.48	6.95	16.50	8.69	25.19	362
尖杉林	4.2	6.28	4.52	10.80	23.56	19.71	43.27	429
尖杉、马尾松、阔叶混交林	3.5	8.41	7.65	16.06	17.21	30.53	47.74	297
香樟林	2.8	8.94	8.18	17.12	34.75	14.47	49.22	288

5.2.5　地表糙率特征参数

地表糙率系数是影响地表径流的重要参数之一,当降水一定时,地表径流流速 v 除受其流量 Q 的影响外,在很大程度上,可由曼宁公式中综合反映地表粗糙程度的糙率系数 n 值来反映,不同土地利用类型、相同利用类型不同立地条件,其糙率系数 n 值各不相同,尤其在森林流域,受林分起源、林相结构、林龄、树种组成、土壤质地结构等因素直接或间接影响,都使地表粗糙程度产生较大差异,地表糙率系数 n 值也相应产生较大差别。

根据谢才公式(Chezy Formula):

$$v = C\sqrt{RJ} \tag{5-31}$$

式中, v 为平均流速(单位:m/s); C 为谢才系数(单位:m$^{1/2}$/s); R 为水力半径(单位:m); J 为水力坡度。

由式(5-31)可知,在一定流量条件下,糙率系数 n 值较大的地表,其地表径流流速 v 值较小,反之地表径流流速 v 值较大。

国内外许多学者对地表糙率系数 n 值进行了有益的探讨,张洪江和北原曜(1995)在山西吉县、长江三峡花岗岩区通过野外和室内实验,测定了特定坡度和流量下,枯落物种类及其数量对糙率系数 n 值分异规律的影响。

响水溪流域主要土地利用类型分为人工林、天然林和荒地三大类,共计选择具有代表性的 13 块样地,通过 2002～2003 年近两年时间,对 13 块样地进行现场调查,确定主要林分、坡度、林龄、郁闭度、枯落物厚度等样地特征,进行了糙率系数 n 值的测定。计算公式如下。

(1)流量 Q 的测定。小区下端测定时间段内的出流量 $Q_{出}$ 减去计算时段内渗透量,除以所需时间 t,即为平均流量 Q。

（2）流速 V 的计算

$$V = \frac{L}{t} \tag{5-32}$$

式中，L 为小区长度。

（3）过水断面积 ω 的计算

$$\omega = \frac{Q}{V} \tag{5-33}$$

（4）水深 h 计算

$$h = \frac{\omega}{B} \tag{5-34}$$

式中，B 为小区宽度；当过水断面为宽浅式矩形时，其水力半径 R 约等于水深 h。

（5）单宽流量 q 的计算

$$q = \frac{Q}{B} \tag{5-35}$$

（6）比降 i 的计算

$$i = \sin\theta \tag{5-36}$$

式中，θ 为小区坡度。

（7）糙率系数 n 值的计算。根据曼宁公式可得糙率系数 n 值的计算公式：

$$n = q^{-1} h^{\frac{5}{3}} i^{0.5} \tag{5-37}$$

根据实测流量 Q 及式(5-32)～式(5-37)，计算结果详见表5-8。

表 5-8　四面山响水溪流域林地糙率系数 n 值计算表

试验区号	主要林分	动水坡降 i	平均流量 Q/(mL/s)	平均单宽流量 q/(mL/s)	平均流速 V/(cm/s)	水力半径 R/cm	平均糙率系数 n
1	楠竹林	0.0872	63.33	2.1111	4.2183	0.5021	0.0444
2	荒草地	0.5299	53.00	1.7667	6.7186	0.2675	0.0456
3	柳杉、楠竹混交林	0.4067	78.33	2.6111	5.0439	0.5183	0.0816
4	杉木林	0.4848	16.83	0.5611	5.3090	0.1062	0.0295
5	板栗林	0.5000	20.92	0.6972	7.6362	0.0877	0.0182
6	柳杉林	0.4226	61.67	2.0556	3.7660	0.5729	0.1252
7	石栎林	0.5000	28.37	0.9456	2.7432	0.3569	0.1338
8	杉木、马尾松、阔叶混交林	0.4226	74.89	2.4963	2.5922	0.9953	0.2575
9	马尾松、阔叶混交林	0.8192	51.33	1.7111	4.9132	0.3671	0.1007
10	尖杉林	0.5299	49.44	1.6481	5.1136	0.0931	0.0688
11	尖杉、马尾松、阔叶混交林	0.4226	53.00	1.7667	2.4395	0.7341	0.2194
12	香樟林	0.4163	37.41	1.8231	2.6534	0.2842	0.0195
13	檫木林	0.4651	44.23	2.5643	4.8656	0.4764	0.0142

由表5-8获知，所选的13块试验小区中，通过野外试验测定的糙率系数 n 值为 0.0182～0.2575，其中板栗林地小区糙率系数 n 值最小，为0.0182；杉木、马尾松、阔叶林

混交林地小区糙率系数 n 值最大,为 0.2575。糙率系数大小依次排序为杉木、马尾松、阔叶混交林＞尖杉林、马尾松、阔叶混交林＞石栎林＞柳杉林＞马尾松、阔叶混交林＞柳杉、楠竹混交林＞尖杉林＞荒草地＞楠竹林＞杉木林＞香樟林＞板栗林＞檫木林。

　　杉木、马尾松、阔叶混交林地由于林冠结构搭配合理,林下枯落物无论厚度、数量及结构性质等方面,对改良林地土壤、吸收地表径流、提高糙率系数 n 值方面,具有很大的改善作用,杉木、马尾松、阔叶混交林地糙率系数 n 值是板栗林的 14 倍。尖杉林与杉木林尽管林龄相近,但杉木林下层植被稀疏,枯落物数量少且单一,地表板结,径流流速较快。而尖杉林下层植物种类较多,较好地改良了林下土壤性质,尖杉林林地糙率系数 n 值是杉木林的 2.3 倍。

5.2.6　地理信息空间数据参数

　　数字高程模型(DEM)是目前用于流域地形分析的主要依据,通常有三种格式,栅格型、不规则三角网(TIN)和等高线,其中栅格型 DEM 是比较普遍的格式,计算处理方法简单有效,且和遥感数据在结构上容易匹配,因此在水文领域得到普遍应用。目前在 DEM 基础上有多种比较成熟的提取流域数字信息特征的方法。由 DEM 提取森林流域的数字特征,包括确定水文响应单元的流向、汇流路径、河网间的拓扑结构、流域及 HRU 的边界划分等过程,从而为分布式暴雨水文模型提供下垫面数据的输入。

　　应用 GIS 软件生成的数字高程图详见图 5-9,在此基础上生成流域河网图,并在考虑土地利用、植被类型及流域地形地貌的基础上划分水文响应单元。

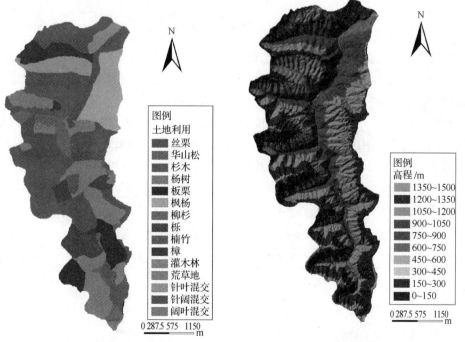

(a) 四面山响水溪森林流域土地利用图　　　　(b) 四面山响水溪森林流域高程分级图

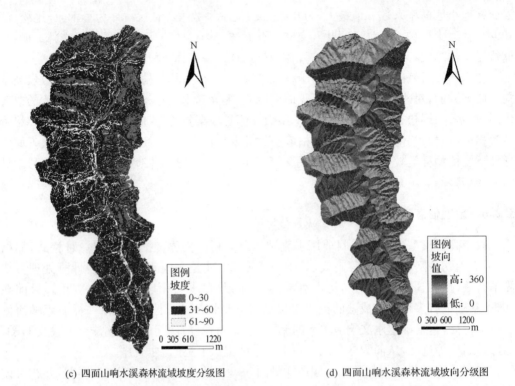

(c) 四面山响水溪森林流域坡度分级图　　　　　(d) 四面山响水溪森林流域坡向分级图

图 5-9　四面山响水溪森林流域地貌分析

5.2.6.1　河网生成

河网是地表径流的主要输送廊道,其形态特征影响到地表径流的流速、流态。模型构建时,将土地利用、植被类型和地貌特征紧密结合进行考察,在此基础上确定流域水文网,而不是单纯的以网格为单元,或仅根据地形计算水流方向。

河网特征主要包括河网的条数、长度、糙率及河网的分布等。根据调查试验及地理信息系统提取,流域内河网的主沟和一级支沟长度总和为 12.571km(1 号流域包含 16 条河网;嵌套在内的 2 号流域涉及 15 条河网),河网密度为 1.37km/km²,主河网坡降为 6.1%,一级支沟的河网坡降为 10.3%~27.9%。各段河网的形态特征见表 5-9,运用 Region Manager 生成的流域河网见图 5-10。

表 5-9　响水溪流域河网形态特征

河网编号	河网类型	河网长度/m	河网比降/%	河网宽度/m	糙率系数	左岸边坡/%	右岸边坡/%
1	支沟	681.9	27.8	1.5	0.1	0.75	0.7
2	支沟	461.7	27.9	1.8	0.1	0.75	0.7
3	主沟	671.1	11.9	3.5	0.1	0.75	0.7
4	支沟	670.7	17.7	4.5	0.1	0.75	0.7
5	主沟	972.7	4.7	4.5	0.1	0.75	0.7
6	支沟	682.7	20.3	5.2	0.1	0.75	0.7

河网编号	河网类型	河网长度/m	河网比降/%	河网宽度/m	糙率系数	左岸边坡/%	右岸边坡/%
7	支沟	627.1	28.7	5.5	0.1	0.75	0.7
8	主沟	389.0	4.1	5.8	0.1	0.75	0.7
9	主沟	839.6	4.2	6	0.1	0.75	0.7
10	支沟	1164.6	17.6	6.2	0.1	0.75	0.7
11	主沟	922.6	10.3	7	0.1	0.75	0.7
12	支沟	953.8	13.1	7.2	0.1	0.75	0.7
13	主沟	926.0	4.9	8	0.1	0.75	0.7
14	支沟	1001.5	16	8.5	0.1	0.75	0.7
15	支沟	35.3	5.6	8.2	0.1	0.75	0.7
16	主沟	1570.47	26.5	8.8	0.1	0.75	0.7

模型需要输入的参数有河网长度（chan_length）、比降（chan_slope）、左岸边坡（chan_t3_lbratio）、右岸边坡（chan_t3_rbratio）、糙率系数（chan_rough）等。

5.2.6.2　水文响应单元生成

HRU 是 Miller 提出的概念，他认为 HRU是流域内具有同样土地利用和地文学属性（如降雨、地形、土壤、地质等）的面积单元。在每一个水文响应单元内，其水文响应是相似的，这可以是几何相似性、动力相似性、运动相似性。其中几何相似性表现在具有相似的地形特征，如相似的坡度、坡向，也就是说单元内的地形变异要尽量小，处在同一个集水区内；运动相似性表现在具有相同的产汇流时间和速率，同时到达出口；动力相似性表现在具有相似的植被覆盖、土壤特性、降水过程，其下渗能力相同，产流过程相似。

因此，对于每一个 HRU，其参数可以确定为唯一。而在不同的水文相似单元之间存在着空间变异性。模型在作产、汇流模拟时是对各个HRU 分别进行计算，然后在子流域的出口叠加形成子流域的出流过程，然后再进行河道演算，得出整个森林小流域的出流过程。因此利用HRU 可以把流域的不同部分集成起来进行模拟。

HRU 的植被、土壤特征对坡面径流影响作

图 5-10　四面山响水溪森林流域河网及HRU 分布图

用较大,模型所需各 HRU 的参数有坡面面积(HRU_area)、坡长(ofp_length)、坡度(ofp_slope)、糙率系数(ofp_rough)等。根据主沟和一级支沟的位置和数量,将 1 号流域划分为 30 个 HRU,各 HRU 总面积为 12.25km²,嵌套 2 号流域划分为 28 个 HRU,各 HRU 总面积为 8.028km²,各 HRU 平均坡度为 35.2°~45.9°,各 HRU 的属性值详见表 5-10。

表 5-10   四面山响水溪流域地块特征

地块号	平均坡度 /(°)	平均高程 /m	面积 /km²	主要林分	郁闭度/%	平均糙率 系数 n	土壤稳渗速率 /(mm/min)	土壤孔隙度/%
1	37.9	1302.3	0.096	阔叶林	0.75	0.0142	1.7	63.22
2	40.7	1312.9	0.105	杉木	0.85	0.0295	2.3	70.59
3	44.6	1307.3	0.116	阔叶林	0.9	0.0142	1.7	63.22
4	43.5	1315.3	0.122	柳杉	0.85	0.1252	3.5	40.10
5	45.9	1211.1	0.135	板栗林	0.77	0.0182	1.1	69.00
6	36.5	1255.2	0.288	阔叶林	0.75	0.0195	2.1	74.74
7	44.2	1260.1	0.250	阔叶林	0.85	0.0195	2.1	74.74
8	43.9	1270.2	0.260	杉木	0.95	0.0295	2.3	70.59
9	44.0	1155.3	0.228	杉木	0.9	0.0295	2.3	70.59
10	36.2	1184.8	0.535	石栎	0.85	0.1338	4.0	72.21
11	44.4	1225.0	0.238	杉木	0.75	0.0295	2.3	70.59
12	41.6	1194.4	0.185	阔叶林	0.75	0.0195	2.1	74.74
13	41.5	1163.8	0.134	阔叶林	0.85	0.0142	1.7	63.22
14	37.8	1183.8	0.151	阔叶林	0.7	0.0142	1.7	63.22
15	41.9	1066.1	0.036	阔叶林	0.85	0.0142	1.7	63.22
16	36.6	1054.4	0.038	樟	0.8	0.0142	1.7	63.22
17	42.4	1125.7	0.192	阔叶林	0.75	0.0142	1.7	63.22
18	30.2	1116.5	0.285	阔叶林	0.8	0.0142	1.7	63.22
19	43.6	1150.2	0.297	杉木	0.85	0.0295	2.3	70.59
20	43.9	1215.0	0.429	石栎	0.9	0.0142	1.7	63.22
21	44.2	1074.7	0.222	阔叶林	0.95	0.0195	2.1	74.74
22	34.6	1113.5	0.486	石栎	0.9	0.1338	4.0	72.21
23	47.5	1158.6	0.493	石栎	0.9	0.1338	4.0	72.21
24	42.6	1178.8	0.580	杉木	0.95	0.0295	2.3	70.59
25	41.6	1118.1	0.401	石栎	0.85	0.1338	4.0	72.21
26	33.8	1097.4	0.766	栎	0.8	0.0142	1.7	63.22
27	45.9	1120.5	0.480	栎	0.8	0.0142	1.7	63.22
28	38.2	1111.8	0.480	石栎	0.75	0.0195	2.1	74.74
29	40.1	1052.5	2.30	杉木	0.8	0.0295	2.3	70.59
30	34.6	883.9	1.92	柳杉	0.8	0.1252	3.5	66.54

第6章 分布式暴雨水文模型的拟合与验证

模型构建完成后,需用实测气象资料进行分布式暴雨水文模型的拟合检验。模型拟合与检验是对模型精度和适用性的综合评价,是模型应用的基础和准备,其主要工作就是进行模型关键参数的率定与检验。

6.1 试验区暴雨与洪水特征分析

6.1.1 暴雨与洪水特征

据四面山所在江津市 1955～1980 年的统计资料,其多年平均降雨量为 1030.9mm,最大年雨量达 1267.2mm(1965 年),最少年雨量为 663.8mm(1958 年),年平均降雨日数156 天,最多达 180 天(1983 年),最少为 130 天(1960 年)。一日最大降雨量为 160.5mm(1980 年 7 月 30 日)。冬半年(11 月至次年 4 月)降雨量占 22%,最长连续无降雨日数为27 天(1969 年 2 月 22 日至 3 月 20 日和 1972 年 8 月 6 日至 9 月 1 日),夏半年(5～10 月)降雨量占 78%,尤以 6～9 月降雨最为集中,降雨量占全年降雨量的 56%,最大过程降雨量为 273.6mm(1983 年 7 月 3～14 日),最长连续降雨日数为 19 天(1957 年 9 月 17 日至 10 月5 日)。降雨集中,干湿季明显,常常出现夏伏旱(涝)及秋绵雨,也有少数冬干春旱年份。

降雨量由北向南逐渐增多,北部的长江、綦江和笋溪河沿岸的平坝河谷地区降雨量变化不大,除先锋、李市、水兴、吴滩、现龙小部分地区不足 1000mm 外,其余大部分地区都在 1000mm 以上。南部山区阵雨量变化较大,从傅家起降雨量随海拔高度的增高而增大。海拔 400m 以下地区年降雨量在 1200mm 以下。海拔 400～600m 降雨量为 1200～1300mm,海拔 600～1100m 降雨量为 1300～1500mm。海拔 245(傅家)～1100m(四面)降雨量递增率为 43.3mm/1000m。

以江津市降雨年内分布规律及我国气象部门是根据降雨强度来划分降雨类型的标准(表 6-1),本研究选取了 2003～2005 年四面山响水溪森林小流域实测的 12 场暴雨条件下的降雨径流资料进行分析,各场降雨径流特征值见表 6-2～表 6-4。

表 6-1 降雨类型划分表

降雨强度等级	日降雨量/(mm/d)
小雨	0～9.9
中雨	10～24.9
大雨	25～49.9
暴雨	50～99.9
大暴雨	100～199.9
特大暴雨	≥200

表 6-2　响水溪小流域 12 场暴雨特征值

序号	降雨日期	小流域暴雨特征值					
		降雨量/mm	降雨历时/h	15min 最大雨强/(mm/min)	场平均雨强/(mm/min)	最大雨强出现时间	前 3 天降雨量/mm
1#	2003.4.12~4.13	46.17	19	0.493	0.041	5:30	5.6
2#	2003.6.30~7.01	43.00	12.25	0.333	0.058	7:30	0
3#	2003.7.03~7.05	92.98	44.50	1.413	0.035	18:45	43
4#	2003.7.18~7.20	83.38	46.50	1.320	0.030	21:15	3.6
5#	2004.4.06~4.08	85.63	20.50	1.707	0.070	22:30	13
6#	2004.4.23~4.24	85.12	14.25	0.853	0.100	21:45	0
7#	2004.5.29~5.31	84.96	27.25	0.373	0.052	2:30	5.2
8#	2004.9.04~9.05	104.40	16.75	7.200	0.104	0:00	4.2
9#	2004.9.30~10.01	50.38	18.75	0.360	0.045	3:00	12.6
10#	2005.4.25	75.03	8	0.800	0.156	1:45	14.4
11#	2005.5.01	59.40	5.25	1.520	0.189	6:45	18.8
12#	2005.5.05	85.80	6.75	1.947	0.212	3:15	39.2
	平均	74.69	20.0	1.527	0.091		13.3

表 6-3　响水溪 1 号小流域 5 场暴雨下的径流特征值

序号	降雨日期	小流域径流特征值					
		径流量/m³	径流深/mm	洪水历时/h	洪峰流量/(mm/min)	最大峰值出现时间	径流系数
5#	2004.4.06~4.08	708 713.29	57.86	35.25	0.127	23:15	0.68
6#	2004.4.23~4.24	274 177.83	22.39	18.75	0.070	22:00	0.26
7#	2004.5.29~5.31	453 407.85	37.02	31.75	0.037	7:15	0.44
8#	2004.9.04~9.05	523 637.09	42.75	21.75	0.112	1:15	0.41
9#	2004.9.30~10.01	157 386.67	12.85	22.75	0.023	5:30	0.26
	平均	423 464.55	34.57	26.0	0.074		0.41

由表 6-2 可知,研究区域的暴雨多为大于 12h 的长历时降雨,暴雨量多在 75mm 以上,12 场暴雨中连续最大降雨量为 104.40mm,最大雨强均在 0.333mm/min 以上,其最大值为 7.20mm/min;场平均雨强均大于 0.03mm/min,最大可达 0.212mm/min;场暴雨前 3 天降雨量为 0~43mm,说明每场暴雨前期的降雨条件差距较大,各不相同。

表 6-3 为 1 号小流域(大堰控制流域)2004 年 5 场暴雨所对应的径流特征值,其中径流量为 15.74 万~70.87 万 m³,所对应的径流深为 12.85~57.86mm,洪峰流量在 0.023mm/min 以上,最大值达 0.127mm/min,均值为 0.074mm/min;径流系数均大于 0.26,最大可达 0.68,均值为 0.41。

对于 2 号小流域(中堰控制流域),12 场暴雨所对应的径流特征值如表 6-4 所示,其径流量为 4.12 万～35.94 万 m³,相应的径流深为 5.13～44.77mm,洪峰流量在 0.024mm/min 以上,最大值为 0.17mm/min,均值为 0.062mm/min;径流系数均大于 0.11,最大可达 0.52,说明洪水历时较长时,所对应的径流系数数值相对较大。

表 6-4　响水溪 2 号小流域 12 场暴雨下的径流特征值

序号	降雨日期	小流域径流特征值					
		径流量/m³	径流深/mm	洪水历时/h	洪峰流量/(mm/min)	最大峰值出现时间	径流系数
1#	2003.4.12～4.13	81 831.27	10.19	23	0.024	7:30	0.22
2#	2003.6.30～7.01	41 157.81	5.13	16.25	0.029	11:45	0.12
3#	2003.7.03～7.05	228 415.19	28.45	48.50	0.053	19:30	0.31
4#	2003.7.18～7.20	259 544.49	32.33	50.50	0.066	22:00	0.39
5#	2004.4.06～4.08	359 377.51	44.77	34.75	0.170	23:00	0.52
6#	2004.4.23～4.24	181 156.44	23.34	18.25	0.050	22:00	0.27
7#	2004.5.29～5.31	208 942.90	26.03	31.25	0.025	6:30	0.31
8#	2004.9.04～9.05	262 241.32	32.67	21	0.152	1:00	0.31
9#	2004.9.30～10.01	93 216.26	11.61	22	0.024	5:00	0.23
10#	2005.4.25	134 430.69	16.75	12	0.076	3:30	0.22
11#	2005.5.01	73 043.09	9.10	8.25	0.040	8:00	0.15
12#	2005.5.05	79 059.60	9.85	9.50	0.038	4:15	0.11
	平均	167 386.99	20.85	24.6	0.062		0.26

对比 2004 年 1 号、2 号小流域的洪峰出现时间可知,1 号小流域的最大峰值出现时间均滞后于 2 号小流域,说明洪峰峰值的出现时间是符合实际情形的。

6.1.2　洪水特征值对暴雨响应分析

响水溪 2 号小流域积累的降雨径流数据相对较多,因此以下将以 2 号小流域的数据为例进行分析。

6.1.2.1　产流量对暴雨量的响应

2 号小流域 2003～2005 年 12 场暴雨的降雨量平均值为 74.69mm,其相应的平均径流量为 167 386.99m³,平均径流深达 20.85mm,平均径流系数为 0.26。现以实测的 12 场暴雨条件下的径流深(D)、径流系数(R)分别和降雨量(P)进行回归分析,得回归方程如下:

$$D = 0.443P - 12.788 \quad (r^2 = 0.873, n = 11) \tag{6-1}$$
$$R = 0.006P^{0.877} \quad (r^2 = 0.607, n = 11) \tag{6-2}$$

式中,剔除了 2005 年 5 月 5 日这场暴雨,此场暴雨历时短,不符合该地区暴雨的总体特征。从图 6-1(a)、图 6-1(b)可以获知,径流深与降雨量为线性相关,径流系数与降雨量呈幂函数相关关系,前者相关系数较高为 0.873,后者仅为 0.607,说明在暴雨条件下,降雨量对产流量影响显著。且从图 6-1 中趋势线可看出,随着降雨量的增加,径流量和径流系数也相应增加,因此可通过式(6-1)计算获取该地区暴雨条件下的径流资料。

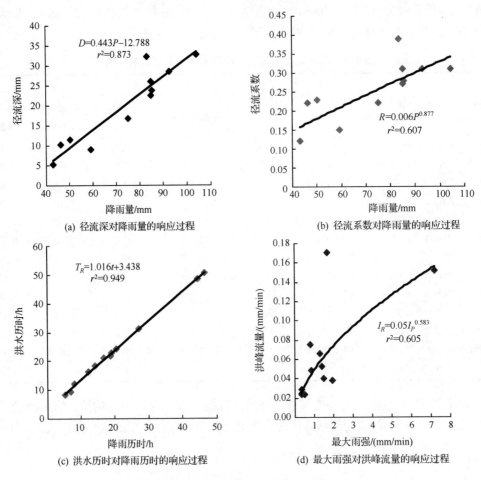

(a) 径流深对降雨量的响应过程　　(b) 径流系数对降雨量的响应过程

(c) 洪水历时对降雨历时的响应过程　　(d) 最大雨强对洪峰流量的响应过程

图 6-1　2 号小流域洪水特征值对暴雨响应

6.1.2.2　产流历时对暴雨历时的响应

由表 6-2 和表 6-4 可知,2003～2005 年 12 场暴雨降雨历时为 5.25～46.5h,平均降雨历时为 20h,该地区的降雨多为大于 12h 的长历时降雨;相应的洪水历时为 8.25～50.5h,平均洪水历时 24.60h,且每场暴雨的洪水历时均较降雨历时有所延长,延长时间各不相同,说明森林植被对缓解洪水的作用较为明显,同时需要指出的是,降雨历时越长,缓解洪水的效果越好。洪水(T_R)历时与暴雨历时(t)间的相互关系,经回归分析得

$$T_R = 1.016t + 3.438 \quad (r^2 = 0.949, n = 12) \tag{6-3}$$

从图 6-1(c)趋势线可看出,随着降雨历时的增加,洪水历时也相应增加,两者线性相关显著。森林植被能起到显著缓解洪水的作用。

6.1.2.3　洪峰流量对暴雨雨强的响应

响水溪小流域 2003～2005 年 12 场暴雨的 15min 最大雨强均值为 1.527mm/min,场平均雨强达 0.091mm/min,洪峰流量均值 0.062mm/min,且每场暴雨的径流峰值比最大雨强的出现时间均有滞后现象,最短滞后 30min,最长可达 4.25h。以 12 场暴雨的洪峰流量(I_R)分别与最大雨强(I_P)进行相关分析,得回归方程式如下:

$$I_R = 0.05 I_P^{0.583} \quad (r^2 = 0.605, n = 12) \tag{6-4}$$

图 6-1(d)显示了洪峰流量与最大雨强(即雨峰)幂函数相关关系,但相关系数相对较低,仅为 0.605,这说明降雨到产生径流的过程影响因素较多,暴雨条件下,随着雨峰的增大,洪峰也相应地增强。

通过上述几个公式分析可知,径流量受多个因素制约,主要包含降雨总量、雨强、降雨历时等几个因素,4 个公式较好地反映了各自与径流特征值的相关关系,因此可根据降雨数据简单地计算无观测径流资料地区暴雨条件下的洪水数据,可为径流的预测提供较为准确的参考数据。但由于影响径流的因素较多,加之各个情况下的降雨条件各不相同,为更好地预测径流过程,应用模型模拟将会获得典型流域精度更高的洪水数据。

6.2 PRMS_Storm 拟合与验证

6.2.1 PRMS_Storm 拟合检验方法

为了确定模拟结果的精度,必须对模型仿真结果与现实观测结果之间的差异进行比较分析,以评价模型的有效性。通常采用 Nash 模型的确定性系数 Dy 和场次径流总量相对误差系数 RE(%)来评价模型的精度,有关研究人员也应用此系数来评价分布式水文模型的模拟效果(张东等,2005;叶爱中等,2006;刘卓颖等,2006)。它们的定义表达式分别为

$$Dy = 1 - \frac{S_e^2}{P_y^2} \tag{6-5}$$

$$RE(\%) = \left(\frac{\sum y}{\sum y_i} - 1 \right) \times 100\% \tag{6-6}$$

$$S_e = \sqrt{\frac{\sum (y_i - y)^2}{n}} \tag{6-7}$$

$$P_y = \sqrt{\frac{\sum (y_i - \bar{y})^2}{n}} \tag{6-8}$$

式中,S_e 为预报误差的均方差;P_y 为实测值均方差;y_i 和 y 分别为实测径流流量和模拟径流流量;$\bar{y}$ 为率定阶段平均实测径流流量;n 为模拟的时段数。

根据水利部《水文情报预报规范 SL250—2000》规定:洪峰预报许可误差值,降雨径流预报中以实测洪峰流量的 20% 作为许可误差;峰现时间预报许可误差值,通常以 3h 作为许可误差。洪水预报精度可根据确定性系数和洪水预报合格率(合格预报次数与预报总次数之比的百分数)来评定。

6.2.2 数据文件获取与整理

采用 5.1.5 节中所述方法进行暴雨数据和洪水数据的获取和整理,生成数据文件。

6.2.3　参数文件生成

将获取的参数按模型参数格式要求输入到参数文件中，生成参数文件。图 6-2 和图 6-3 为模型调用参数文件后读取到的各参数数值。

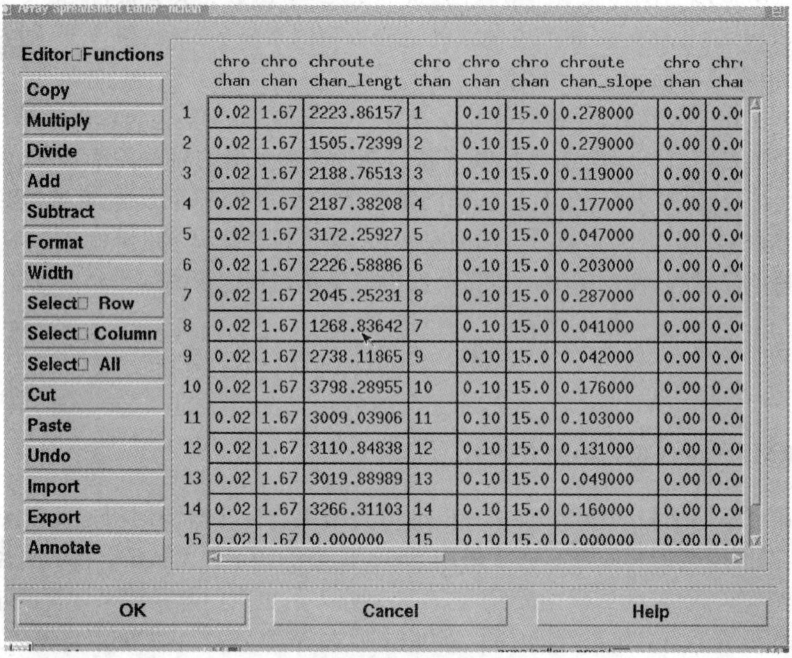

	chro chan	chro chan	chroute chan_lengt	chro chan	chro chan	chro chan	chroute chan_slope	chro chan	chr chai
1	0.02	1.67	2223.86157	1	0.10	15.0	0.278000	0.00	0.0
2	0.02	1.67	1505.72399	2	0.10	15.0	0.279000	0.00	0.0
3	0.02	1.67	2188.76513	3	0.10	15.0	0.119000	0.00	0.0
4	0.02	1.67	2187.38208	4	0.10	15.0	0.177000	0.00	0.0
5	0.02	1.67	3172.25927	5	0.10	15.0	0.047000	0.00	0.0
6	0.02	1.67	2226.58886	6	0.10	15.0	0.203000	0.00	0.0
7	0.02	1.67	2045.25231	8	0.10	15.0	0.287000	0.00	0.0
8	0.02	1.67	1268.83642	7	0.10	15.0	0.041000	0.00	0.0
9	0.02	1.67	2738.11865	9	0.10	15.0	0.042000	0.00	0.0
10	0.02	1.67	3798.28955	10	0.10	15.0	0.176000	0.00	0.0
11	0.02	1.67	3009.03906	11	0.10	15.0	0.103000	0.00	0.0
12	0.02	1.67	3110.84838	12	0.10	15.0	0.131000	0.00	0.0
13	0.02	1.67	3019.88989	13	0.10	15.0	0.049000	0.00	0.0
14	0.02	1.67	3266.31103	14	0.10	15.0	0.160000	0.00	0.0
15	0.02	1.67	0.000000	15	0.10	15.0	0.000000	0.00	0.0

图 6-2　三峡库区森林流域河网参数文件界面

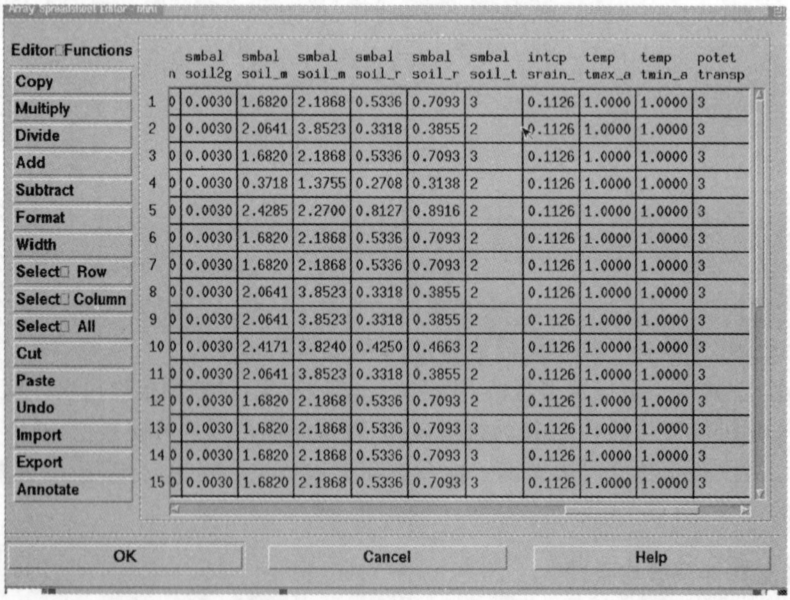

	n	smbal soil2g	smbal soil_m	smbal soil_m	smbal soil_r	smbal soil_r	smbal soil_t	intcp srain_	temp tmax_a	temp tmin_a	potet transp
1	0	0.0030	1.6820	2.1868	0.5336	0.7093	3	0.1126	1.0000	1.0000	3
2	0	0.0030	2.0641	3.8523	0.3318	0.3855	2	0.1126	1.0000	1.0000	3
3	0	0.0030	1.6820	2.1868	0.5336	0.7093	3	0.1126	1.0000	1.0000	3
4	0	0.0030	0.3718	1.3755	0.2708	0.3138	2	0.1126	1.0000	1.0000	3
5	0	0.0030	2.4285	2.2700	0.8127	0.8916	2	0.1126	1.0000	1.0000	3
6	0	0.0030	1.6820	2.1868	0.5336	0.7093	2	0.1126	1.0000	1.0000	3
7	0	0.0030	1.6820	2.1868	0.5336	0.7093	2	0.1126	1.0000	1.0000	3
8	0	0.0030	2.0641	3.8523	0.3318	0.3855	2	0.1126	1.0000	1.0000	3
9	0	0.0030	2.0641	3.8523	0.3318	0.3855	2	0.1126	1.0000	1.0000	3
10	0	0.0030	2.4171	3.8240	0.4250	0.4663	2	0.1126	1.0000	1.0000	3
11	0	0.0030	2.0641	3.8523	0.3318	0.3855	2	0.1126	1.0000	1.0000	3
12	0	0.0030	1.6820	2.1868	0.5336	0.7093	2	0.1126	1.0000	1.0000	3
13	0	0.0030	1.6820	2.1868	0.5336	0.7093	3	0.1126	1.0000	1.0000	3
14	0	0.0030	1.6820	2.1868	0.5336	0.7093	3	0.1126	1.0000	1.0000	3
15	0	0.0030	1.6820	2.1868	0.5336	0.7093	3	0.1126	1.0000	1.0000	3

图 6-3　三峡库区森林流域水文响应单元参数文件界面

6.2.4　模型拟合

6.2.4.1　1 号小流域暴雨水文模型拟合

采用 9♯(2004.09.30～10.01)这场降雨进行模型的拟合,同时考虑使绝对误差最小来对模型的参数进行优化,以提高模拟精度。

9♯(2004.09.30～10.01)的场暴雨特性见表 6-2,此场暴雨为该地区较为普遍的主雨峰偏前的多峰雨,小流域此次降雨量为 50.38mm,总历时 18.75h,雨峰(15min 最大雨强)达 0.360mm/min,场平均雨强为 0.045mm/min,此场降雨前 3 天降雨量为 12.60mm,表明在本场暴雨的前期有一定的降雨量,是本地区典型暴雨类型之一。

PRMS_Storm 拟合结果见表 6-5 和图 6-4。由表 6-5 可知,实测的径流深为 12.85mm,预测径流深数值是 12.56mm,实测洪峰峰值 0.023mm/min,预测洪峰峰值 0.022mm/min。

表 6-5　1 号小流域 PRMS_Storm 拟合结果

序号	实测值		模拟值	
	径流深/mm	洪峰峰值/(mm/min)	径流深/mm	洪峰峰值/(mm/min)
9♯(2004.9.30～10.01)	12.85	0.023	12.56	0.022
确定系数 Dy	相关系数 R^2	径流量误差 RE/%	峰值误差/%	峰现时差
0.881	0.761	−2.26	−4.35	0min

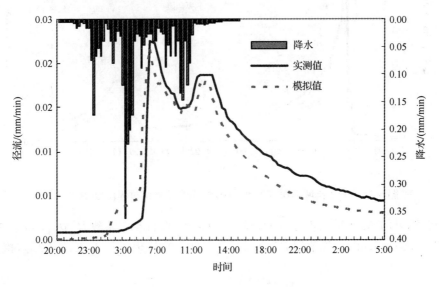

图 6-4　1 号小流域 2004.9.30～10.01 号降雨产流过程模拟(用于拟合)

拟合结果的 Nash 确定性系数 Dy 达 0.88 以上,统计相关系数 R^2 达 0.75 以上(幂函数相关关系),径流量误差 RE 为 2.26%,峰值误差−4.35%(<20%),峰现时差(<3h),因此,拟合效果能满足较高精度要求。

6.2.4.2　2号小流域暴雨水文模型拟合

对于该流域,采用3#(2003.07.03~07.05)降雨数据进行模型的拟合,3#场暴雨特性见表6-2,本场暴雨属多峰雨,此次降雨量92.98mm,总历时44.5h,雨峰(15min最大雨强)1.413mm/min,场平均雨强0.035mm/min,此场降雨前3天降雨量为43.0mm,说明3#场次暴雨的前期降雨量较多,为长历时的暴雨类型。

PRMS_Storm拟合结果见表6-6和图6-5。由表6-6可知,实测径流深28.45mm,预测径流深26.85mm,实测洪峰峰值0.053mm/min,预测洪峰峰值0.052mm/min。

表6-6　2号小流域 PRMS_Storm 拟合结果

序号	实测值		模拟值	
	径流深/mm	洪峰峰值/(mm/min)	径流深/mm	洪峰峰值/(mm/min)
3#(2003.07.03~07.05)	28.45	0.053	26.85	0.052
确定系数 Dy	相关系数 R^2	径流量误差 RE/%	峰值误差/%	峰现时差
0.719	0.916	−5.62	−1.89	1.25h

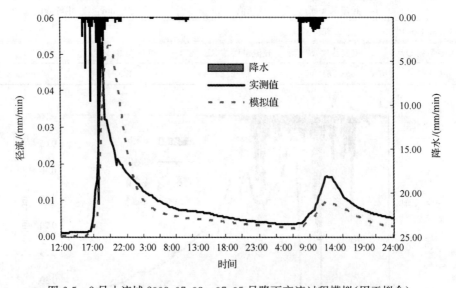

图6-5　2号小流域2003.07.03~07.05号降雨产流过程模拟(用于拟合)

拟合结果的 Nash 确定性系数 Dy 达0.70以上,统计相关系数 R^2 达0.90以上,径流量误差 RE 为−5.62%,峰值误差−1.89%(<20%),峰现时差1.25h(<3h),拟合精度较高。

6.2.5　参数率定

模型参数的选择与率定在很大程度上决定了模型的精度与适用性,因此模型拟合采用的暴雨和洪水数据既要具有代表性,同时又要满足洪水预报的精度和分辨率要求。模型拟合时需要先根据暴雨前的水文观测资料初步确定水文响应单元的雨前水文状况,然后再通过模型的多次运行计算,最终率定模型参数。

　　PRMS_Storm 模型所需率定的参数较多,下面将通过模型拟合和计算得出的一些参数列于表 6-7,其包含植被参数、水文参数、土壤参数等,所有这些参数隶属于模型的不同

表 6-7　小流域暴雨水文模型主要参数率定值

所属模块	参数名称	参数描述	率定值	单位
Precip	rain_adj	降雨调解系数	1	
Solrad	ccov_intcp	云层覆盖截取系数	1.83	
Soltab	hru_radpl	计算太阳辐射角的辐射面指数	1	
Intcp	cov_type	水文响应单元植被覆盖类型	3	
Potet	epan_coef	蒸发系数	1	
	hamon_coef	Hamon 潜在蒸发散系数	0.0055	
Smbal	soil_type	土壤类型	1~3	
Mga	drnpar	饱和区到补给区水量再分配因子	0.423	mm/min
	infil_dt	计算土壤水入渗的沿程时间	5	min
	psp	土壤水分亏缺与毛管力的乘积	38.1	mm
	rgf	田间持水量时的 psp 与凋萎点时的 psp 比值	29.5	
Ofroute	en	输沙容量系数	1.5	
	hc	降雨侵蚀力系数	10	
	ofp_alfha	坡面漫流运动波 α 值	0.68	
	ofp_cmp	坡面漫流运动波 m 值	1.67	
	ofp_imparea_percent	坡面不透水区面积百分比	0.2	
	ofp_route_time	坡面漫流演算时间	15	min
Chroute	chan_alpha	河网运动波 α 值	0.03~0.04	
	chan_cmp	河网运动波 m 值	1.67	
	chan_rough	河网糙率系数	0.1	
	chan_route_time	河网汇流演算时间	15	min
	chan_type	河网类型	4	
	upst_inflow	上游支流数量	1~2	
Srunoff	carea_max	水文响应单元面积对地表径流的最大贡献百分比	0.2	
	smidx_coef	非线性贡献面积算法系数	0.2	
	smidx_exp	非线性贡献面积算法指数	0.3	
Ssflow	hru_ssres	表层存贮区接受水文单元土壤层剩余水量的指数	1	
Gwflow	gwflow_coef	地下水对径流量的贡献系数	0.015	d
	gwsink_coef	地下水入渗系数	0.0001	
	ssr_gwres	亚表层贮水区对地下水存贮单元的贡献指数	1	
Strmflow	hru_sfres	表层存贮区接受水文单元剩余水量的指数	0	

模块,如降水、气温、太阳辐射、雨水截留、蒸散、径流、河网汇流等。上述参数主要是指一些无量纲的参数数值,主要包含河网运动波参数、河网糙率、蒸散系数、土壤入渗系数、土壤水再分布系数及地下透水区、不透水区等有关系数。

但由于水文响应单元的不同,森林植被林分、土壤差异导致各水文响应单元参数有所不同,如森林植被夏季、冬季雨截留量,夏季、冬季的郁闭度,灌草层的覆盖度,土壤层入渗及初始与最大贮水能力等,反映了不同森林植被群落的水文特征。

6.2.6　PRMS_Storm 验证

对于 1 号和 2 号小流域,均采用 Nash 模型和统计相关系数对模拟效果进行检验,用于分析模型对剩余大部分暴雨的模拟效果。

6.2.6.1　1 号小流域暴雨水文模型验证

利用其他 4 场暴雨径流数据检验,模拟结果见表 6-8,检验结果见表 6-9,图 6-6 为模拟效果图。

表 6-8　1 号小流域 PRMS_Storm 模拟结果

序号	实测值		模拟值	
	径流深/mm	峰值/(mm/min)	径流深/mm	峰值/(mm/min)
9#(用于拟合)	12.85	0.023	12.56	0.022
5#	57.86	0.127	41.79	0.141
6#	22.39	0.070	26.76	0.075
7#	37.02	0.037	31.07	0.037
8#	42.75	0.112	39.64	0.120
平均	34.57	0.074	30.36	0.079

表 6-9　1 号小流域 PRMS_Storm 拟合和验证

序号	确定系数 Dy	相关系数 R^2	径流量误差 RE/%	峰值误差/%	峰现时差/min
9#(用于拟合)	0.881	0.761	−2.26	−4.35	0
5#	0.698	0.691	−27.77	10.60	30
6#	0.915	0.964	19.52	7.15	0
7#	0.706	0.763	−16.07	0.81	15
8#	0.489	0.904	−7.27	7.33	0
平均	0.738	0.817	−6.77	4.31	23
合格率/%			80.0	100.0	100.0

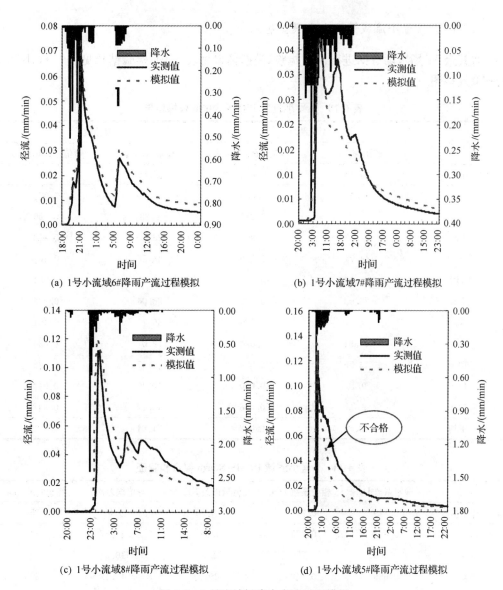

(a) 1号小流域6#降雨产流过程模拟

(b) 1号小流域7#降雨产流过程模拟

(c) 1号小流域8#降雨产流过程模拟

(d) 1号小流域5#降雨产流过程模拟

图 6-6　1 号流域场降水产流过程模拟

由图 6-6 和表 6-9 可知,1 号小流域 5 场洪水预报精度为 0.50~0.92,平均洪水预报精度为 0.74。实测值与模拟值相关系数最小值为 0.691,最大值可达 0.964,平均相关系数达到 0.817。径流量平均误差为−6.77%,径流量(<20%)合格率达 80.0%;峰值平均误差值是 4.31%,洪峰峰值(<20%)合格率达 100.0%;峰现时差(<3h)合格率为 100.0%,时差平均相差 23min;综上分析,仅有 5♯场次降雨径流模拟不合格,其余 4 场降雨均达到要求,降雨径流预报合格率达 80%。

由图 6-6(d)可知,1 号小流域 5♯场次降雨洪水模拟过程线与实测过程走势一致,且在上涨阶段,模拟效果较好,洪峰峰值与峰现时差误差值较小,但由于模拟洪水退水过程较快,致使此过程的模拟值低于实测值,总径流量误差超过允许误差范围。

6.2.6.2　2号小流域暴雨水文模型验证

将其余11场暴雨数据进行模型检验,模拟结果见表6-10,检验结果见表6-11,图6-7为模拟效果图。

表6-10　2号小流域 PRMS_Storm 模拟结果

序号	实测值		模拟值	
	径流深/mm	峰值/(mm/min)	径流深/mm	峰值/(mm/min)
3#(用于拟合)	28.45	0.053	26.85	0.052
1#	10.19	0.024	10.79	0.020
2#	5.13	0.029	6.28	0.026
4#	32.33	0.066	26.10	0.058
5#	44.77	0.170	38.36	0.168
6#	23.34	0.050	24.98	0.054
7#	26.03	0.025	26.04	0.026
8#	32.67	0.152	36.73	0.151
9#	11.61	0.024	12.07	0.020
10#	16.75	0.076	19.97	0.072
11#	9.10	0.040	10.77	0.047
12#	9.85	0.038	13.17	0.047
平均	20.85	0.062	21.01	0.062

表6-11　2号小流域 PRMS_Storm 拟合和验证

序号	确定系数 Dy	相关系数 R^2	径流量误差 RE/%	峰值误差/%	峰现时差/min
3#(用于拟合)	0.719	0.916	−5.62	−1.89	75
1#	0.851	0.773	5.89	−16.67	45
2#	0.569	0.770	22.42	−10.34	30
4#	0.659	0.748	−19.27	−12.12	30
5#	0.796	0.849	−14.32	−1.18	15
6#	0.917	0.812	7.03	8.00	0
7#	0.924	0.827	0.04	4.00	15
8#	0.707	0.781	12.43	−0.66	30
9#	0.618	0.642	3.96	−19.58	15
10#	0.518	0.721	19.22	−5.26	15
11#	0.622	0.747	18.35	17.50	15
12#	0.464	0.721	33.71	23.68	30
平均	0.697	0.776	6.99	−1.21	26.25
合格率/%			83.3	91.7	100.0

由图 6-7(j)和图 6-7(k)可知,2♯场次降雨模拟的洪水过程与实测值一致,且洪峰峰值、峰现时差偏差较小,洪水上涨阶段模拟值偏大,而退水线过程中的模拟值小于实测退水线,因此导致总径流量模拟值较实测值偏差大;12♯降雨径流模拟洪水上涨阶段过程线

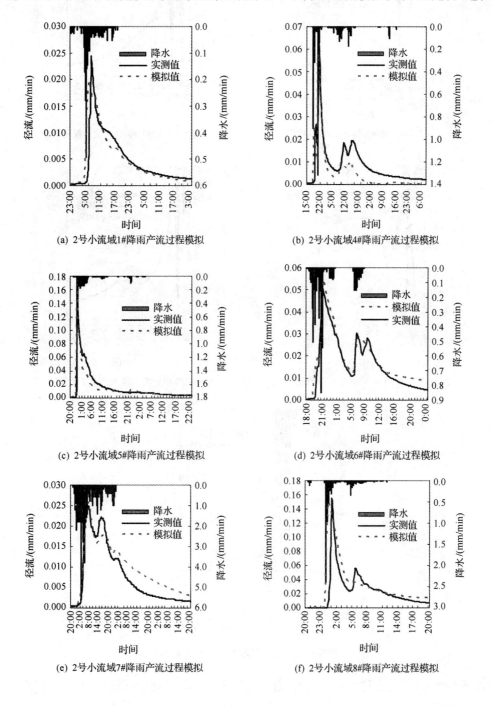

(a) 2号小流域1#降雨产流过程模拟

(b) 2号小流域4#降雨产流过程模拟

(c) 2号小流域5#降雨产流过程模拟

(d) 2号小流域6#降雨产流过程模拟

(e) 2号小流域7#降雨产流过程模拟

(f) 2号小流域8#降雨产流过程模拟

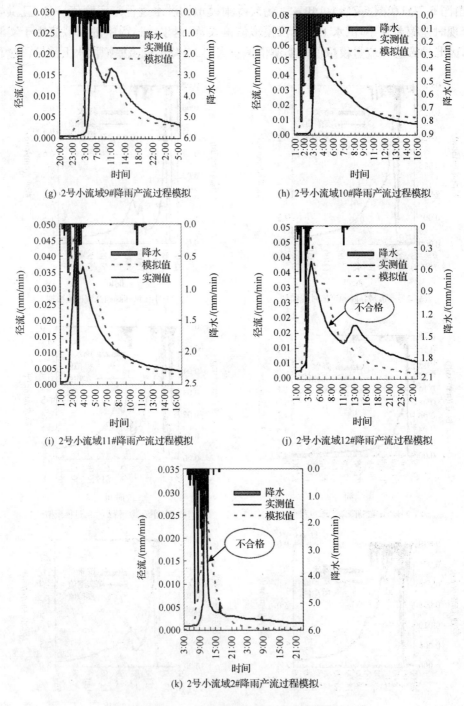

图 6-7　2号流域场降水产流过程模拟

两者基本吻合,但退水过程相差较大,退水过程中 12:00 时刻前,模拟值大于实测值,这一时刻后,前者又远小于后者,因此整个过程总径流深较后者偏差较大,且洪峰峰值也超过允许的误差限。上述后场雨的总径流深模拟值、洪峰峰值模拟值偏差较大,Nash 确定性系数较低,为不合格场降雨径流模拟过程。

由图 6-7 和表 6-11 可知,2 号小流域 12 场洪水预报精度为 0.46～0.92,平均洪水预报精度为 0.70。实测值与模拟值相关系数最小值为 0.642,最大值可达 0.917,平均相关系数达到 0.76。径流量平均误差为 6.99%,径流量(<20%)合格率达 83.3%;峰值平均误差值是 -1.21%,洪峰峰值(<20%)合格率达 91.7%;峰现时差(<3h)合格率为 100.0%,时差平均相差 26.25min;综上分析,即 2♯、12♯ 两场降雨径流模拟不合格,其余均达到要求,降雨径流预报合格率达 83.3%。

1 号、2 号小流域预报合格率均达 80% 以上,且嵌套在内的 2 号流域精度更高,分析原因是该流域实测的降雨径流数据较前者多,不合格场次与相对总体数比值较高。

通过统计学两样本差异的显著性检验(Fisher 精确检验)得到:$p_1 < p_2$,$\bar{p} = 0.677$,说明 1 号与 2 号小流域模拟预报合格率差异显著,且前者小于后者。

综合分析两个小流域模拟精度和预报合格率,表明 PRMS_Storm 对四面山响水溪小流域的模拟可以满足较高精度要求。

6.2.7　模拟效果分析

以 2 号小流域为例,分析各因素对洪水过程模拟效果的影响。

6.2.7.1　模拟值年变化分析

江津市地区暴雨主要集中在 4～10 月,从图 6-8(a)可看出年内暴雨所产生的径流由 4 月开始逐渐增大,到 8 月或 9 月呈逐渐减小的趋势。径流各年际差别也很大,如 2003 年 4 月与 2004 年同期比较,后者较前者径流量大,说明年份不同,处于降雨的丰水年、平水年或枯水年各不相同,从而在同一地区所产生的径流量各不相同。这也与国内有关学者的研究相一致,他们认为不同降水水平年产流和产沙量不同,丰水年最大,且在汛期变化明显(余新晓等,2004)。

利用 PRMS_Storm 模拟的径流数值曲线与实测值基本吻合,表明模拟的效果是符合标准的。在 2003 年,模拟值接近于实测值,从 2004 年开始,模拟值略大于实测值,表明同一标准下所模拟的径流量值用于年际变化较大的洪水预报,误差会偏大。

由图 6-8(b)获知,洪峰峰值曲线较径流量曲线变化剧烈,说明年内各月份的暴雨所产生的洪峰峰值差异明显,但 2003～2005 年各年内总体走势一致,同时与年内径流量变化趋势一样。模拟峰值与实测值差异较小,且大部分小于实测值,但不合格的两场降雨径流过程中,其模拟峰值高于或低于实测值不等,进一步说明了模型对具有普遍性场降雨所产生的径流模拟效果很好,而对于复杂型降雨(历时较短)或处于暴雨下限值的降雨模拟效果不佳。

6.2.7.2　模拟值与降雨特征值的变化分析

将径流量误差、洪峰误差的绝对值与降雨历时作散点图,由图 6-9(a)可看出,无论是径流量还是洪峰的模拟值在短历时降雨阶段,误差值偏大,且从两者的趋势线走势来看,从短历时降雨到长历时降雨时段中,误差是逐渐减小的,同时从表 6-2 可得出该地区暴雨

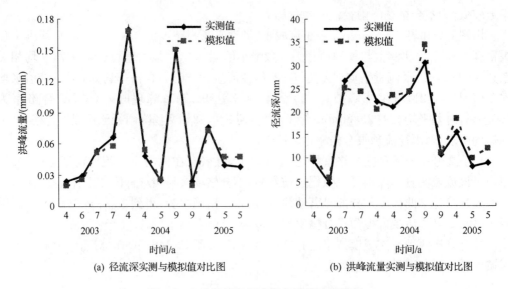

(a) 径流深实测与模拟值对比图　　　　　(b) 洪峰流量实测与模拟值对比图

图 6-8　2 号流域年径流深和洪峰流量模拟

多为长历时降雨,这表明了模型模拟对大部分普遍性的降雨径流过程是合适的,而对于少量复杂、不常见的暴雨类型的模拟结果误差稍大些,这从 2005 年模拟的 3 场暴雨的结果中不难看出,小于 12h 的短历时降雨径流模拟值误差偏大。但也不是表明降雨历时越长,模拟效果越好,小于降雨历时 30h 的长历时降雨模拟效果最佳,径流量的模拟值误差曲线对这一变化趋势响应明显,而峰值误差曲线变化趋势不显著。

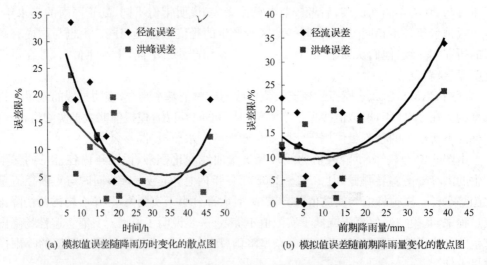

(a) 模拟值误差随降雨历时变化的散点图　　　(b) 模拟值误差随前期降雨量变化的散点图

图 6-9　2 号小流域产流模拟误差与降雨特征值关系分析

同样将径流量误差、洪峰误差两者的绝对值与前期降雨量作散点图,图 6-9(b)表明在前期降雨量较少或过多的情况下,模拟的径流量和洪峰误差值大,说明率定的模型参数比较符合前期降雨量一般水平下的模拟过程,其中不合格的 2# 场降雨过程的前 3 天降雨量为 0mm,而不合格的 12# 场降雨其前 3 天降雨量却达到了 40mm,前期降雨量为 4～

15mm 的模拟值均能达到要求,且从趋势线走势来看也证明前期降雨量的变化对模拟效果的影响。径流量误差和洪峰误差随前期降雨量的变化呈上抛物线变化,洪峰误差线不如径流量误差线更明显些,但都说明了在前期降雨量的两个边界,模拟效果较差,误差偏大。

将模拟值的误差与降雨的其他特征值,如降雨量、最大雨强、平均雨强同样进行了相关分析,结果表明模拟值误差与降雨量、最大雨强、平均雨强相关关系不明显。但值得指出的是 2# 场降雨不合格,说明降雨量在一定数值范围内对模拟值误差影响不显著,选取的 12 场降雨普遍为暴雨,符合暴雨模型的模拟过程,但 2# 场降雨降雨量偏小,属于暴雨临界值的下限,故此模拟结果不理想;对于 12# 场降雨,其降雨类型为短历时降雨,特别是在前期降雨量较多的情况下,模拟值误差较大,因此通过实验数据的补充来改进参数可使模型模拟效果更好。

当然影响模拟结果的因素很多,就降雨特征值来说,笔者认为降雨历时、前期降雨量两个因素对暴雨径流过程的模拟影响较大,而其他特征值(降雨量、最大雨强、平均雨强等)对模拟值的误差影响不显著。

6.2.7.3　模拟值与径流特征值的变化分析

由图 6-10(a)可看出,径流量误差、峰值误差初期随洪水历时增大而减小,到达 30h 以后,误差值又呈现上涨的趋势,表明短历时洪水较长历时洪水模拟效果差,但洪水历时到达一定量值后,误差又会增大,不是历时越长模拟效果越好,这同降水历时所得到的规律是一致的。从两个误差值趋势线可看出径流量模拟值误差较洪峰模拟值误差更符合抛物线形,与洪水历时的相关性更好。

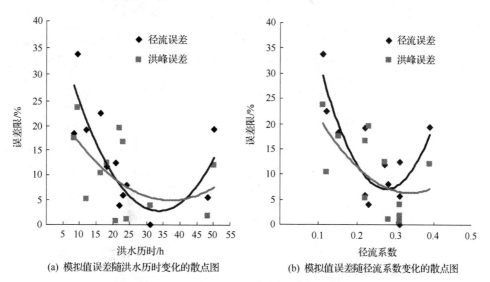

(a) 模拟值误差随洪水历时变化的散点图　　(b) 模拟值误差随径流系数变化的散点图

图 6-10　2 号小流域产流模拟误差与径流特征值关系

图 6-10(b)显示了模拟值误差随径流系数而变化的过程。径流量误差与峰值误差趋势线均呈抛物线型,且前者拟合的更好。当径流系数为 0.15～0.35 时,径流量的模拟值

误差均在 20%以内,即达到洪水预报要求,超过这一区间,模拟值误差增大;峰值模拟的误差随径流系数的变化趋势不如径流量模拟误差显著,但从散点图中总体可看出,径流系数为 0.2~0.3 时,峰值模拟误差较小。

模拟值误差与径流其他特征值,即径流量、径流深及洪峰流量进行回归分析,结果是相关性较差,因此,可以得出下面的结论:在径流特征值中,洪水历时和径流系数对模拟径流量及洪峰流量影响显著,其他特征值影响甚微。

有研究指出,森林植被对总径流量和径流洪峰流量的影响可以是不同步的(吴长文,1994)。上述分析结果表明径流量的模拟值与降雨特征值、径流特征值回归曲线拟合较好,而洪峰模拟值的这一趋势却不够显著,这与有关学者的研究结果是一致的。通过对响水溪 2 号小流域 12 场暴雨径流模拟过程的分析,可知该地区洪水过程的模拟值受前期降水量、降雨雨型、降水历时以及径流系属等因素影响显著。

第7章 流域森林植被影响洪水过程的情景模拟分析

7.1 植被覆盖率变化对洪水过程的影响

国外认为森林覆盖率达到30%以上,且分布均匀、结构合理,发挥着巨大的经济、社会、生态效益,是当代林业先进发达的标志之一;对我国水土流失严重的长江上游和黄河上中游地区的最佳防护效益森林覆盖率的研究,至今尚未见报道。

吴秉礼等(2003)以甘肃长江流域、黄河流域及内陆河源头地区的祁连山地三大流域为对象,就水土流失区最佳防护效益森林覆盖率进行了研究,指出森林覆盖率是未来防止一日或一次性大暴雨至特大暴雨过程造成土壤侵蚀的总体发展目标。

7.1.1 植被覆盖率对洪水过程的变化分析

以2号小流域为模拟地区,利用分布式暴雨水文模型模拟不同森林覆盖率对洪水过程的影响。所需降雨径流数据采用四面山响水溪森林流域2003~2005年实测的12场暴雨数据,同时查阅《中国暴雨统计参数图集》(水利部水文局和南京水利科学研究院,2005),获知库区24h百年一遇暴雨距现在最近发生时间在1984年,位于重庆巫溪县。因此,将此场特大暴雨数据内插后同样模拟在响水溪流域,以便分析最大降雨情况下的洪水过程。百年一遇特大暴雨特征值见表7-1。

表7-1 百年一遇特大暴雨特征值

名称	降雨日期	特大暴雨特征值			
		降雨量/mm	降雨历时/h	15min 最大雨强/(mm/min)	场平均雨强/(mm/min)
特大暴雨 (P=1%)	1984.6.12~6.13	276.7	24	0.192	2.1

分别在响水溪流域实测的12场降雨以及特大暴雨情景下,分析覆盖率0、20%、40%、60%不同阶段下对径流的影响。同时考虑在同一覆盖率的条件下,森林植被在小流域内不同的分布位置进一步量化对比(不同分布位置分析是指在流域内低海拔、高海拔、随机分布的森林面积占流域总面积的不同比例时,模拟此种覆盖率下的径流过程),以期揭示森林覆盖率变化对洪水影响的变化规律。不同覆盖率下的洪峰流量模拟结果见表7-2(a)。

表 7-2(a)　森林覆盖率对洪峰流量的模拟结果 I

森林覆盖率	降雨序号	洪峰流量/(mm/min)	森林覆盖率	降雨序号	洪峰流量/(mm/min)
无植被	1#	0.060	现状 (>60%)	1#	0.020
	2#	0.057		2#	0.026
	3#	0.220		3#	0.052
	4#	0.319		4#	0.058
	5#	0.844		5#	0.168
	6#	0.239		6#	0.054
	7#	0.049		7#	0.026
	8#	0.629		8#	0.151
	9#	0.053		9#	0.020
	10#	0.297		10#	0.072
	11#	0.307		11#	0.047
	12#	0.451		12#	0.047
	平均	0.294		平均	0.062
	特大暴雨($P=1\%$)	1.160		特大暴雨	0.283

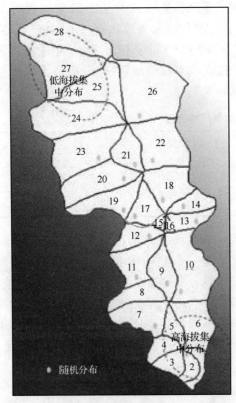

图 7-1　响水溪 2 号小流域森林植被不同分布
位置示意图

如表 7-2(a)所示,在无植被的情况下,洪峰流量呈明显增加趋势,由于森林植被层层截流拦蓄的作用,会较好地起到消减洪峰的作用。对于响水溪小流域实测的 12 场降雨,现状洪峰流量的均值为 0.062mm/min,无植被多场降雨的平均峰值为 0.294mm/min。现状比无植被情景下,消减洪峰峰值为 54%～90%,平均达 79%;特大暴雨情景下,现状比无植被情况下消减洪峰峰值达 76%。

图 7-1 为森林植被不同分布位置(低海拔集中分布、高海拔集中分布和随机分布)示意图。

表 7-2(a)、表 7-2(b)中实测的 12 场径流的模拟峰值表明,森林覆盖率在零至现状之间变化时,洪峰均值是逐渐减小的,即现状(0.062mm/min)<60%(0.167mm/min)<40%(0.214mm/min)<20%(0.248mm/min)<0(0.294mm/min)。一个流域内森林植被的不同分布位置消减峰值的作用也是不同的,当覆盖率为 20%时,20%Ⅲ(随机分布)、20%Ⅰ(低海拔集中分布)两者比 20%Ⅱ(高海拔

集中分布)消减洪峰效果更明显,而当覆盖率达到40%以后,缓解洪峰流量的效果为Ⅰ>
Ⅲ>Ⅱ,这说明小流域内利用森林植被来达到消减洪峰的目的时,在流域出口附近造林
(即低海拔处造林)较其他地方造林,效果更明显。其中60%Ⅱ(0.213mm/min)>40%Ⅰ
(0.181mm/min),验证了森林覆盖率高,但植被分布位置不佳,也不能发挥最佳的调洪
作用。

表 7-2(b)　森林覆盖率对洪峰流量的模拟结果Ⅱ

森林覆盖率	降雨序号	森林植被不同分布位置洪峰流量/(mm/min)			森林覆盖率	降雨序号	森林植被不同分布位置洪峰流量/(mm/min)		
		低海拔集中分布Ⅰ	高海拔集中分布Ⅱ	随机分布Ⅲ			低海拔集中分布Ⅰ	高海拔集中分布Ⅱ	随机分布Ⅲ
20%	1#	0.052	0.060	0.048	40%	8#	0.397	0.596	0.445
	2#	0.050	0.051	0.049		9#	0.037	0.047	0.039
	3#	0.203	0.197	0.191		10#	0.204	0.218	0.207
	4#	0.225	0.283	0.251		11#	0.208	0.284	0.205
	5#	0.666	0.795	0.678		12#	0.275	0.428	0.311
	6#	0.179	0.214	0.192		平均	0.181	0.255	0.207
	7#	0.044	0.044	0.044		特大暴雨	0.809	0.948	0.791
	8#	0.515	0.617	0.487	60%	1#	0.039	0.051	0.035
	9#	0.043	0.050	0.043		2#	0.037	0.037	0.035
	10#	0.252	0.254	0.249		3#	0.140	0.121	0.126
	11#	0.256	0.299	0.231		4#	0.129	0.234	0.186
	12#	0.342	0.435	0.327		5#	0.311	0.580	0.394
	平均	0.236	0.275	0.233		6#	0.104	0.158	0.124
	特大暴雨	0.994	1.054	0.959		7#	0.035	0.034	0.035
40%	1#	0.046	0.059	0.045		8#	0.308	0.508	0.319
	2#	0.043	0.044	0.042		9#	0.032	0.040	0.032
	3#	0.174	0.163	0.157		10#	0.159	0.170	0.159
	4#	0.167	0.263	0.236		11#	0.157	0.245	0.142
	5#	0.444	0.724	0.592		12#	0.213	0.374	0.224
	6#	0.136	0.192	0.162		平均	0.139	0.213	0.151
	7#	0.040	0.039	0.040		特大暴雨	0.635	0.748	0.593

　　在百年一遇特大暴雨情景下,得到的结论与上面一致,即森林的不同分布位置消减洪
峰效果存在差异。

　　同一森林覆盖率下,不同森林分布位置下12场洪水的洪峰峰值随场降雨最大雨强的
变化关系如图7-2所示。

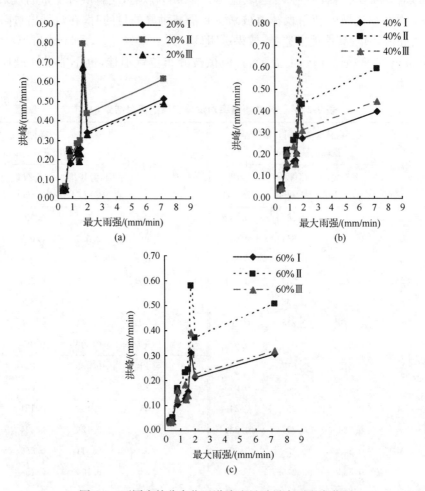

图 7-2　不同森林分布位置洪峰流量随最大雨强变化图

图 7-2 显示,三种森林覆盖率下,当最大雨强为 0~0.8mm/min 时,三种不同分布类型消减洪峰差异不大;雨强为 0.8~1.5mm/min 时,Ⅱ型分布较Ⅰ型、Ⅲ型峰值更大,缓解洪峰作用不明显,其中 20% 覆盖率下,Ⅰ型、Ⅲ型洪峰峰值较Ⅱ型分别减少了 9.4%、6.9%,40% 覆盖率相应减少了 18.5% 和 8.9%,覆盖率 60% 则为 22.1% 和 12.9%;当最大雨强达到 1.5mm/min 以上后,Ⅱ型与Ⅰ型、Ⅲ型削峰效果比较,变化幅度较大,差异更为显著,其中覆盖率为 20%、40% 和 60% 的不同情景下,Ⅰ型、Ⅲ型洪峰峰值较Ⅱ型分别减少了 17.1% 和 19.7%、34.8% 和 23.6%、42.1% 和 36.8%。

综上所述,当最大雨强>1.5mm/min 时,森林植被三种分布类型削峰效果差异显著,表现为Ⅰ型、Ⅲ型好于Ⅱ型,且随森林覆盖率的逐渐增长,峰值的消减比例越大。

7.1.2　植被覆盖率对径流组成的变化分析

将响水溪 2 号小流域 12 场降雨下不同覆盖率、不同分布位置的平均径流成分值等数据列于表 7-3(a)。

表 7-3(a)　森林覆盖率变化对径流组成的模拟结果 I

森林覆盖率	径流量/mm				径流成分比例			径流系数
	地表径流	壤中流	基流	总径流	地表径流	壤中流	基流	
无植被	42.56	8.13	1.17	51.85	0.82	0.16	0.02	0.67
20% I	37.28	7.73	1.16	46.18	0.80	0.17	0.03	0.59
20% II	36.25	8.01	1.17	45.42	0.80	0.17	0.03	0.58
20% III	37.25	8.09	1.17	46.51	0.80	0.17	0.03	0.60
40% I	32.28	6.89	1.16	40.33	0.80	0.17	0.03	0.52
40% II	32.03	8.02	1.17	41.22	0.78	0.19	0.03	0.53
40% III	33.13	7.80	1.17	42.09	0.78	0.19	0.03	0.54
60% I	27.04	6.59	1.16	34.79	0.78	0.19	0.03	0.45
60% II	26.79	7.72	1.17	35.68	0.75	0.22	0.03	0.46
60% III	27.79	7.60	1.16	36.55	0.76	0.21	0.03	0.47
现状	14.19	5.73	1.09	21.01	0.68	0.27	0.05	0.27

表 7-3(a)显示了随森林覆盖率的增加,响水溪小流域总径流量、径流系数是逐渐减小的,由无植被到现状阶段,基流基本不变,地表径流占总径流的比例由82%减少到68%,而壤中流占总径流的比例则相应增大,由16%增加至27%,证明了随着森林覆盖率的增加,森林层层拦蓄及截留效果更佳,有效地将地表径流转化为壤中流。无植被条件下的径流总量分别为20%、40%、60%及现状情况下的1.13倍、1.26倍、1.45倍和2.47倍。

当覆盖率为20%时,总径流量为20%III>20% I >20% II,而当覆率达到40%以上时,径流总量表现为III>II> I,但同一森林覆盖率下,森林的三种不同分布位置产流量变化不大。

7.1.2.1　特大暴雨($P=1\%$)情景模拟分析

将本场特大暴雨不同覆盖率及同一覆盖率下不同分布位置的各径流数据列于表 7-3(b)。表 7-3(b)显示,本场典型降雨情景下,无植被条件下产生的径流总量分别为

表 7-3(b)　森林覆盖率变化对径流组成的模拟结果 II

森林覆盖率	径流量/mm				径流成分比例			径流系数
	地表径流	壤中流	基流	总径流	地表径流	壤中流	基流	
无植被	199.24	36.97	1.38	237.59	0.84	0.16	0.01	0.86
20% I	174.07	43.91	1.38	219.36	0.79	0.20	0.01	0.79
20% II	168.89	45.69	1.38	215.96	0.78	0.21	0.01	0.78
20% III	173.93	44.49	1.38	219.80	0.79	0.20	0.01	0.79
40% I	150.24	49.67	1.38	201.29	0.75	0.25	0.01	0.73
40% II	148.75	51.68	1.38	201.81	0.74	0.26	0.01	0.73
40% III	154.19	49.86	1.38	205.43	0.75	0.24	0.01	0.74
60% I	125.29	56.65	1.38	183.32	0.68	0.31	0.01	0.66
60% II	123.79	58.67	1.39	183.85	0.67	0.32	0.01	0.66
60% III	128.73	57.20	1.38	187.31	0.69	0.31	0.01	0.68
现状	74.92	71.33	1.39	147.64	0.51	0.48	0.01	0.53

森林覆盖率在 20%、40%、60% 及现状情况下的 1.09 倍、1.17 倍、1.29 倍和 1.61 倍。地表径流占总径流的比例由 84% 减少到 51%,壤中流占总径流的比例由 16% 增加到 48%,基流不变。同样证明了随着森林覆盖率的增加,森林植被可起到将地表径流转化为壤中流,从而起到涵养水源的作用。

7.1.2.2　长历时典型降雨情景模拟分析

通过分析实测的 12 场降雨的数据,可知 4♯ 降雨属长历时多峰值降雨,具有该地区长历时降雨的典型性,因此以 4♯ 降雨为例,分析森林覆盖率变化对径流组成、径流过程的影响。

图 7-3、图 7-4 表明了 4♯ 场降雨径流过程对森林覆盖率变化的响应,无植被情景下,洪水过程线表现为陡涨陡落的"尖瘦型",洪峰流量明显高于森林覆盖率 40% 以上的洪峰峰值。同时,无植被情况下,本场降雨所产生的总径流深达 77.86mm,径流系数为 0.93;当覆盖率达 20% 时,径流深为 68.00mm,径流系数为 0.82;40% 覆盖率情景下,模拟径流深 58.19mm,径流系数为 0.70;60% 覆盖率下,径流深 48.59mm,径流系数为 0.58;现状下模拟径流深 26.10mm,径流系数为 0.31。表明随森林覆盖率逐渐增长,暴雨径流量逐渐减少,其中地表径流、壤中流与其具有相同的规律。

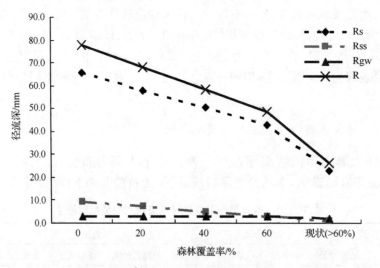

图 7-3　长历时典型降雨径流成分对森林覆盖率变化的响应

综合分析 12 场降雨及百年一遇暴雨的径流成分组成,可得到壤中流、地表径流对森林覆盖率的变化响应强烈,而基流对覆盖率的变化响应不明显。同一森林覆盖率下,森林不同分布位置对径流量影响不大,仅为 0.01~0.02,而对洪峰流量影响显著。

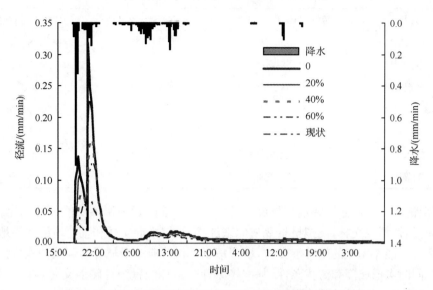

图 7-4　长历时典型降雨径流过程对森林覆盖率变化的响应

7.2　森林植被群落配置对洪水过程的影响

7.2.1　森林群落优化配置格局的情景选择

以嵌套在内的 2 号小流域为例,根据不同森林群落的评价结果,参考已有的研究结论,提出以下三种情景配置格局类型(scenario),见表 7-4(a),各群落特征配置变化见表7-4(b)。

表 7-4(a)　三峡库区流域森林群落配置情景

坡度/(°)	海拔/m	情景1(针阔混交林型)	情景2(阔叶混交林型)	情景3(综合配置型)
30~40	1000~1100			针阔混交林
	1100~1200			阔叶混交林
	1200~1400			阔叶混交林
40~45	1000~1100			针阔混交林
	1100~1200	针阔混交林	阔叶混交林	针阔混交林
	1200~1400			阔叶混交林
45~50	1000~1100			灌木林
	1100~1200			灌木林
	1200~1400			灌木林

表 7-4(b)　三峡库区流域森林群落配置变化

现状	情景1(针阔混交林型)	情景2(阔叶混交林型)	情景3(综合配置型)
针叶纯林	针阔混交林	阔叶混交林	针阔混交林
阔叶纯林	针阔混交林	阔叶混交林	阔叶混交林
针阔混交林	针阔混交林	阔叶混交林	针阔混交林
阔叶混交林	针阔混交林	阔叶混交林	阔叶混交林
楠竹林	针阔混交林	阔叶混交林	阔叶混交林
灌木林	针阔混交林	阔叶混交林	灌木林
荒草地	针阔混交林	阔叶混交林	灌木林

　　模拟情景1将原非针阔混交林群落及荒草地全部配置为调洪功能强的马尾松、杉木和阔叶树的针阔混交林,模拟情景2将原来纯林、马尾松混交林和荒草地配置为地表径流最小,调洪功能作用强的阔叶混交林,模拟情景3保持典型森林群落调洪功能最强的原有灌木林,同时考虑坡度和海拔条件,基本将原针叶纯林配置为针阔混交林,将原阔叶纯林配置为阔叶混交林,楠竹林配置为阔叶混交林,将荒草地改造为灌木林。

7.2.2　不同森林群落影响洪峰流量的变化分析

　　在三种不同的森林群落配置情景下模拟12场降雨径流过程,预测的洪峰峰值结果详见表7-5、图7-5。

表 7-5　各森林群落配置格局下流域径流峰值

编号	径流峰值/(mm/min)				峰值消减比例/%		
	现状	情景1	情景2	情景3	情景1	情景2	情景3
1#	0.020	0.018	0.019	0.018	10.0	5.0	10.0
2#	0.026	0.022	0.022	0.022	15.4	15.4	15.4
3#	0.052	0.046	0.050	0.046	11.5	3.8	11.5
4#	0.058	0.047	0.051	0.047	19.0	12.1	19.0
5#	0.168	0.103	0.112	0.098	38.7	33.3	41.7
6#	0.054	0.047	0.052	0.048	13.0	3.7	11.1
7#	0.026	0.026	0.031	0.027	0.0	−19.2	−3.8
8#	0.151	0.102	0.109	0.093	32.5	27.8	38.4
9#	0.020	0.018	0.021	0.019	10.0	−5.0	5.0
10#	0.072	0.064	0.070	0.065	11.1	2.8	9.7
11#	0.047	0.039	0.040	0.040	17.0	14.9	14.9
12#	0.047	0.047	0.048	0.047	0.0	−2.1	0.0
平均	0.062	0.048	0.052	0.048	14.8	7.7	14.4

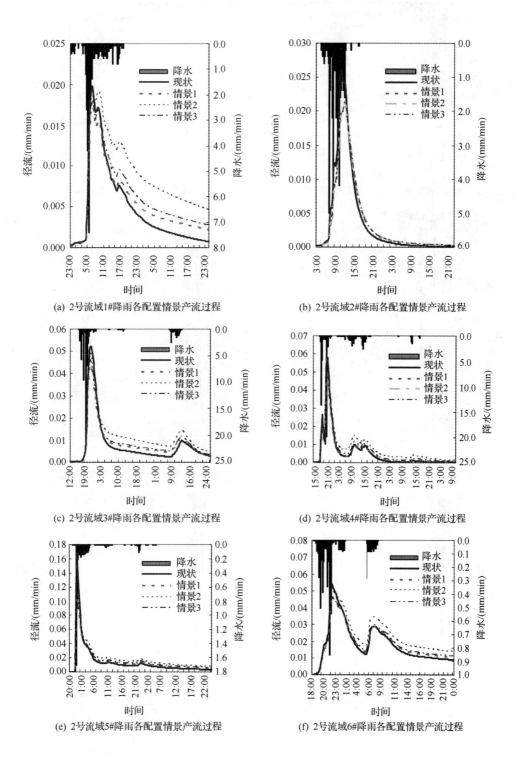

(a) 2号流域1#降雨各配置情景产流过程

(b) 2号流域2#降雨各配置情景产流过程

(c) 2号流域3#降雨各配置情景产流过程

(d) 2号流域4#降雨各配置情景产流过程

(e) 2号流域5#降雨各配置情景产流过程

(f) 2号流域6#降雨各配置情景产流过程

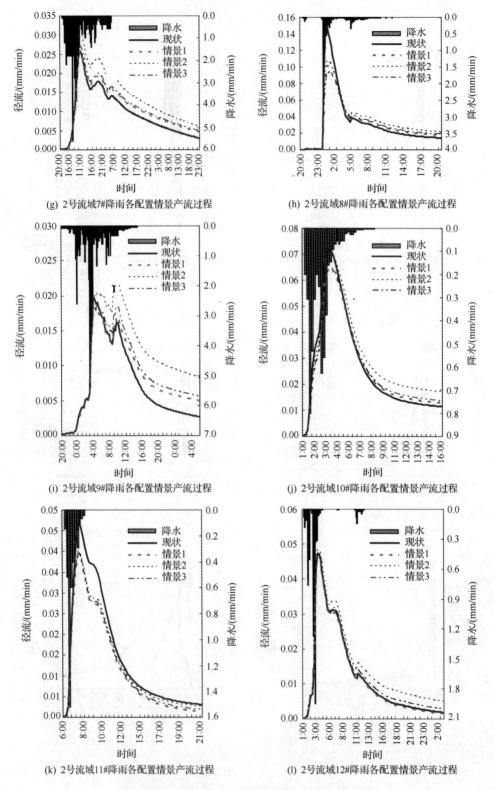

图 7-5　2 号流域各配置情景场降雨产流过程模拟

从表 7-5 和图 7-5 可知,三种森林群落配置消减洪峰流量效果不等,其中情景 1 消减峰值比例为 40% 以下;情景 2 可消减比例为 3%～33%;情景 3 可消减比例为 5%～42%;综合比较,情景 3(14.4%)和情景 1(14.8%)较情景 2(7.7%)缓解洪峰流量效果好。

三种群落配置消减洪峰的效果受各场次降雨的特征值影响各不相同,如最大雨强、降雨历时等特征值的不同对模拟结果影响显著。

三种配置情景下,模拟的不同洪峰峰值随场降雨最大雨强的变化关系如图 7-6 所示。

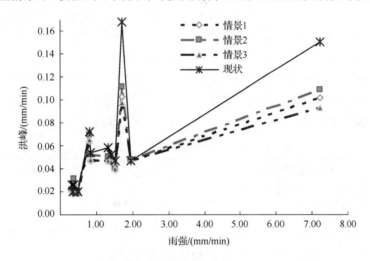

图 7-6　不同情景配置洪峰峰值对最大雨强的响应

图 7-6 显示,三种森林群落配置下,森林植被消减峰值结果各不相同。当最大雨强为 0～0.8mm/min 时,情景 1、情景 3 两种情景配置消减洪峰作用明显,消减比例平均值分别为 9.3% 和 7.3%;雨强为 0.8～1.5mm/min 时,三种情景配置缓解洪峰作用显著,情景 1、情景 3 好于情景 2,前两者分别减少洪峰 15.1% 和 14.1%,而情景 2 消减比例均值为 8.6%;当最大雨强大于 1.5mm/min 后,情景 3 缓洪效果最佳,情景 1 次之,情景 3、情景 1、情景 2 预测洪峰峰值较原有配置分别减少了 26.7%、23.7% 和 19.7%。因此可知,当最大雨强 >1.5mm/min 时,三种不同的森林群落配置类型消减洪峰效果差异显著,表现为情景 3、情景 1 优于情景 2。

7.2.3　不同森林群落影响径流组成、径流量的变化分析

在各暴雨条件下,相比现有配置,各配置情景的径流成分分割,地表径流都有所下降,壤中流均有增加,而基流基本保持不变。因此,各配置情景对缓解洪水均有积极作用。暴雨条件下,情景 1 可使地表径流降低 1.4%～17.5%,壤中流增加 5.8%～144.6%;情景 2 可使地表径流减少 1.4%～15.5%,壤中流增加 50.5%～592.6%;情景 3 可使地表径流减少 1.6%～19.5%,壤中流增加 14.4%～296.3%。基流基本不变。

在各暴雨条件下,相比现有配置,模拟三种森林群落配置情景下流域产流量变化各不相同。情景 1(配置情景 1)模拟中,8 场暴雨条件总径流量减少 1.2%～7.2%,剩余 4 场总径流量略有增加,表明情景 1 模拟径流总量总体趋势是减少的;在情景 2(配置情景 2)

下,除 2♯ 降雨外,其余场次模拟洪水总量均是增加的,幅度为 0.8%~41.2%,但是,由径流成分分析可知,增加的洪水总量主要来自于壤中流量;情景 3(配置情景 3)下,大部分场次模拟径流总量是增加的,增加值为 1.1%~10.8%,其余 4 场暴雨条件下,总产流量减少 0.2%~4.0%,说明配置情景 3 模拟洪水总量与原有配置比较,总体趋势是减少的。

7.2.4　不同情景配置下模拟结果综合分析

将 2 号小流域 12 场暴雨条件下三种森林群落配置模拟径流结果平均值列于表 7-6,从表 7-6 中可知不同径流量值的变化特征,在情景 1 配置情景下,地表径流量可减少 9.2%,壤中流增加 18.4%;情景 2 减少地表径流 5.4%,壤中流增大 85.7%;情景 3 模拟中,地表径流减少 9.7%,壤中流增大 32.8%;各情景配置下,基流变化不大。从径流分割比例上来说,各情景配置都增强了森林群落的调洪性能,使地表径流由 68% 减少到 53%~62%,壤中流比例增加 6%~15%,基流比例基本没有变化。

表 7-6　各森林群落配置格局径流模拟结果

群落配置	平均径流量/mm				径流成分分割比例			平均径流峰值 /(mm/min)	消减比例/%	
	地表径流	壤中流	基流	产流量	地表径流	壤中流	基流		峰值	产流量
现状	14.19	5.73	1.09	21.01	0.68	0.27	0.05	0.062		
情景 1	12.88	6.78	1.04	20.70	0.62	0.33	0.05	0.048	22.58	1.46
情景 2	13.43	10.64	1.11	25.16	0.53	0.42	0.05	0.052	16.13	−19.74
情景 3	12.82	7.61	1.08	21.52	0.60	0.35	0.05	0.048	22.58	−2.42

在消减洪水总量方面,针阔混交林型(情景 1)效果最好(1.46%),常绿阔叶混交林较差(−19.74%)。

从消减洪峰作用来说,情景 1 和情景 3 预测径流峰值相比原径流平均消减数值均为 22.58%,情景 2 平均消减 16.13%。

综合分析洪峰及径流量两个方面的模拟结果可知,从消减峰值和减少洪水总量来说,情景 1 和情景 3 的作用要好于情景 2,而情景 1 消减洪峰和缓解洪水流量的作用最佳,即针阔混交林型和综合配置型对于消减洪峰、减少地表径流都有较明显的作用,而针阔混交林型的调洪功能最强,为最佳的森林群落配置类型。

第8章　三峡库区分布式暴雨水文模型主要参数阈值

8.1　库区土壤基本特征

三峡库区山地地貌类型组合多样,导致水热条件重新组合,产生多种土壤类型。在海拔1200m侏罗纪紫色岩层多发育为石灰性紫色土,白垩纪紫色岩层多发育为酸性紫色土。石灰岩地区在海拔1400m以下主要分布山地黄壤,为本区地带性土壤,海拔在1500m以上分布山地黄棕壤。

库区地处川东平行岭谷低山丘陵区和大娄山北坡深切割中、低山区,大小河流顺其地势从南北两侧向长江汇集,形成一个切割较为破碎,并以海拔500m以下的地形为主体的丘陵低山区。有30%的耕地坡度大于25°,形成切沟和冲沟。该区山地岩性构成以红色砂页岩为主,加之大面积坡地的存在,为流水和重力的侵蚀和剥蚀创造了有利条件。三峡库区数字高程地形图详见图8-1。　①

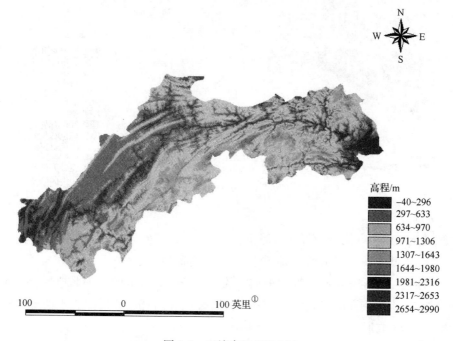

高程/m
■ -40~296
■ 297~633
■ 634~970
□ 971~1306
□ 1307~1643
■ 1644~1980
■ 1981~2316
■ 2317~2653
■ 2654~2990

100　　　　0　　　　100英里①

图 8-1　三峡库区 DEM 图

---

①　1 英里=1.609 344km,后同。

8.1.1　土壤类型

　　库区土壤共有 7 个土类 16 个亚类。主要土壤类型有黄壤、山地黄棕壤、紫色土、石灰土、潮土和水稻土。在土壤类型中,紫色土占土地面积的 47.8%,富含磷、钾元素,松软易耕,适宜种植多种作物,目前是库区重要柑橘产区;石灰土占土地面积的 34.1%,在低山丘陵有大面积分布;黄壤、黄棕壤占土地面积的 16.3%,是库区基本水平地带性土壤,分布于高程 600m 以下的河谷盆地和丘陵山区,土壤自然肥力较高。耕地多分布在长江干流、支流两岸,大部分是坡耕地和梯田。

　　库区的基带土壤为黄红壤,其他土类有黄壤、山地黄棕壤、山地棕壤、山地草甸土、石灰土、紫色土、水稻土和潮土,其土壤类型详见分布图 8-2。

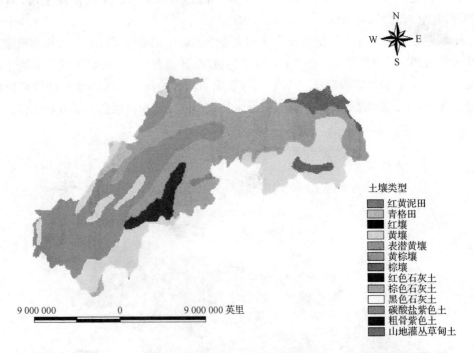

图 8-2　三峡库区土壤类型分布图

　　库区成土母岩有花岗岩、石灰岩、泥质砂质页岩、石英砂岩、紫色砂页岩、硅质砂岩和河流冲积土,由此而发育成系列土壤,现将主要土类简介如下。

　　(1)水稻土:水稻土是在长期种植稻谷的水温条件下形成的一种非地带性土壤。在人为的耕作中,土壤剖面形成淹育层、渗育层、潜育层和潴育层等层次。水稻土分布在海拔 1200m 以下的地带。

　　(2)紫色土:紫色土的发育受母岩影响最大,其成土母质是紫色砂页岩的风化物,具有稳定的紫色及复杂的矿物质。该类型主要分布在海拔 1000m 以下的丘陵低山地区。

　　(3)山地黄壤:分布于海拔 1200m 以下,在湿热的亚热带气候条件下形成的土壤。其成土过程具有明显的黏化和富化过程,整个土壤剖面呈金黄色,土壤呈酸性反应,pH

为 6 以下。

（4）山地黄棕壤：主要分布在海拔 1200～1700m，系黄壤和棕壤之间的一个过渡类型。它是在温暖、湿润的常绿阔叶与落叶阔叶混交林发育的一个土壤类型。土壤一般呈黄棕色或黄褐色，分布在海拔高、湿度大的土带一般无石灰反应，pH 为酸性至微酸性。

（5）山地棕壤：分布在海拔 1500～2200m 的中山地带。它是在落叶阔叶林下或落叶阔叶与针叶混交林下的土类。土壤由中性至微酸性反应。

（6）山地灰棕壤：分布在海拔 2200m 以上的暗针叶林带，是在阴湿冷凉气候和针叶林下发育的，具有灰化现象的土壤。土壤质地较轻，呈酸性反应，主要植被为冷杉林。

8.1.2　土壤形成特征

库区地处中亚热带，水热丰沛，雨热同季。成土母质主要是侏罗系紫色砂页岩、泥岩和石灰岩，其成土过程主要是富铝化和黄化作用。由于处于旺盛的生物循环作用下，加之人为因素的干扰作用，使本区土壤形成有以下特点。

1）山地富铝化和黄化作用明显、土壤生物化学过程活跃

在库区海拔 500m 以上的山地，在气候和针阔混交林植被作用下，地下水和土壤水都比较丰富，因而剖面中的原生矿物强烈分解，形成游离氧化物，分解释放出的盐基在土壤中大量淋失，而铁和铝的氧化物在此相对聚积，出现轻度脱硅富铝化过程。由于铝铁的富积，黏土矿物不断形成，铁质进一步黄化，使整个剖面呈棕黄色，形成地带性的山地土壤。

2）森林植被作用下生物循环旺盛、有机质累积少

有机质积累的显著程度主要是土壤剖面 A 层厚度，一般在砂岩形成的山地黄壤 A 层较厚，普遍为 3～5cm，以针阔混交林下 A 层较厚，为 5～8cm。随海拔的增高，温差增大，阔叶树成分的增加，A 层厚度逐渐有积累。表 8-1 描述了库区马尾松林下山地黄壤 A 层厚度的变化情况。

表 8-1　三峡库区次生马尾松林下土壤 A 层厚度变化

植被类型（群系或群丛）	地形因素			土壤因素			
	海拔/m	类型	部位	地层	土壤名称	厚度/m	A 层厚度/m
白栎马尾松林	215	高丘	坡下部	自流井组	山地黄壤	30	5
铁芒萁马尾松林	230	低山	坡中部	下沙溪庙组	山地黄壤	16	5
巴茅马尾松林	330	低山坡	中部	雷口坡租	山地黄壤	50	2
蕨类马尾松林	240	低山	坡下部	须家河组	山地黄壤	25	2
白栎马尾松林	236	低山	坡下部	须家河组	山地黄壤	>50	4
白栎马尾松林	265	低山	坡下部	须家河组	山地黄壤	>50	5
白栎马尾松林	285	低山	坡下部	须家河组	山地黄壤	>150	3

植被类型 （群系或群丛）	地形因素			土壤因素			
	海拔/m	类型	部位	地层	土壤名称	厚度/m	A层厚度/m
白栎马尾松林	305	低山	坡下部	须家河组	山地黄壤	>50	5
铁芒萁马尾松林	360	低山	坡中下部	须家河组	山地黄壤	>150	5
铁芒萁马尾松林	510	低山	坡中下部	雷口坡租	山地黄壤	>100	5
铁芒萁马尾松林	560	低山	坡上部	雷口坡租	山地黄壤	>100	8
丝栗马尾松林	620	低山	坡上部	飞仙关组	山地黄壤	>50	7

资料来源：肖文发等，2000。

3）土壤黏土淋溶和淀积现象明显

成土母岩以侏罗系遂宁组、沙溪庙组、自流井组、泥岩发育的紫色土和石灰土，其容重较大，质地黏重，表现出物理性黏粒较高，总孔隙度极低，非毛管孔隙度也很低。石灰岩发育的黄色石灰土，物理性黏粒含量为60%以上，紫色泥岩发育的紫色土，物理黏粒为40%以上，以遂宁组母质上发育的红棕紫色土为例，其物理性黏粒含量表层（0～18cm）为59.4%，B层（18～46cm）为60.8%，C层（46～100cm）为63%，表明土壤黏化严重，板结通透性差。这类土壤在雨季时，使土壤成不透水层，使铁、锰等物质处于还原状态，发生分离向下迁移。当少雨的干季来临，又发生淀积，常有黏粒聚集，形成纵向裂隙。

8.1.3 土壤分布特征

8.1.3.1 土壤垂直性分布

库区土壤在不同海拔高度受水热条件影响，土壤分布类型不同，详见图8-3。

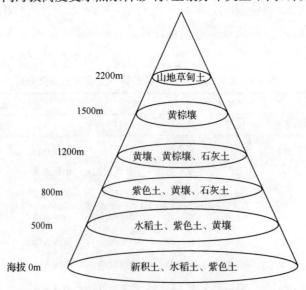

图 8-3 三峡库区土壤垂直性分布规律示意图

8.1.3.2　库区（重庆段）土壤水平分布

三峡库区重庆段土壤由原重庆市上五县、大娄山北麓、巫山西坡和大巴山南坡三部分构成。

1) 原重庆市上五县的土壤水平分布

原重庆市上五县平行岭谷植被属亚热带常绿阔叶林，从我国土壤水平地带性来看，该区应是典型的黄壤地带。然而因地处川东褶皱带上，不明显地带性的隐域土壤紫色土占了绝对优势，相反原地带性黄壤分布面积仅局限于几条背斜山地或丘陵，面积不足 10%。平行岭谷、背斜和向斜相间分布，出露岩石多样，导致石灰土、黄壤、紫色土呈条带状的相间分布。江河沿岸沉积着第四季新老冲积母质，形成新积土、黄壤。在丘陵区的台地上，也还有部分黄壤镶嵌在紫色土中。

2) 大娄山北麓的土壤水平分布

大娄山北麓主要是呈东西向条带分布的方斗山和七曜山，一般海拔 1000~1500m，高峰海拔可达 2000m。母岩主要有石灰岩和白垩纪紫红色砂页岩。土壤属于亚热带常绿阔叶林和落叶阔叶林下的地带性黄壤、黄棕壤及紫色土。

3) 巫山西坡和大巴山南坡的土壤水平分布

本小区包括开县、奉节、巫溪、巫山等县。因地处大巴山南坡和巫山西坡，褶皱紧密，岭谷相间，岭背线海拔一般在 2000m 以上，高出长江沿岸 1000~1500m。出露地层有石灰岩、硅质灰岩、板岩、页岩及砂岩等。地带性土壤为山地黄壤、山地黄棕壤。

8.1.4　土壤理化性质

土壤的基本理化特征包含成土母质、土壤类型、孔隙度、容重、含水量、颗粒组成及有机质含量等，表 8-2 列出了库区不同典型部位的土壤基本性状，各土壤类型位于海拔 250~1800m，不同森林植被下，土壤容重、孔隙度等指标差别显著，其中阔叶林纯林比其他林分容重大。

表 8-3 表明了三峡库区不同发育土壤的颗粒组成，土体中各颗粒组成的本底含量，直接影响土壤侵蚀的产沙量、土壤的砂化和砾质化过程及河流沙的组成情况等。土体中各颗粒组成的总含量对河流泥沙输移比性质影响较大，而颗粒组成在土体中的垂直分异，则影响到砂化的程度和速度以及未来河流输沙量的变化。紫色土中，细砂（0.25~0.05mm）和粗粉粒（0.05~0.01mm）两者的总含量可达 51.0%~78.0%。花岗岩土壤中除含有较多石砾（>1mm）外，以粗砂（1~0.25mm）含量最高，达 74.4%~82.7%。石灰岩区土壤中以细黏粒（<0.001mm）和粗粉粒含量最高，分别达 27.6%~34.2% 和 30.0%~35.7%，而 <0.01mm 的物理性黏粒为不同岩性土壤中含量最高者，一般达 60%，最高达 64.4%，最低也达 53.2%。

表 8-2　三峡库区主要森林土壤基本特征

编号	地理位置	县(市、区)	地点、流域	海拔/m	成土母质	土壤类型	植被类型	自然含水量/%	凋萎含水量/%	田间含水量/%	体积质量/(g/cm³)	孔隙度/%	有机质/(g/kg)
1	库区上部	长寿县	龙溪河支流流域		石灰岩	黄壤	阔叶林	19.58	7.94	52.92	1.85	72.67	14.55
				760			马尾松阔叶混交林	17.08	4.90	33.36	1.44	50.24	9.15
2	库区上部	重庆市北碚区	缙云山	825	须家河组		常绿阔叶林	15.15	3.10	30.33	1.47	45.30	9.25
				800		黄壤	楠竹林	16.14	3.45	25.45	1.45	48.73	
				860			常绿阔叶林灌丛	14.43	5.60	38.43	1.12	58.82	31.63
3	库区中上部	丰都县	龙河支流流域		石灰岩	黄壤	阔叶林	12.73	5.16	34.41	1.72	75.67	13.84
4	库区中部	万州区	五桥河流域	268	沙溪庙组	紫色土、灰紫棕泥	次生林	20.2	8.19	54.59	1.21	54.34	
				788	蓬莱镇组	紫色土、棕紫泥	次生林	19.80	8.03	53.51	1.19	55.09	18.46
5	库区中部	开县	小江支流流域		石灰岩	黄壤	阔叶林	10.22	4.14	27.62	1.63	77.44	
6	库区下部	宜昌市	太平溪水洞头	1800	花岗岩	黄棕壤	落叶阔叶混交林	11.20	9.15	20.80	2.08	25.40	17.50
7	库区下部	秭归县	曲溪小流域	250~271	花岗岩	黄壤	马尾松、栓皮栎针阔混交林	11.25	4.56	30.41	1.51	55.18	15.57

表 8-3 三峡库区不同母质发育土壤的颗粒组成

地点	土样号码	土壤名称	深度/cm	各级颗粒含量百分数/%						
				0.25~1mm	0.05~0.25mm	0.01~0.05mm	0.005~0.01mm	0.001~0.005mm	黏粒<0.001mm	物理性黏粒<0.01mm
涪陵县	SF1	紫色土	0~20	3.2	61.9	16.1	3.6	9.8	5.4	18.8
涪陵县	SF2	紫色土	0~20	3.8	45.5	17.9	4.2	10.4	8.2	22.8
丰都县	SF8	紫色土	0~20	0.4	28.7	31.6	11.3	18.7	9.3	39.3
			20~40	0.8	47.3	30.7	8.6	8.4	4.2	21.2
丰都县	SF10	紫色土	0~20	0.6	39.8	31.8	9.2	12.8	5.8	27.8
秭归县	Z2	紫色土	0~20	20.9	34.3	17.9	6.1	12.4	8.4	26.9
巴东县	B1	紫色土	0~20	0.7	20.7	30.3	9.9	19.7	18.7	48.3
秭归县	I号试区	紫色土	0~20	24.3	27.4	18.5	6	13.4	10.4	29.8
宜昌县	N1	花岗岩母质	0~17	75.6	15.9	6	0.1	1.8	0.6	2.5
			>17	82.7	12.1	3.5	0.5	0.2	1	1.7
宜昌县	N2	花岗岩母质	0~5	74.4	9.5	9.7	1.5	2.3	2.6	6.4
			25~34	77.6	8.7	7.3	0.6	3.7	2.1	6.4
宜昌县	N4	泥页岩母质	0~5	0.4	42.5	18.7	12.2	17.7	8.5	38.4
宜昌县	N3	石灰岩母质	0~16	1.5	3.8	34.1	12.9	19.1	28.6	60.6
			16~47	3.2	3.8	31.1	11.4	18.2	32.3	61.9
			>47	1.9	4.5	30.0	13.6	15.8	34.2	63.6
巴东县	B2	石灰岩母质	0~20	0.1	5.0	32.7	11.9	18.6	31.7	62.2
			20~48		3.4	32.2	12.2	18.7	33.5	64.4
秭归县	Z4	石灰岩母质	0~20	1.3	9.8	35.7	15.2	26.2	11.8	53.2
涪陵县	SF4	砂岩母质	0~30	1.8	50.7	12.2	5.3	10.1	19.9	35.3
			30~70	3.4	36.0	15.5	8.1	12.8	24.2	45.1
			>70	0.4	40.6	13.8	5.9	11.8	27.5	45.2
涪陵县	SF3	砂页岩母质	0~15	0.5	9.9	39.4	14.2	19.8	16.2	50.2
			15~35	0.1	10.7	32.7	12.5	23.4	20.6	56.5
			35~60	0.1	15.7	45.4	23.6	5.0	10.2	38.8
石柱县	SF7	石英砂岩母质	0~10	14.8	18.2	27.7	10.6	19.2	9.5	39.3
			10~30	11.2	21.9	21.9	11.9	21.8	11.5	45.2
			30~60	11.9	19.8	23.0	12.7	21.0	11.6	45.3

资料来源：杜榕桓等，1994。

由表 8-3 可知,花岗岩发育的土壤砂质化的可能性最大,而且随着侵蚀程度增大,砂质化将越来越严重。其次为石英砂岩发育的土壤,也存在较大的砂化的危险。石灰岩区土壤中黏粒含量较高,砂质化现象不明显,但土层浅薄却存在较大的石质化的危险。

8.2 库区土壤水文参数

森林有丰富多样的生物种类,而且具有庞大而复杂的结构,地上有由高耸的树干和繁茂的枝叶组成的林冠层、灌草层、枯枝落叶层,地下有发育疏松而深厚的土壤层,这些不同层次对大气降水的重新分配和有效调节起着重要的作用。其中土壤层水文参数包含毛管孔隙度、非毛管孔隙度、总孔隙度、贮水力、入渗参数等,其中土壤持水性和渗透性是土壤极为重要的物理特征参数。

土壤类型、结构、土层厚度、孔隙度、质地和透水性影响着到达林地表面的降水下渗和土壤的蓄水性能,而且不同森林植被会直接影响到群落中枯枝落叶的数量、组成、质地及根系在土壤中的分布,从而影响着土壤的孔隙发育和土壤持水性能,继而进一步影响径流总量多少。另外,渗透性能的好坏,直接关系到地表产生径流量的大小。已有的研究表明土壤渗透性能越好,地表径流就会越少,土壤的流失量也会相应减少。

8.2.1 土壤贮水特征

土壤贮水量作为评价森林植被水分保持与水源涵养功能的重要指标,其大小与土壤厚度和土壤孔隙状况密切相关(刘霞等,2004)。在一定土壤厚度条件下,土壤的贮水特征取决于土壤孔隙的大小及其数量特征,或者说取决于森林植被对土壤孔隙状况改善作用的大小。土壤孔隙按当量直径的大小可分为毛管孔隙与非毛管孔隙,土壤水分贮存可分为吸持贮存和滞留贮存两种形式(某土层厚度内所贮存的水量分别称之为吸持贮水量和滞留贮水量,两者合称为土壤饱和贮水量),两者具有不同的水文生态功能(张治国等,1999)。吸持贮存是水分依靠毛管吸持力在毛管孔隙中的贮存,其水分主要供给植物根系吸收、叶面蒸腾或土壤蒸发,不能参与径流和地下水的形成,但能为植物生长提供必需的水肥条件,因而具有重要的植物生理生态功能。滞留贮存是饱和土壤中自由重力水在非毛管孔隙(大孔隙)中的暂时贮存,为大雨或暴雨提供应急的水分贮存,能够有效地减少地表径流;降雨停止后水分逐渐向深层下渗,使土壤水分不断补充地下水或以壤中流的形式注入河网,因而具有较高的涵养水源功能。从水土保持的角度看,吸持贮存与滞留贮存都具有减少地表径流和防止土壤侵蚀的功能;而从水源涵养的角度看,只有滞留贮存的水分才具有通过径流(壤中流或地下径流)补充给江河和地下水的功能。因此,对森林生态系统而言,土壤毛管孔隙度的大小反映了森林植被吸持水分用于维持自身生长发育的能力;而土壤非毛管孔隙度的大小反映了森林植被滞留水分发挥涵养水源和消减洪水的能力。

利用式(8-1)计算一定土层深度内的土壤最大吸持贮水量、最大滞留贮水量和饱和贮水量。

$$S_c = 1000 \times h \times p_c, \quad S_{nc} = 1000 \times h \times p_{nc}, \quad S_t = 1000 \times h \times p_t \qquad (8\text{-}1)$$

式中,S_c、S_{nc}、S_t 分别为土壤最大吸持贮水量、最大滞留贮水量和饱和贮水量(单位:mm);p_c、p_{nc}、p_t 分别为毛管孔隙度、非毛管孔隙度和总孔隙度(单位:%);h 为土层深度(单位:m)。

其中最大滞留贮水量对应为模型中的参数 Soil_moist_max,根据库区土壤主要类型及其孔隙性质得到土壤不同的贮水量数值,详见表 8-4。

表 8-4　三峡库区主要土壤类型贮水量值

土壤类别	土壤亚类	土地植被类型	孔隙度/%			土壤饱和贮水量/mm	最大吸持贮水量/mm	最大滞留贮水量/mm
			总孔隙度	毛管	非毛管			
南方水稻土	红黄泥田	农耕地	51.32	42.68	8.64	513.2	426.8	86.4
	青格田	农耕地	44.90	36.36	8.54	449.0	363.6	85.4
红壤	红壤	针叶林、阔叶林和未成林地等 66 个样点均值	33.80	22.50	11.30	338.0	225.0	113.0
		马尾松林	41.01	26.77	14.24	410.1	267.7	142.4
		马尾松、阔叶混交林	50.24	37.93	12.31	502.4	379.3	123.1
黄壤	黄壤	常绿阔叶林	45.30	34.96	10.34	453.0	349.6	103.4
		楠竹林	48.73	36.96	11.77	487.3	369.6	117.7
		常绿阔叶灌丛	58.82	44.63	14.19	588.2	446.3	141.9
黄棕壤	黄棕壤	桑园内 240 个样点	48.00	33.50	14.50	480.0	335.0	145.0
棕壤	棕壤	梯田	46.95	35.25	11.70	469.5	352.5	117.0
石灰土	红色石灰土	萌生灰背栎灌丛	56.70	46.65	10.05	567.0	466.5	100.5
	棕色石灰土	栎林、落叶混交林等	55.00	45.00	10.00	550.0	450.0	100.0
	黑色石灰土	灌木、以余甘子为主	37.73	28.29	9.43	377.3	282.9	94.3
紫色土	碳酸盐紫色土	裸地	45.82	34.37	11.46	458.2	343.7	114.6
	粗骨紫色土	次生松柏林	55.09	41.32	13.77	550.9	413.2	137.7
山地草甸土	山地灌丛草甸土	吉拉柳灌丛	76.71	65.05	11.66	767.1	650.5	116.6

注：表中数值为 1m 土层厚土壤贮水量值。

　　表 8-4 计算了 1m 土层厚度库区主要土壤各类孔隙的贮水量,其中饱和贮水量最大值为山地草甸土(767.1mm),最小为红壤(338.0mm),最大滞留贮水量(非毛管贮水量)的大小依次为黄棕壤(145.0mm)＞紫色土(126.2mm)＞黄壤(125.7mm)＞棕壤(117.0mm)＞山地草甸土(116.1mm)＞红壤(113.0mm)＞石灰土(98.3mm)＞南方水稻土(85.9mm),说明林地涵养水源的能力较农耕地更佳。

　　对于占库区土壤面积较多的黄壤和紫色土两类土壤类型而言,不同的森林植被群落,其涵养水源、缓解洪峰的能力也有所差别。在黄壤地区,最大滞留贮水量数值顺序为常绿针叶林(马尾松林,142.4mm)＞常绿阔叶灌丛(141.9mm)＞针阔混交林(123.1mm)＞楠竹林(117.7mm)＞常绿阔叶林(103.4mm);紫色土地区,非毛管滞留贮水量为次生松柏林大于裸地,表明在同一土壤类型下,合理配置森林植被群落,可起到更好的缓洪、涵养水源及调解水分的作用。

　　在 Arcview 中,根据土壤类型赋值,可得到三峡库区最大滞留贮水量(Soil_moist_max)水文参数分布图(图 8-4)和土壤饱和贮水量分布图(图 8-5),为库区不同流域的水文模型模拟提供一定的参数参考。

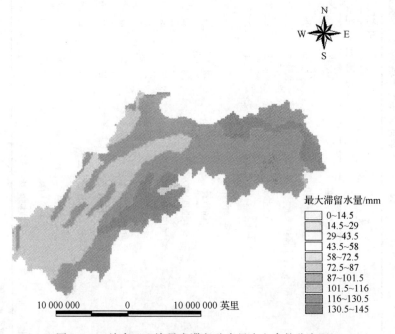

图 8-4　三峡库区土壤最大滞留贮水量水文参数分布图

8.2.2　土壤水分入渗特征

　　研究林地土壤水分入渗规律是探讨森林流域产流机制的基础和前提(余新晓等,2003),确定土壤水分入渗参数及其特征对于深入探讨森林对流域水文过程的调节机制无疑具有十分重要的意义。

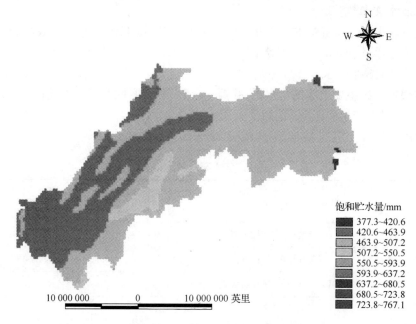

图 8-5　三峡库区土壤饱和贮水量水文参数分布图

通过查阅大量文献获取库区不同土壤条件下的水力传导度实测值,为模型的扩展应用提供重要参数数值基础数据,具有重要意义。

在 Arcview 中根据库区土壤的不同类型,赋值给 kpar 字段,得到三峡库区 kpar 土壤水文参数分布图(图 8-6)。

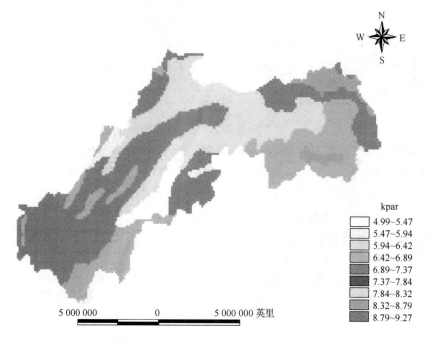

图 8-6　三峡库区 kpar 水文参数分布图

1）psp 水文参数获取

根据库区主要土壤各自的含水量，再通过计算 S_f（湿润锋面处的有效吸力），最终得到库区主要土壤 psp(mm) 水文参数值。

2）rgf 水文参数获取

同样根据库区主要土壤的含水量、孔隙率等物理特性，同时利用上述计算 psp 参数的方法，可最终得到三峡库区 rgf 的数值。

三峡库区主要土壤的 kpar、psp、rgf 三个水文参数的计算值详见表 8-5。

表 8-5　三峡库区主要森林土壤水文参数

土壤类别	土壤质地	土种名称	土地植被类型	kpar /(mm/min)	psp/mm	rgf
紫色土	黏壤土	中性紫色土、灰棕紫泥	次生林	7.03	71.28	1.04
	黏土	石灰性紫色土、棕紫泥	次生林	8.76	111.62	0.82
	砂质壤土	石灰性紫色土、钙紫石骨土	坡耕地	4.99	33.03	2.30
黄壤	黏土	黄壤、北碚黄泥土	马尾松阔叶混交林	6.71	104.89	9.12
			常绿阔叶林	3.69	95.36	8.69
			楠竹林	6.17	103.08	12.59
			常绿阔叶林灌丛	2.09	140.41	9.38
			马尾松、栓皮栎针阔混交林	6.55	138.95	11.98
水稻土	粉砂黏土	黄泥田	耕地	5.73	130.73	9.81
石灰土	黏土	石灰性黄泥土	坡耕地	5.79	88.56	4.40
黄棕壤	黏壤土	黄棕壤、山地黄棕壤	针叶林	9.14	75.17	1.16

由表 8-5 可知，上述库区三个主要土壤水文参数数值差异显著，其中水力传导度 kpar 均值大小顺序为：黄棕壤（9.14mm/min）＞紫色土（6.93mm/min）＞石灰土（5.79mm/min）＞水稻土（5.73mm/min）＞黄壤（5.04mm/min），而 psp 和 rgf 两个参数值则均以黄壤（116.54mm，10.35）最大，水稻土次之（130.73mm，9.81），psp 最小值为紫色土（71.98mm），rgf 参数的最低值为黄棕壤（1.16）。

库区 kpar 参数值的规律表明水力传导度与土壤质地关系显著。美国农业部给出的水力传导度数值与土壤质地的关系是：依砂土—壤土—黏土的顺序，水力传导度值是逐渐减小的，库区主要森林土壤 kpar 的实测值也有效地证明了这一规律。

8.3　库区林冠截留参数

在森林水文的研究工作中一个重要的研究对象就是林冠截留量。大气降水通过林冠层是一个降水的再分配过程,它直接影响水分在森林生态系统中的整个循环过程。降落到林冠层的雨水,一部分降水被林冠层的枝叶及树干所吸收或截留,大部分降水从林冠枝叶边缘滴落,或从林冠间隙直接落下,到达灌草层(余新晓等,2004)。林冠层的截留以降水为前提,降水量、降水强度、降水的时空分布突出地影响到森林的截留功能,而林分因素又是决定截留量大小的内在因素,也是影响林冠截留量最复杂的因子。

林冠截留量与降水量存在着极紧密的正相关关系,但它又相当复杂,受降雨量、降雨强度、降雨历时、前期环境状况及林种、林龄、林分密度等多种因素的影响和制约。根据水量平衡原理有:

$$I = P - P' - G \tag{8-2}$$

式中,P' 为穿透雨;G 为树干径流;I 为树冠截留;P 为林内降雨量。

影响模型截留模块模拟结果的主要参数为 srain_intcp,即降雨截留量,本节根据三峡库区 5 种主要植被类型,通过文献数据,计算得到不同植被类型的林冠截留估算方程,详见表 8-6。

表 8-6　三峡库区主要森林植被林冠截留估算方程

植被类型	主要树种	截留方程	备注	来源
常绿针叶林	马尾松天然林	$I=0.178P-0.168\varepsilon$ -1.115 $r=0.65$	其中 I 为林冠截留量,P 为降雨量, ε 为降雨强度	张卓文等 (2006)
	冷杉	$I=1.805P^{0.318}$ $r=0.90$	成熟林	谢春华等 (2002)
	杉木	$I=0.687P^{0.406}$ $r=0.93$	21 年生杉木林	杨茂瑞 (1992)
亚热带山地常绿阔叶林	石砾	$I=0.566P+0.934$ $r=0.87$	年平均林冠截留量为 243.92mm,其中雨季为 194.64mm,旱季为 49.88mm	甘健民等 (1999)
	米槠、丝栗栲等	$I=0.825P^{0.3}$ $r=0.80$	一次降雨量大于 60mm 时, 林冠截留率为 3.4%~3.6%	李昌华和铃木雅一(1997)
	米槠、罗浮栲、红润楠	$I=0.116P+0.011$	海拔 1020m,郁闭度 0.9	邓世宗和韦炳式(1990)

植被类型	主要树种	截留方程	备注	来源
亚热带山地落叶阔叶林	油桐	$I=0.256P^{1.092}$ $r=0.83$	7年人工纯林	龚志军和朱国全(1990)
	麻栎	$I=0.129P+0.013$	树龄41年,林下以铁芒萁为主	邓世宗和韦炳式(1990)
针阔混交林	杉木+麻栎	$I=0.130P+0.015$	树龄9年,郁闭度0.9	邓世宗和韦炳式(1990)
	油松+华山松+漆树	$I=0.663P^{0.703}$ $r=0.90$	海拔1830m,郁闭度0.9	鲍文等(2004)
竹林	毛竹	$I=3(1-e^{-0.05P})$ $r=0.97$	截留率年最小出现在雨季(4～6月)	王彦辉和刘永敏(1993)

从表 8-6 中可见,库区 5 种主要森林植被类型的林冠截留估算方程相关系数为 0.65~0.97,估算方程精度最高的为毛竹林,精度较低的为常绿针叶林中的马尾松林,根据库区不同的森林植被类型,利用经验公式,得到无实测数据情况下的林冠截留量,进而有效地为库区不同地区森林水文过程模拟提供林冠截留参数依据。

据文献数据得到(龚志军和朱国全,1990),油桐林截留率为 35.6%,马尾松林为 17.6%,杉木林为 13.8%,毛竹林为 11.2%。主要森林类型林冠截留量顺序为:常绿阔叶林>针叶林>竹林。但由于林冠截留受多种因素的影响,如林种、郁闭度、降雨量、降雨强度、风力、坡向、地理位置、降雨连续期等,因此林冠截留作用机理有待进一步研究,以期为森林科学经营及管理提供有效依据。

8.4　库区枯落物截留参数

林地枯落物层是森林水文效应的第二层次,其水源涵养效能的强弱及拦蓄大气降水的多少与本身的积累数量、分解状况和自然含水量有关。森林枯落物层可以缓冲雨滴动能,减少雨滴击溅造成的土壤表层结构破坏和土壤侵蚀。同时,枯落物层具有较土壤更多更大的孔隙,能够吸持水分,促进下渗,迟滞径流产生时间,减少表层径流量。因此,研究林下枯落物层截留持水特性就成为森林生态系统研究中的重要内容。

8.4.1　枯落物持水率、持水量

表 8-7 显示了三峡库区几种主要森林植被枯落物持水率大小,顺序依次为:针阔混交林(297.5%)>常绿阔叶灌丛(248.6%)>亚热带山地落叶阔叶林(238.5%)>常绿针叶林(238.4%)>亚热带山地常绿阔叶林(229.7%)>竹林(206.1%)。其中马尾松+栓皮栎混交林持水率最大,达到 305.9%,丝栗栲等常绿阔叶次生林持水率最低,仅为 155.0%,分析原因是后者为原始的常绿阔叶林皆伐后经封山育林而形成的,封育时间较短,枯落物储积量较少,持水率较低。

表 8-7　三峡库区主要森林植被枯落物持水特征

植被类型	主要树种	枯落物厚/cm	枯落物量/(t/hm²)	最大持水量/(t/hm²)	最大持水率/%	
					数值	平均值
常绿针叶林	马尾松人工林		5.80	14.60	251.7	
	柳杉人工林	0.09	1.13	2.44	215.8	
	水杉人工林	2.30	18.14	46.96	258.9	238.4
	杉木人工林	2.38	4.33	7.78	179.7	
	华山松人工林		8.47	24.20	285.7	
亚热带山地常绿阔叶林	丝栗、桦木天然林	3.51	25.68	74.96	291.9	
	栲树、米槠等	3.40	17.84	43.20	242.2	229.7
	壳斗科的丝栗栲、甜槠等次生林	1.22	7.83	12.14	155.0	
亚热带山地落叶阔叶林	檫木人工林	1.11	9.95	20.03	201.3	238.5
	栓皮栎人工纯林		10.70	29.50	275.7	
针阔混交林	马尾松＋栓皮栎		10.10	30.90	305.9	297.5
	马尾松＋栲树等	3.50	16.29	47.10	289.13	
竹林	毛竹	1.40	16.21	33.40	206.1	206.1
常绿阔叶灌丛	赤杨叶、广东山胡椒等	4.50	32.42	80.60	248.6	248.6

枯落物层在森林生态系统中具有非常重要的水文功能,枯落物层的蓄水量取决于其在林地上的积累量和它本身的持水能力,而这些又与森林的树种构成、林分发育、林分的水平及垂直结构、枯落物的分解状况等多种因素有关。表 8-7 说明天然林和人工林相比,具有林下枯落物层蓄积量大、最大持水量高等特点。因此,天然林枯落物层与人工林相比具有更为重要的水文生态意义,在阻滞降水到达地面后的水平移动、减缓地面径流的发生乃至减少水土流失等方面均具有重要作用。

而对于常绿针叶林类型下的 5 种人工林,其枯落物的持水性能又由于林分类型的不同而有所差异,最大持水率则为华山松人工林＞水杉人工林＞马尾松人工林＞柳杉人工林＞杉木人工林,由于持水量受枯落物单位蓄积量及持水率的影响,因此导致最大持水量与最大持水率趋势并不完全相同,最大持水量结果依次为水杉人工林＞华山松人工林＞马尾松人工林＞杉木人工林＞柳杉人工林。

8.4.2　枯落物持水过程

库区主要森林类型植被的 24h 持水深及吸水速率见表 8-8,其中表 8-8 上部为主要森林植被不同观测时段的持水深,而下部为相同观测时间的吸水速率。

表 8-8a　三峡库区主要森林植被枯落物持水深　(单位：mm)

植被类型	主要树种	浸水时间/h															
		0.25	0.5	1	1.5	2	4	6	7	8	10	15	17	20	22	24	25
常绿针叶林	马尾松人工林		0.57	0.72	0.77	0.93	1.19	1.32		1.44	1.46			1.46			
	柳杉人工林		0.16	0.18		0.20	0.20		0.21		0.22	0.23		0.24		0.24	
	水杉人工林		2.76	3.03		3.53	3.75		3.91		4.15	4.36		4.62		4.70	
	华山松纯林		1.96	2.01	2.06	2.12	2.24	2.33		2.40	2.42			2.42			
常绿阔叶林	丝栗、桦木等		4.51	5.03		5.72	6.13		6.41		6.76	7.19		7.41		7.50	
	栲树、米槠等	1.87	2.62	3.04	3.56	3.90	4.12	4.29					4.31				4.32
落叶阔叶林	檫木人工林		1.03	1.22		1.42	1.55		1.64		1.74	1.86		1.93		2.00	
	栓皮栎人工纯林		1.62	1.94	2.18	2.28	2.64	2.93		2.94	2.95			2.95			
针阔混交林	马尾松+栓皮栎		1.80	1.99	2.11	2.32	2.59	2.82		3.02	3.08			3.09			
	马尾松+栲树等	2.06	2.78	3.28	3.63	3.93	4.12	4.29		4.52	4.65				4.71		
竹林	毛竹	2.12	2.26	2.58	2.91	3.16	3.23	3.29					3.34				3.34
常绿阔叶灌丛	赤杨叶、广东山胡椒等	5.32	5.56	5.83	6.79	7.53	7.79	7.99					8.04				8.06

表 8-8b　三峡库区主要森林植被枯落物吸水速率　(单位：mm/h)

植被类型	主要树种	浸水时间/h															
		0.25	0.5	1	1.5	2	4	6	7	8	10	15	17	20	22	24	25
常绿针叶林	马尾松人工林		1.14	0.72	0.51	0.47	0.30	0.22		0.18	0.15			0.07			
	柳杉人工林		0.32	0.18		0.10	0.05		0.03		0.02	0.02		0.01		0.01	
	水杉人工林		5.51	3.03		1.77	0.94		0.56		0.42	0.29		0.23		0.20	
	华山松纯林		3.91	2.01	1.38	1.06	0.56	0.39		0.30	0.24			0.12			
常绿阔叶林	丝栗、桦木等		9.03	5.03		2.86	1.53		0.92		0.68	0.48		0.37		0.31	
	栲树、米槠等	7.48	5.24	3.04	2.37	1.95	1.03	0.72					0.25				0.17
落叶阔叶林	檫木人工林		2.05	1.22	1.45	0.71	0.39		0.23		0.17	0.12		0.10		0.08	
	栓皮栎人工纯林		3.24	1.94	1.41	1.14	0.66	0.49		0.37	0.30			0.15			
针阔混交林	马尾松+栓皮栎		3.60	1.99	1.41	1.16	0.65	0.47		0.38	0.31			0.15			
	马尾松+栲树等	8.24	5.56	3.28	2.42	1.97	1.03	0.72		0.57	0.47				0.21		
竹林	毛竹	8.48	4.52	2.58	1.94	1.58	0.81	0.55					0.20				0.13
常绿阔叶灌丛	赤杨叶、广东山胡椒等	21.28	11.12	5.83	4.53	3.77	1.95	1.33					0.47				0.32

对不同森林植被的林下枯落物持水深与浸水时间之间的关系进行回归分析,发现枯落物持水深与浸水时间存在以下关系:

$$Q = a \ln t + b \tag{8-3}$$

式中,Q 为枯落物持水深(单位:mm);t 为浸泡时间(单位:h);a,b 分别方程的系数。不同林分林下枯落物持水深与浸泡时间的关系式见表 8-9。

表 8-9　三峡库区主要森林植被枯落物持水深与浸水时间关系式

植被类型	主要树种	关系式	R^2
常绿针叶林	马尾松人工林	$Q=0.2866\ln t+0.7465$	0.9505
	柳杉人工林	$Q=0.019\ln t+0.1765$	0.9663
	水杉人工林	$Q=0.4911\ln t+3.0769$	0.9876
	华山松纯林	$Q=0.1506\ln t+2.0346$	0.9561
亚热带山地常绿阔叶林	丝栗、桦木等	$Q=0.7678\ln t+5.0565$	0.9946
	栲树、米槠等	$Q=0.5206\ln t+3.0817$	0.8428
亚热带山地落叶阔叶林	檫木人工林	$Q=0.2338\ln t+1.2133$	0.9938
	栓皮栎人工纯林	$Q=0.4064\ln t+1.9973$	0.9310
针阔混交林	马尾松+栓皮栎	$Q=0.408\ln t+2.0387$	0.9632
	马尾松+栲树等	$Q=0.5974\ln t+3.2193$	0.9457
竹林	毛竹	$Q=0.2846\ln t+2.6536$	0.8392
常绿阔叶灌丛	赤杨叶、广东山胡椒等	$Q=0.6797\ln t+6.367$	0.8445

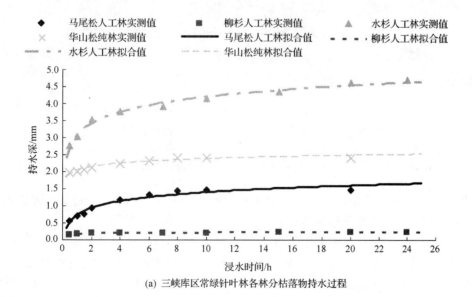

(a) 三峡库区常绿针叶林各林分枯落物持水过程

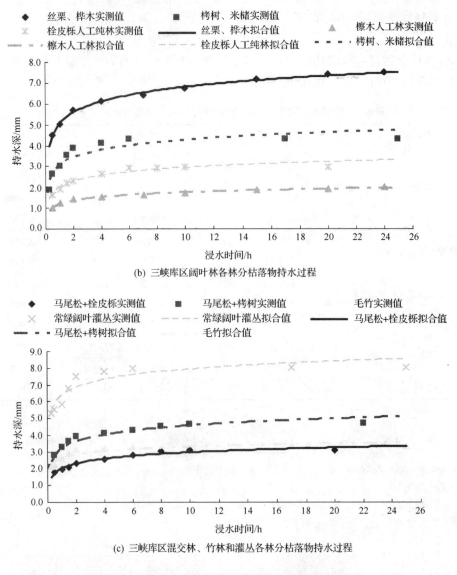

(b) 三峡库区阔叶林各林分枯落物持水过程

(c) 三峡库区混交林、竹林和灌丛各林分枯落物持水过程

图 8-7　库区主要森林群落不同林分枯落物的持水过程

表 8-9 显示竹林、常绿阔叶灌丛对数关系式相关系数(R^2)为 0.84,其余 4 种植被 R^2 为 0.92~0.97,其中针叶林枯落物持水量与时间相关关系最为显著。

从图 8-7 枯落物层持水量随时间变化的整个过程来看,各林分林下地表枯落物层浸入水中 0~2h 其持水深都有一个急速上升的过程,2h 后随着浸水时间的延长枯落层持水量的增加变缓并趋于最大值。这一现象预示了在一定降雨量足以浸湿地表枯落层的情况下,各林分林下枯落物前 2h 对降雨的吸持作用最强。常绿针叶林中马尾松、柳杉、水杉、华山松 2h 内的持水量分别占总持水量的 63.7%、82.9%、75.2% 和 87.7%,均值达 77.4%,水杉林持水过程线变化明显,柳杉林持水过程线则较平缓;阔叶林中前 2h 内的丝

栗、栲树、檫木人工林和栓皮栎人工纯林的持水量分别占其 24h 持水量的 76.2%、
90.3%、71.1%和 77.3%,其中常绿阔叶林和落叶阔叶林均值分别为 83.3%和 74.2%;
混交林中松栎、松栲林 2h 内的持水量分别占总持水量的 75.1%、83.4%,两者均值为
79.3%;竹林和灌丛 2h 内的持水量分别占总持水量的 94.6%和 93.4%。6 种植被 2h 内
的持水量所占比率顺序依次为:竹林>灌丛>常绿阔叶林>针阔混交林>常绿针叶林>
落叶阔叶林,表明短时间枯落物层持水量与其最大持水量有所不同。

在对表 8.8 中林下枯落物层吸水速率与浸水时间关系进行回归分析,发现林下地表
枯落物层的吸水速率与浸水时间存在以下关系:

$$V = kt^n \tag{8-4}$$

式中,V 为枯落物层吸水速率(单位:mm/h);t 为浸水时间(单位:h);k 为方程系数;
n 为指数。

不同林分林下枯落物层吸水速率与浸水时间的关系式见表 8-10。

表 8-10　三峡库区主要森林植被枯落物吸水速率与浸水时间关系式

植被类型	主要树种	关系式	R^2
常绿针叶林	马尾松人工林	$V=0.7322t^{-0.7123}$	0.9901
	柳杉人工林	$V=0.1763t^{-0.9047}$	0.9996
	水杉人工林	$V=3.0731t^{-0.8662}$	0.9997
	华山松纯林	$V=2.0339t^{-0.9314}$	0.9998
亚热带山地常绿阔叶林	丝栗、桦木等	$V=5.0474t^{-0.8714}$	0.9998
	栲树、米槠等	$V=2.9589t^{-0.8346}$	0.9894
亚热带山地落叶阔叶林	檫木人工林	$V=1.2078t^{-0.8391}$	0.9994
	栓皮栎人工纯林	$V=1.974t^{-0.8252}$	0.9959
针阔混交林	马尾松+栓皮栎	$V=2.0315t^{-0.8329}$	0.9984
	马尾松+栲树等	$V=3.1128t^{-0.8239}$	0.9944
竹林	毛竹	$V=2.6161t^{-0.8966}$	0.9971
常绿阔叶灌丛	赤杨叶、广东山胡椒等	$V=6.2902t^{-0.8987}$	0.9975

从表 8-10 和图 8-8 中得出,库区各植被类型枯落物层吸水速率随时间的变化趋势一
致,吸水速率与浸水时间为乘幂函数关系,且相关性非常显著。各林分林下枯落物层浸入
水中刚开始时其吸水速率相差很大,在前 2h 内吸水速率降低幅度明显,但随浸泡时间的
延长,吸水速率曲线趋于平缓。这主要是因为随着时间的延长,各林分林下地表枯落物层
持水量接近其最大持水量,也就是说枯落物层逐渐趋于饱和,其吸水速率随之减缓所致。
图 8-8(a)常绿针叶林中,30min 内最大吸水速率顺序为水杉>华山松>马尾松>柳杉,针
叶林最大吸水速率达 2.72mm/h;阔叶林中,30min 内最大吸水速率排序为丝栗>栲树>
栓皮栎>檫木,其中常绿阔叶林最大吸水速率数值是 7.13mm/h,而落叶阔叶林最大吸水

速率则为 2.65mm/h;混交林中松栎、松栲林 30min 内的最大吸水速率分别为 3.60mm/h 和 8.56mm/h,混交林最大吸水速率数值达 4.58mm/h;竹林和灌丛 30min 内的最大吸水速率分别为 4.52mm/h 和 11.12mm/h。因此,可知灌丛枯落物层的最大吸水速率远大于其他植被类型,落叶阔叶林最大吸水速率数值最小,库区主要森林类型枯落物最大吸水速率依次为灌丛＞常绿阔叶林＞针阔混交林＞竹林＞常绿针叶林＞落叶阔叶林。

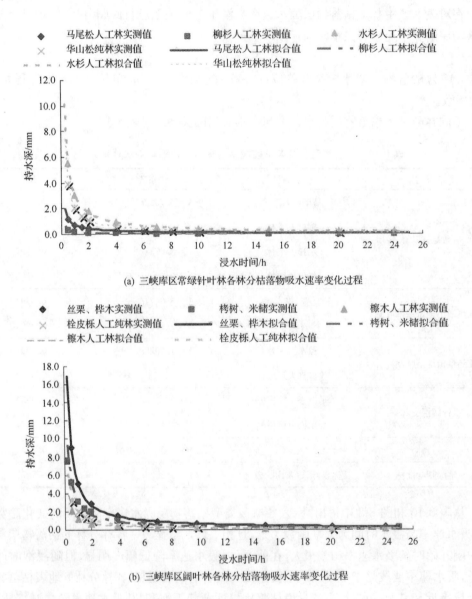

(a) 三峡库区常绿针叶林各林分枯落物吸水速率变化过程

(b) 三峡库区阔叶林各林分枯落物吸水速率变化过程

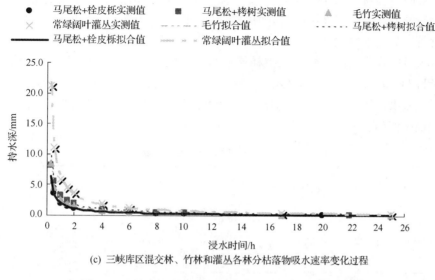

(c) 三峡库区混交林、竹林和灌丛各林分枯落物吸水速率变化过程

图 8-8　三峡库区主要森林群落枯落物吸水速率变化过程

综上所述,库区 6 种主要植被类型最大截持水量为 0.24～8.06mm,最大吸水速率为 0.32～11.12mm/h,在库区小雨或林内降雨雨强小于 0.19mm/min 的情景下,森林植被枯落物层可有效截留地表径流。

由于森林枯落物层具有滞缓地表径流、延长径流历时作用的表现,因此,通过已有实验数据整理分析,掌握三峡库区主要森林植被类型枯落物的持水特征,可进一步理解森林水文的过程和机理。但就本研究库区大暴雨的截持水量而言,其枯落物的截留量是很小的。

在自然条件下山地森林的坡面不会出现较长时间的浸水条件,落到枯落物层上的雨水,一部分被它拦蓄,一部分透过孔隙很快入渗到土壤中去,余下部分形成地表径流流失,而最大持水率(量)是将林下枯落物层试样浸水 24h 后测定的结果,所以最大持水率(量)及最大拦蓄率(量)一般只能反映枯落物层的持水能力大小,不能反映对实际降水的拦蓄情况。有关学者的研究表明,当降雨量达到 20～30mm 以后,不论哪种植被类型枯落物层,实际持水率都为最大持水率的 85% 左右(雷瑞德,1984)。所以用最大持水率来估算枯落物层对降雨的拦蓄能力则偏高,不符合它对降雨的实际拦蓄效果,一般用有效持水率(量)估算枯落物层对降雨的实际拦蓄量。因此,对于库区特大暴雨而言,进一步获取实测的主要森林植被枯落物层的有效持水量数值,可为三峡库区的水文过程模拟提供有利的基础数据。

8.5　地表糙率特征参数

不同种类林地及其地被物对地表径流的拦蓄、含蓄、过滤、改善森林水文过程及防止地表径流冲刷作用是近年来森林水文密切关注和重点研究的课题之一。森林及其枯落物对地表径流的影响作用在很大程度上可用经典的曼宁公式中的 n 值来表示(张洪江等,

1994)。林地对地表径流的阻延作用主要反映在林下地表粗糙度系数的变化上。因而,定量的评价三峡库区不同森林树种枯落物的糙率系数值,对于深刻揭示库区森林水文机理及其经营管理具有重要意义。

研究人员曾在华北地区水源保护林流域得到林地糙率与枯落物干重的回归关系式(秦永胜等,2004),即 $n=c+a_1x+a_2x^2+a_3x^3$。式中,c、a_1、a_2、a_3 均为常数,x 为枯落物厚度。引用张洪江等对三峡库区实测的糙率系数值,通过归纳总结得到库区主要植被类型的地表糙率值(表 8-11)。

表 8-11 三峡库区主要森林植被林地糙率系数 n 值

植被类型	坡度/(°)	流量 /(×10⁻³m³/s)	流速 /(×10⁻²m/s)	n 值	平均值
常绿针叶林/马尾松纯林	37	2.1370	6.87	0.1500	
	33	2.5240	5.44	0.2325	0.1806
	25	2.7235	6.42	0.1593	
针阔混交林/松栎混交	23	2.1295	8.56	0.0838	
	33	2.7380	10.28	0.0862	0.2282
	38	2.0390	3.22	0.5145	
灌草地	21	2.1905	8.40	0.0844	
	32	3.2505	7.68	0.1540	0.1328
	31	2.4250	6.90	0.1599	
农耕地	12	2.0690	7.65	0.0723	0.0723
裸地	33	2.4350	8.77	0.1031	
	22	3.5325	21.92	0.0242	0.0546
	32	2.8190	17.26	0.0366	

表 8-11 显示 n 值的顺序为针阔混交林>常绿针叶林>灌草地>农耕地>裸地,糙率系数 n 值反映了土壤物理性状和地表植物的综合作用,即在有植被的地表,虽然由于未发生侵蚀,使土壤颗粒变小,石砾含量低应表现出 n 值低的现象,但林下枯落物的种类、厚度等因素的影响,反而表现出较大的 n 值。

由于林下地表糙率系数值与土壤、枯落物等各相关因素呈现了较为复杂的关系,因此采用灰色关联度来分析各因素对库区地表糙率的影响。

灰色关联系数 $\xi_i(k)$ 的计算公式为

$$\xi_i(k) = \frac{\min_i \min_k \Delta_i(k) + \rho \max_i \max_k \Delta_i(k)}{\Delta_i(k) + \rho \max_i \max_k \Delta_i(k)} \tag{8-5}$$

式中,$\Delta_i(k) = |X_0(k) - X_i(k)|$,为比较数列与参考数列各点对应点的绝对差值,$X_0(k)$ 为比较数列,$X_i(k)$ 为构建的参考数列;$\min_i \min_k \Delta_i(k)$ 为各个因素绝对最小值;$\max_i \max_k \Delta_i(k)$ 为各个因素绝对最大值;ρ 为分辨系数,取值范围为 0~1,一般取 $\rho=0.5$。

灰色关联度 λ_i 的计算公式为

$$\lambda_i = \frac{1}{n} \sum_{k=1}^{n} \xi_i(k) \tag{8-6}$$

对影响糙率系数的各因素无量纲处理后,计算关联系数所得数据见表 8-12 和表 8-13。

表 8-12　三峡库区影响林地糙率系数的指标因子无量纲化计算值

植被类型	坡度/X_1	林下枯落物量/X_2	0～20cm 土层容重/X_3	土壤总孔隙度/X_4	非毛管孔隙度/X_5	>2mm 石砾含量/X_6
常绿针叶林/K_1	0.8090	0.8194	0.7621	0.6538	0.8194	0.6994
针阔混交林/K_2	0.7510	0.3917	0.7081	0.7718	0.6250	0.6908
灌草地/K_3	0.7422	0.3413	0.8672	0.7688	0.7739	0.8198
农耕地/K_4	0.3027	0.0723	0.7557	0.8116	0.8485	0.5500
裸地/K_5	0.8517	0.0546	0.9454	0.8707	0.8573	0.9454

表 8-13　三峡库区林地糙率系数与其相关因子的灰色关联分析结果

$\xi_i(k)$	X_1	X_2	X_3	X_4	X_5	X_6
K_1	0.59	0.38	0.96	1.00	0.84	0.87
K_2	0.62	0.58	1.00	0.90	1.00	0.88
K_3	0.62	0.62	0.88	0.90	0.88	0.79
K_4	1.00	0.96	0.96	0.87	0.82	1.00
K_5	0.57	1.00	0.83	0.83	0.82	0.72
λ_i	0.68	0.71	0.93	0.90	0.87	0.85

影响糙率系数各指标因子的关联度顺序为 0～20cm 土层容重、土壤总孔隙度、非毛管孔隙度>2mm 石砾含量、林下枯落物量及坡度。灰色关联度大的表明该因素影响比较数列较大,关联度小的说明比较数列不受或少受此因素的影响。表 8-13 中各因素关联度值为 0.68～0.93,表明这些因子对糙率数值的影响均很大,其中影响最大的为土壤容重(0.93),即土壤的紧实、结构性和通透性对地表糙率值影响较大,而地表坡度对糙率影响相对较小。

第9章 三峡库区森林植被空间配置格局

9.1 三峡库区区域理水调洪森林覆盖率

区域理水调洪森林覆盖率是人们了解某一地区森林植被理水调洪功能的最直观的概念。它可以作为衡量一个地区森林植被理水调洪能力的总体指标,其值的估算可以为防护林植被区域尺度的空间配置提供定量化的参考依据。

区域理水调洪森林覆盖率是指一个区域的森林植被能最大限度地拦蓄降水、调节和缓延洪峰、减轻土壤侵蚀的森林覆盖率。区域理水调洪森林覆盖率是由三个方面的因素来决定的,包括:森林面积、内涵质量和分布格局。森林面积对某一区域径流或洪水的影响已有许多实验和研究,大多认为森林面积在数量上的变化会对径流量和洪峰流量造成一定的影响,如减少径流量,推迟洪峰等。但一些学者认为森林植被对径流和洪峰的调节作用仅仅用森林面积的变化来衡量是不全面的,因为其调节能力不仅与森林的面积有关,还受森林内涵质量及其分布格局的影响。莫尔恰诺夫认为:当坡度为5°~6°时,森林覆盖率30%~40%可以称为流域调节洪水径流的最佳覆盖率;而伏伊柯夫认为,获得最大减洪效果的森林覆盖率平均为50%~60%,而且流域森林应具有均匀分布的格局。森林理水调洪功能与森林面积、内涵质量及其分布格局的关系可分别用图9-1~图9-3来表示。

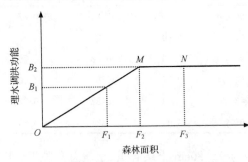

图 9-1 森林植被理水调洪功能与森林面积之间的关系(改自张健等,1996)

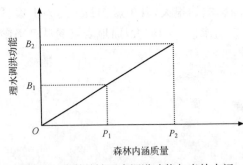

图 9-2 森林植被理水调洪功能与森林内涵质量之间的关系(改自张健等,1996)

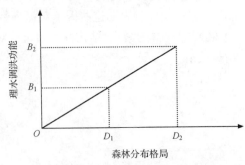

图 9-3 森林植被理水调洪功能与森林分布格局之间的关系(改自张健等,1996)

图 9-1 显示了当森林面积从 F_1 增加到 F_2 时,森林理水调洪功能从 B_1 增加至 B_2,当继续增加到 F_3 时,森林的理水调洪功能却不再上升,而是停留在 B_2,为一恒定值。F_2 就是森林内涵质量和分布格局一定时的森林最佳理水调洪面积。

图 9-2 表明：森林植被理水调洪功能与森林内涵质量之间存在良好的线性关系，即随着森林内涵质量的不断增加，森林植被的理水调洪功能不断增强。

森林植被格局分布合理与否极大地影响着森林植被理水调洪功能的发挥。当发生降雨时，由于流域各个部分的拦蓄能力存在差异，在森林植被良好的部位，拦蓄地表径流的能力强；而一些地表裸露的部位，拦蓄能力低下，地表径流量大，是容易暴发洪水，造成水土流失的脆弱带。由图 9-3 可知：当森林植被分布格局由 D_1（不合理）调整到 D_2（合理）时，森林植被的理水调洪功能增强。

9.1.1　考虑拦蓄特大暴雨的区域尺度森林覆盖率

9.1.1.1　估算方法

一般认为，低强度的降雨对区域的水文系统不会产生太大的影响，引发区域洪水的降雨大多为一次降雨大于 50mm 的暴雨。因此一个区域拦蓄特大暴雨的森林覆盖率（$F_{暴雨}$）的估算应以该地区历年最大一日降雨量为依据（宫渊波等，1996）。拦蓄特大暴雨的森林覆盖率（$F_{暴雨}$）就应该是能够全部拦蓄历年最大一日降雨量时的覆盖率。

设某地区土地总面积为 $S_{总}$（hm²），历年最大一日降雨量为 P（t/hm²），需防护的土地面积为 $S_{防}$（除了水田、水体、工矿、交通等所占用的土地面积）（hm²），森林植被单位面积最大蓄水能力为 W（t/hm²），则该县拦蓄历年最大一日降雨所需的森林面积为 $S_{森}=P\times S_{防}/W$。那么拦蓄特大暴雨的森林覆盖率（$F_{暴雨}$）的计算公式为

$$F_{暴雨}\% = (S_{森}/S_{总})\times 100\% = (P\times S_{防}/W\times S_{总})\times 100\% \tag{9-1}$$

森林植被拦蓄地表径流、涵养水源、调蓄洪峰的功能主要是通过林冠、枯落物、土壤等三个主要环节来实现的。而森林土壤是水源涵养的主要环节，因此可以用土壤饱和蓄水能力来代表森林植被单位面积的最大蓄水能力。考虑到不同森林植被内涵质量存在差异，因此需要对不同内涵质量林地土壤的饱和蓄水能力进行分级。以植被盖度来作为不同内涵质量森林土壤饱和蓄水能力划分的依据。通过专家评判法来对不同植被盖度的林地土壤饱和蓄水能力进行赋值，如表 9-1 所示。

表 9-1　不同植被盖度林地土壤饱和蓄水能力 W 值

植被覆盖度	W	专家赋值/(t/hm²)
＜30％	W_1	2000
30％～45％	W_2	2500
45％～60％	W_3	3000
60％～75％	W_4	3500
＞75％	W_5	4000

某一地区的林地土壤饱和蓄水能力 W 值的计算公式如下：

$$W = \frac{1}{S_{林总}}\sum_{i=1}^{5} W_i S_i \tag{9-2}$$

式中，W_i 为某一植被覆盖度相应的土壤饱和蓄水量；S_i 为某一植被覆盖度相应的林地面积。

9.1.1.2　考虑拦蓄特大暴雨的区域尺度森林覆盖率（$F_{暴雨}$）的估算

依据上述方法，得出三峡库区各县市拦蓄特大暴雨的森林覆盖率的估算值如表 9-2 所示。

表9-2 三峡库区各县市拦蓄特大暴雨的森林覆盖率（$F_{暴雨}$）的估算

县市	历年最大一日降雨量 P/(t/hm²)	总面积 $S_总$/(×10⁴hm²)	需要防护的面积 $S_防$/(×10⁴hm²)	不同植被盖度林地面积 $S_林$/(×10⁴hm²)					土壤饱和蓄水能力 W/(t/hm²)	理水调洪森林覆盖率 $F_{暴雨}$/%	现有森林覆盖率 F/%
				<30%	30%~45%	45%~60%	60%~75%	>75%			
重庆市	1953	14.55	7.67	0.13	0.48	0.14	0.62	0.69	3305.8	31.14	11.07
江津	1709	33.28	21.83	0.38	0.046	1.85	2.06	4.28	3567.9	31.42	20.68
巴南区	1783	18.09	10.77	0.15	0.11	1.64	1.79	2.43	3504.1	30.29	9.23
北碚区	2081	7.47	5.04	0.06	0.33	0.53	0.71	0.79	3380.2	41.54	19.85
渝北区	2296	14.60	10.02	0.18	0.11	1.16	1.05	2.26	3535.7	44.57	11.12
涪陵区	1496	29.4	20.89	0.05	1.61	2.58	2.94	3.24	3370.0	31.54	18.41
长寿县	2004	14.23	7.54	0.0001	0.70	0.97	0.52	1.05	3296.4	31.55	14.32
武隆县	1196	28.90	26.55	0.06	0.28	2.29	4.94	5.92	3607.1	30.46	20.60
丰都县	1605	40.80	37.51	0.20	1.29	4.44	4.15	5.10	3417.0	43.18	22.18
石柱县	2018	30.21	23.57	0.95	1.93	2.67	2.38	5.91	3374.6	46.66	23.46
忠县	1977	28.90	13.63	0.03	0.74	1.53	1.66	1.09	3301.0	28.25	19.74
万州区	1993	34.56	26.2	2.25	1.26	2.95	2.50	3.3	3136.2	48.18	14.92
开县	1563	39.62	31.85	0.51	1.26	3.13	3.40	4.25	3383.3	37.14	24.33
云阳县	1689	36.34	31.52	0.71	0.98	2.87	2.83	4.21	3381.5	43.32	16.50
奉节县	1382	28.98	23.67	0.55	0.67	1.62	3.50	6.27	3565.8	31.66	15.60
巫山县	1414	29.78	26.85	0.13	0.62	2.94	3.10	3.78	3462.6	36.82	23.91
巫溪县	1518	40.25	39.09	0.12	1.94	5.47	6.12	6.68	3425.5	43.04	28.24
巴东	1994	33.53	32.48	0.51	0.03	7.51	0.70	3.74	3285.4	58.79	32.00
兴山	1927	23.27	22.82	0.44	0	1.83	2.87	9.46	3716.1	50.85	45.80
秭归	1843	36.74	27.81	0.11	0	1.70	4.43	10.27	3749.5	37.21	21.70
宜昌	1917	22.82	21.79	0.17	0.0044	1.62	2.19	7.22	3727.1	49.11	32.30

资料来源：(1) 重庆气象局统计资料；(2) 长江三峡库区水土流失动态监测项目报告、长江流域水土保持监测中心站，2001；(3) 现有森林覆盖率数据来源：王玉杰(2001)。

由图 9-4 可非常直观地看出：三峡库区现有森林覆盖率和拦蓄特大暴雨的森林覆盖率相比还存在差距。现有森林覆盖率在 20％以下的县市包括：巴南区、重庆市、渝北区、长寿县、万州区、奉节、云阳县、涪陵区、忠县、北碚区；覆盖率为 20％～30％的县市包括：武隆、江津、秭归、丰都县、石柱、巫山、开县、巫溪；覆盖率大于 30％的县市分别是：巴东、宜昌和兴山。

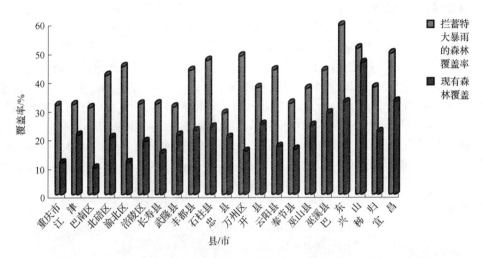

图 9-4　三峡库区各县市现实森林覆盖率与拦蓄特大暴雨的森林覆盖率对比图

其中巴南区的现有森林覆盖率最低，仅为 9.23％，而兴山县具有较高的森林覆盖率，达到 45.8％。三峡库区平均现实森林覆盖率值为 21.24％，与拦蓄特大暴雨的森林覆盖率 39.37％还有 18.13％的差距。而重庆、丰都、巴南区、北碚、石柱、巴东、云阳、万州和渝北的现实森林覆盖率与拦蓄特大暴雨的森林覆盖率的差值在 20％以上；江津、开县、巫山、涪陵、巫溪、秭归、奉节、宜昌和长寿等县市的现实森林覆盖率与拦蓄特大暴雨的森林覆盖率的差值为 10％～20％；其他各县的森林覆盖率差值在 10％以下。其中兴山县森林覆盖率的差值最小，为 5.05％；而渝北区的差值最大，为 33.45％。

目前三峡库区各县的森林覆盖率还不能满足拦蓄特大洪涝灾害的需要，因此应在现有的基础上继续加大森林的覆盖面积。由式(9-1)可以看出，对某一地区而言，最大一日降雨量 P、需防护面积 $S_{防}$ 和土地总面积 $S_{总}$ 都是一定值，因此拦蓄特大暴雨的森林覆盖率的高低与森林植被土壤的饱和蓄水能力 W 呈负相关关系。表现为土壤饱和蓄水能力越大，满足需要的覆盖率值越低。这反映了森林内涵质量的作用。

9.1.2　考虑减轻土壤侵蚀的区域尺度森林覆盖率

一个区域的理水调洪森林覆盖率的估算除了要考虑抵御特大洪涝灾害外，还要考虑森林植被能够最大限度地减轻土壤侵蚀时的覆盖率。尤其对三峡库区来说，这一地区的水土流失极为严重，年土壤侵蚀量为 1.57 亿 t，年入库泥沙量为 4000 万 t。这不仅加速了库区下游河道和水库的淤积，而且还削弱了库区森林和土壤对洪水的调节能力。因此，考虑最大限度地减轻土壤侵蚀的森林覆盖率($F_{侵蚀}$)的估算是必需的。

根据王秋生(1991)所建立的不同类型区侵蚀模数与植被覆盖率之间的回归方程

$$M = ae^{-bF} \tag{9-3}$$

式中,M 为土壤侵蚀模数[单位:t/(km²·a)];F 为植被覆盖率(单位:%);a、b 分别为参数。

公式的作者通过回归分析,得出一个重要结论,即参数 a 为植被覆盖率为 0 时的土壤侵蚀模数(M_{max});参数 b 为植被覆盖率为 100% 时的侵蚀模数(M_0)与 M_{max} 之比的自然对数,即 $b=-\ln(M_0-M_{max})$。吴钦孝和杨文治(1998)将式(9-3)变换为:

$$M = M_{max}e^{[\ln(M_0/M_{max})]\cdot F} \tag{9-4}$$

当把某一地区的森林允许土壤流失量代入式(9-4),就可以估算出这一地区森林植被最大限度地减轻土壤侵蚀的理水调洪森林覆盖率($F_{侵蚀}$)。我们将三峡库区森林允许土壤流失量 M 的值定为 1000t/(km²·a)。那么只要求得植被覆盖率为 0 时的土壤侵蚀模数(M_{max}),就可以估算出三峡库区森林植被最大限度地减轻土壤侵蚀的森林覆盖率($F_{侵蚀}$)。

据雷孝章和黄孝章(1993)的研究,长江上游地区森林覆盖率(F)与年土壤侵蚀模数(Y)呈负相关关系,满足如下方程式:

$$Y = 3100.53 - 26.11F, \quad R = 0.9340 \tag{9-5}$$

根据式(9-5)

当 $F = 0$ 时,$M_{max} = 3100.53$ t/(km²·a)

当 $F = 100$ 时,$M_0 = 489.53$ t/(km²·a)

将 $M=1000$ t/(km²·a),$M_{max}=3100.53$ t/(km²·a),$M_0=489.53$ t/(km²·a)代入式(9-4),得到

$$1000 = 3100.53e^{[\ln(489.53/3100.53)]\cdot F}$$

可求得 $F=61.3\%$。

因此三峡库区最大限度地减轻土壤侵蚀的森林覆盖率 $F_{侵蚀}$ 为 61.30%。这一估算值超过了库区现实平均森林植被覆盖率值 21.24%,也比以拦蓄特大暴雨为目的的森林覆盖率估算值 $F_{暴雨}$(39.37%)高。综合考虑两者,三峡库区理水调洪森林覆盖率值为 39.37%~61.30%,如表 9-3 所示。

表 9-3　三峡库区理水调洪森林覆盖率

库区现实森林 覆盖率/%	拦蓄特大暴雨的森林 覆盖率 $F_{暴雨}$/%	最大限度地减轻土壤侵蚀的 森林覆盖率 $F_{侵蚀}$/%	三峡库区理水调洪森林 覆盖率/%
21.24	39.37	61.30	39.37~61.30

因此,三峡库区的森林覆盖率还应在现有的基础上继续增加,使得森林覆盖率达到 39.37%~61.30%,才可充分发挥理水调洪(最大限度拦蓄特大暴雨和减轻土壤侵蚀)的功能,满足区域发展的需要。

9.2　基于理水调洪的植被空间配置

9.2.1　空间配置的整体思路

理水调洪型防护林植被高效空间配置的总体思路是在从地块-坡面和沟道-流域-区域

的不同尺度上形成一个稳定的、健康的具有最佳理水调洪功能的植被防护体系。防护林植被不同尺度空间配置概念图如图 9-5 所示。

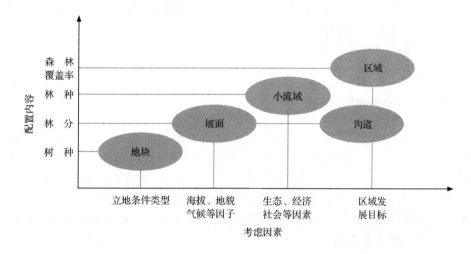

图 9-5　理水调洪型防护林植被不同尺度空间配置概念图

　　防护林植被空间配置在每个尺度上要考虑的要素是不同的。在区域尺度上(如以县市为单元),防护林的植被配置应考虑适合区域发展需要的最佳森林覆盖率(包括抵御洪灾、减轻土壤侵蚀、满足区域经济发展等不同方面);在小流域尺度上,防护林的植被配置从分析流域的主要生态环境现状入手,确定防护目标(减少水土流失、减轻风沙灾害等),综合考虑流域的经济和社会因素,来进行植被的配置,主要考虑各防护林林种的比例;在坡面和沟道尺度上,植被配置主要考虑的是如何使地表径流量最小、侵蚀量最少、水源涵养能力最强;而在地块单元上,植被配置要考虑局部的微地形因子包括海拔、坡度、土地利用方式、土层厚度、侵蚀程度、坡位、坡向、坡型、土壤质地等。无论是哪一个尺度,其最终目的是要使得防护林植被体系发挥最大的防护(理水调洪)功能。

9.2.2　配置原则和方法

9.2.2.1　配置的原则

　　(1) 功能最优,效益最大的原则:以景观生态学、防护林学、经济学、土壤学、生物学等理论为基础,依据小流域生态系统的特点,综合考虑生态系统的社会、生态、经济三要素,以达到整体最优的目的。

　　(2) 因地制宜,因害设防的原则:小流域尺度理水调洪型防护林植被的配置,应通观全局,从分析小流域生态系统的特点入手,配置相应的防护林林种,建构小流域理水调洪型防护林植被体系的基本骨架;兼顾不同的立地条件类型,配置相应的次级防护林林种,形成次级网络。实现因地制宜,因害设防,层层布设,综合治理。

9.2.2.2 配置的方法

采用层次分析(analytic hierarchy process,AHP)法来构建小流域尺度的理水调洪型防护林植被体系林种空间配置的结构优化模型。

层次分析法是美国运筹学家 Saaty 等在 20 世纪 70 年代提出的。它利用定性分析和定量分析相结合的手段来对复杂问题作出决策。该方法的原理和应用步骤见第 4 章。

9.2.3 典型地貌小流域空间配置

三峡库区的主要地貌类型分为山地、丘陵和平坝,其中山地和丘陵面积占 91% 以上,而平坝地仅为 9% 左右。库区水土流失状况严重,流失面积占总面积的 58.2%。其中极强度水土流失面积占 11%,每年土壤侵蚀量达 8000~13 500t/km²。据统计:库区水土流失 80% 以上发生在山区、丘陵地区。因此,库区山地、丘陵是水土流失治理的重点地区,也是防护林植被体系建设的主要地区。将库区防护林植被体系配置的小流域的类型划分为山地和丘陵两种主要类型。

9.2.3.1 典型地貌小流域生态环境特征分析

1) 山地小流域

山地垂直高差 2000m 左右,紫色砂页岩面积占整个库区面积的 52% 以上,土壤为山地黄壤、黄棕壤等。山地小流域根据地貌部位的不同,又可分为:分水岭山脊段、山坡上部直形坡崩塌段、山坡下部直形坡搬运段、山坡坡麓洪冲积堆积段及河漫滩或阶地。分水岭山脊段坡度平缓,土壤层较厚,面蚀轻微;山地上部坡度较大,一般大于 35°,较多砾石和块石,土层瘠薄且大部分裸露,重力侵蚀剧烈;山坡下部坡度为 20°~35°,土层较薄,水力侵蚀为主;山坡坡麓坡度较缓,小于 20°,土层较厚,水力侵蚀与洪积冲积为主。

2) 丘陵小流域

丘陵地区是库区农业人口密集的地区,土地垦殖指数高。丘陵区的土地利用分布格局从上到下依次为:荒地—台土—林地—台地—林地—农田—居民点—农田—滩涂。这一地区的土壤侵蚀以旱地片蚀为主,侵蚀强度丘坡大于丘顶和丘麓;农耕地大于荒地和林地;坡耕地侵蚀最为严重。丘陵中上部易发生干旱灾害,而丘间沟谷平坝地带又容易引发洪涝灾害。土壤为紫色土。

9.2.3.2 三峡库区防护林林种划分

按照目前国内对防护林林种的分类,结合三峡库区的实际情况,提出不同小流域的防护林林种。其中山地小流域的林种包括:山坡水土保持林、山顶水源涵养林、坡地经济林、沟道防蚀林、河漫滩防护林和护路林。而丘陵小流域的防护林林种包括:丘顶水土保持林、丘坡水土保持林、坡耕地固土护埂林、沟谷平坝防护林、丘间防护林和护路林。各林种的配置结构及树种搭配模式如表 9-4 所示。

表 9-4 三峡库区典型地貌小流域理水调洪型防护林植被林种、树种配置模式

小流域类型	林种	配置结构	树种
山 地	山顶水源涵养林	针阔混交	栎类、桤木、柏木
	山坡水土保持林	乔灌草混交	马尾松、青冈、樟、栎类
	坡地经济林	乔灌草混交	核桃、油茶、乌桕
	沟道防蚀林	乔灌、针阔混交	马尾松、杉木、柏木
	河漫滩防护林	灌草混交	柳杉、马尾松、杉木
	护路林	乔灌混交	柳杉、楠竹
丘 陵	丘顶水土保持林	针阔、乔灌混交	马尾松、华山松、青冈、栎类
	丘坡水土保持林	乔灌草混交	柳杉、栎类
	坡耕地固土护埂林	乔灌混交	马桑、胡枝子、刺梨
	沟谷平坝防护林	乔灌草混交	马尾松、柳杉
	丘间防护林	乔灌草混交	杉木、柏木
	护路林	乔灌、灌草混交	楠竹、柳杉

9.2.3.3 典型地貌小流域理水调洪型防护林空间配置多层次结构模型构建

根据 AHP 法基本原理和不同类型小流域土地格局的空间分异规律及水土流失特征，兼顾防护林的经济、生态效益，分别提出山地和丘陵小流域防护林植被空间配置结构模型。如图 9-6、图 9-7 所示。

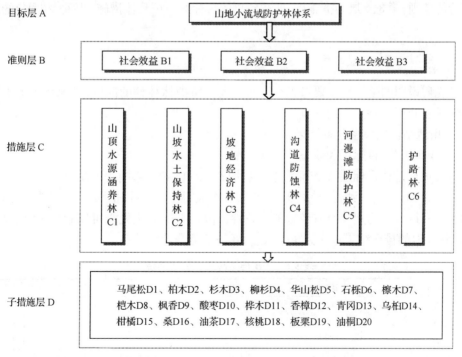

图 9-6 山地小流域理水调洪型防护林林种空间配置多层次结构模型

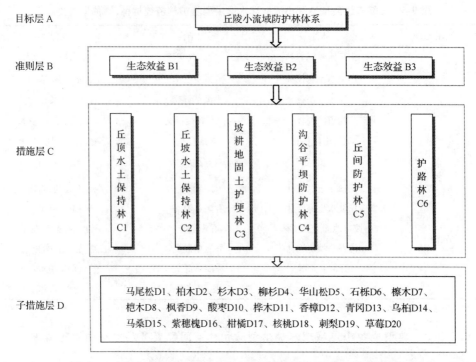

图 9-7　丘陵小流域理水调洪型防护林林种空间配置多层次结构模型

整个模型结构包括 4 层：第 1 层为目标层，即建立一个持续、稳定、高效的理水调洪型防护林植被系统；第 2 层为准则层，选择了系统的生态效益、经济效益和社会效益为综合评价的准则；第 3、4 层为措施层，即达到总体目标的各项具体措施（林种、树种）的结构比例。

9.2.3.4　模型配置结果

首先要说明的是本章主要考虑小流域尺度上防护林林种的配置，因此暂不考虑结构模型中子措施层（树种层）的配置。

1）山地小流域模型配置结果

A.　**A-B** 矩阵（目标层和效益层矩阵）

首先进行总体目标层 **A** 和准则层 **B** 各因素之间的相对影响程度比较（表 9-5）。经计算 λ_{max} = 3.04，偏离一致性指标 CI=0.02，RI 查表得 0.58，则判断矩阵一致性指标 CR=0.04<0.1，因此认为矩阵具有较好的一致性。由各因素的优先级可以看出：达到总目标的准则层（**B**）的排序结果依次为生态效益、经济效益和社会效益。

表 9-5　**A-B** 层矩阵及计算结果表

A-B	B_1	B_2	B_3	权重（CW）
B_1	1	3	5	0.637
B_2	1/3	1	3	0.258
B_3	1/5	1/3	1	0.105
λ_{max}=3.04	CI=0.02	RI=0.58	CR=0.03	

依照同样的方法可以得到生态效益-林种矩阵、经济效益-林种矩阵、社会效益-林种矩阵。如表 9-6～表 9-9 所示。

　　B. **B-C** 矩阵（效益层和林种层矩阵）

（1）B_1-**C** 矩阵（生态效益和林种层矩阵），如表 9-6 所示。

表 9-6　B_1-**C** 矩阵及计算结果表

B_1-C	C_1	C_2	C_3	C_4	C_5	C_6	权重(CW)
C_1	1	1/3	3	5	3	5	0.247
C_2	3	1	5	7	5	5	0.446
C_3	1/3	1/5	1	1/3	1/5	1/3	0.041
C_4	1/5	1/7	3	1	3	2	0.108
C_5	1/3	1/5	5	1/3	1	1	0.083
C_6	1/5	1/5	3	1/2	1	1	0.075
$\lambda_{max}=6.329$		CI= 0.066		RI=1.24			CR=0.053

（2）B_2-**C** 矩阵（经济效益和林种层矩阵），如表 9-7 所示。

表 9-7　B_2-**C** 矩阵及计算结果表

B_2-C	C_1	C_2	C_3	C_4	C_5	C_6	权重(CW)
C_1	1	1/3	1/3	2	2	2	0.122
C_2	3	1	1/3	3	2	3	0.202
C_3	3	3	1	7	5	7	0.448
C_4	1/2	1/3	1/7	1	1/2	2	0.067
C_5	1/2	1/2	1/5	2	1	2	0.094
C_6	2	1/3	1/7	1/2	1/2	1	0.067
$\lambda_{max}=6.669$		CI=0.138		RI=1.24			CR=0.11

（3）B_3-**C** 矩阵（社会效益和林种层矩阵），如表 9-8 所示。

表 9-8　B_3-**C** 矩阵及计算结果表

B_3-C	C_1	C_2	C_3	C_4	C_5	C_6	权重(CW)
C_1	1	2	1/2	2	2	2	0.209
C_2	1/2	1	1/2	2	2	3	0.178
C_3	2	2	1	3	3	3	0.322
C_4	1/2	1/2	1/3	1	1	2	0.109
C_5	1/2	1/2	1/3	1	1	2	0.109
C_6	1/2	1/3	1/3	1/2	1/2	1	0.073
$\lambda_{max}=6.23$		CI=0.046		RI=1.24			CR=0.04

表 9-9　准则层-措施层(B-C)层次总排序

准则层 B （效益层）	B_1	B_2	B_3	权重(CW)	排序
优先级	0.637	0.258	0.105		
C_1	0.247	0.122	0.209	0.211	2
C_2	0.446	0.202	0.178	0.355	1
C_3	0.041	0.448	0.322	0.175	3
C_4	0.108	0.067	0.109	0.098	4
C_5	0.083	0.094	0.109	0.089	5
C_6	0.075	0.067	0.073	0.072	6
CI	0.066	0.138	0.046		

CI＝0.082　RI＝1.24　CR＝CI/RI＝0.066，小于 0.10，说明层次总排序具有满意的一致性。

由层次分析法得到山地小流域防护林林种的最佳配置结果为：山顶水源涵养林占 21.1%，山坡水土保持林占 35.5%，坡地经济林占 17.5%，沟道防蚀林占 9.8%，河漫滩防护林占 8.9%，而护路林占 7.2%。

2）丘陵小流域模型配置结果

A. A-B 矩阵（目标层和效益层矩阵）

A-B 层矩阵及计算结果表如表 9-10 所示。

表 9-10　A-B 层矩阵及计算结果表

A-B	B_1	B_2	B_3	权重(CW)
B_1	1	2	5	0.557
B_2	1/2	1	3	0.277
B_3	1/5	1/3	1	0.166
λ_{max}＝3.172	CI＝0.086	RI＝0.58	CR＝0.1	

B. B-C 矩阵（效益层和林种层矩阵）

（1）B_1-C 矩阵（生态效益和林种层矩阵），如表 9-11 所示。

表 9-11　B_1-C 矩阵及计算结果表

B_1-C	C_1	C_2	C_3	C_4	C_5	C_6	权重(CW)
C_1	1	1/2	6	3	4	5	0.279
C_2	2	1	7	4	5	6	0.405
C_3	1/6	1/7	1	1/5	1/4	1/3	0.033
C_4	1/3	1/4	5	1	3	2	0.136
C_5	1/4	1/5	4	1/3	1	1	0.075
C_6	1/5	1/6	3	1/2	1	1	0.072
λ_{max}＝6.265		CI＝0.053		RI＝1.24		CR＝0.04	

（2）B_2-C 矩阵（经济效益和林种层矩阵），如表 9-12 所示。

表 9-12　B_2-C 矩阵及计算结果表

B_2-C	C_1	C_2	C_3	C_4	C_5	C_6	权重(CW)
C_1	1	1/3	1/4	1/5	2	3	0.081
C_2	3	1	1/2	1/3	4	5	0.175
C_3	4	2	1	1/2	5	6	0.264
C_4	5	3	2	1	6	7	0.391
C_5	1/2	1/4	1/5	1/6	1	2	0.054
C_6	1/3	1/5	1/6	1/7	1/2	1	0.035
$\lambda_{max}=6.165$		CI=0.033			RI=1.24		CR=0.03

（3）B_3-C 矩阵（社会效益和林种层矩阵），如表 9-13 所示。

表 9-13　B_3-C 矩阵及计算结果表

B_3-C	C_1	C_2	C_3	C_4	C_5	C_6	权重(CW)
C_1	1	1/2	1/4	1/3	2	2	0.098
C_2	2	1	1/3	1/2	2	2	0.138
C_3	4	3	1	2	5	6	0.395
C_4	3	2	1/2	1	3	4	0.239
C_5	1/2	1/2	1/5	1/3	1	2	0.075
C_6	1/2	1/2	1/6	1/4	1/2	1	0.055
$\lambda_{max}=6.112$		CI=0.022			RI=1.24		CR=0.02

CI= 0.042　RI=1.24　CR=CI/RI= 0.034,小于 0.10,说明层次总排序(表 9-14)具有满意的一致性。

表 9-14　准则层-措施层（B-C）层次总排序

准则层 B （效益层）	B_1	B_2	B_3	权重 (CW)	排序
优先级	0.557	0.277	0.166		
C_1	0.279	0.081	0.098	0.194	3
C_2	0.405	0.175	0.138	0.297	1
C_3	0.033	0.264	0.395	0.157	4
C_4	0.136	0.391	0.239	0.224	2
C_5	0.075	0.054	0.075	0.069	5
C_6	0.072	0.035	0.055	0.059	6
CI	0.053	0.033	0.022		

　　由层次分析法得到丘陵小流域防护林林种的最佳配置结果为:丘顶水土保持林占19.4%,丘坡水土保持林占29.7%,坡耕地固土护埂林占15.7%,沟谷平坝防护林占22.4%,丘间防护林占6.9%,护路林占5.9%。

9.3　森林植被空间配置格局对洪水过程影响模拟分析

9.3.1　植被空间格局的配置情景选择

　　本研究从不同覆盖率下林地在流域内不同位置空间分布的角度研究森林植被空间格局对于流域在暴雨条件下的洪水过程的影响作用。

　　以响水溪流域为例,选择覆盖率为30%与60%左右时的林地(针阔混交林)在流域内不同空间分布特点,提出以下8种情景配置格局类型情景,其中林地覆盖区域以外的区域假设为无植被(或农地),详见表9-15。

表 9-15　响水溪流域森林植被格局配置情景

配置情景	林地类型	覆盖率/%	分布区域	分布方式
情景1	针阔混交林	30.1	上游	集中分布
情景2	针阔混交林	29.9	中游	集中分布
情景3	针阔混交林	29.9	下游	集中分布
情景4	针阔混交林	30.5	全流域	随机分布
情景5	针阔混交林	57.6	上游	集中分布
情景6	针阔混交林	58.4	中游	集中分布
情景7	针阔混交林	56.7	下游	集中分布
情景8	针阔混交林	58.2	全流域	随机分布

9.3.2　森林植被空间格局配置情景下降雨产流过程模拟分析

9.3.2.1　森林植被空间格局对洪峰流量的影响

　　在8种不同的森林植被空间配置格局情景下模拟4场暴雨降雨径流过程,预测的洪峰峰值结果详见表9-16、图9-8。

表 9-16　响水溪不同森林植被配置格局下流域径流峰值

林地覆盖率	配置情景	洪峰流量/(mm/min)				
		4#	6#	7#	8#	平均
30%	情景 1	0.1985	0.1863	0.0570	0.3990	0.2102
	情景 2	0.2323	0.2004	0.0593	0.4861	0.2445
	情景 3	0.2571	0.2149	0.0613	0.5443	0.2694
	情景 4	0.2209	0.1967	0.0586	0.4541	0.2326
60%	情景 5	0.1289	0.1405	0.0488	0.2838	0.1505
	情景 6	0.1381	0.1430	0.0492	0.3057	0.1590
	情景 7	0.2169	0.1877	0.0492	0.4867	0.2351
	情景 8	0.1553	0.1557	0.0509	0.3412	0.1758

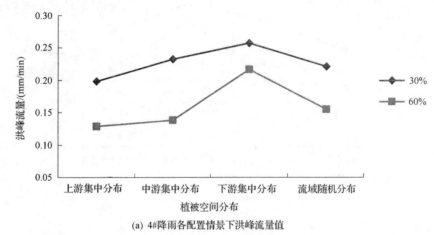

(a) 4#降雨各配置情景下洪峰流量值

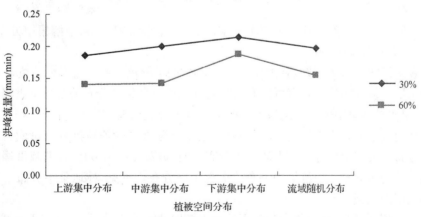

(b) 6#降雨各配置情景下洪峰流量值

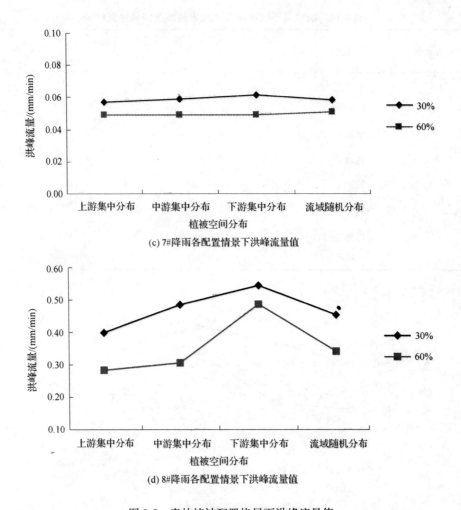

(c) 7#降雨各配置情景下洪峰流量值

(d) 8#降雨各配置情景下洪峰流量值

图 9-8　森林植被配置格局下洪峰流量值

图 9-9 为响水溪流域森林植被不同空间分布(上游集中分布、中游集中分布、下游集中分布、随机分布)示意图。

从表 9-16 和图 9-8 可知,林地覆盖率为 30％的洪峰流量明显高于林地覆盖率为 60％的洪峰流量。从空间分布角度可以看出林地在流域下游集中分布的情景下洪峰流量值普遍较高,说明林地集中分布于流域下游时的消减洪峰流量效果最差;其余三种空间分布情景下随林地覆盖率大小不同而不同,当林地覆盖率为 30％时消减洪峰流量能力依次为中游集中分布＜流域随机分布＜上游集中分布,当林地覆盖率为 60％时消减洪峰流量能力依次为流域随机分布＜中游集中分布＜上游集中分布。可见,林地集中分布于流域上游时的调洪能力最强。

通过分析可得知,林地集中分布于流域上游时调洪能力最强,而分布于流域下游时的调洪能力最弱。林地覆盖率为 30％与 60％时下游集中分布的洪峰流量分别是上游集中分布的 1.25 倍与 1.5 倍,故林地覆盖率较高时调洪效果更好。

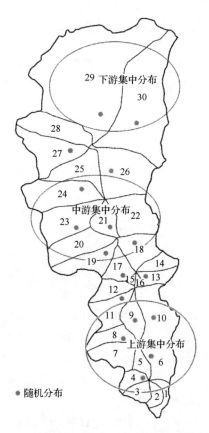

图 9-9　响水溪流域土地利用空间分布示意图

图中数字表示水文响应单元(HRU)编号

9.3.2.2　森林植被空间格局对径流组成及径流量的影响

响水溪流域 4 场暴雨下 8 种森林植被空间配置格局的径流模拟结果见表 9-17。

表 9-17　响水溪不同森林植被配置格局下流域径流成分

配置情景	降雨序号	径流量/mm				径流成分比例			径流系数
		地表径流	壤中流	基流	产流量	地表径流	壤中流	基流	
情景 1	4#	33.484	5.371	5.378	44.233	0.757	0.121	0.122	0.530
	6#	35.472	15.566	1.379	52.418	0.677	0.297	0.026	0.616
	7#	21.833	36.567	5.641	64.042	0.341	0.571	0.088	0.754
	8#	57.080	13.598	0.949	71.627	0.797	0.190	0.013	0.686
	平均	36.967	17.776	3.337	58.080	0.643	0.295	0.062	0.647
情景 2	4#	32.370	5.339	5.373	43.081	0.751	0.124	0.125	0.517
	6#	35.095	15.547	1.379	52.022	0.675	0.299	0.027	0.611
	7#	21.952	36.570	5.641	64.163	0.342	0.570	0.088	0.755
	8#	57.342	13.589	0.949	71.880	0.798	0.189	0.013	0.689
	平均	36.690	17.761	3.336	57.787	0.641	0.295	0.063	0.643

配置情景	降雨序号	径流量/mm				径流成分比例			径流系数
		地表径流	壤中流	基流	产流量	地表径流	壤中流	基流	
情景 3	4#	30.827	5.285	5.364	41.476	0.743	0.127	0.129	0.497
	6#	33.800	15.523	1.379	50.702	0.667	0.306	0.027	0.596
	7#	21.521	36.572	5.641	63.735	0.338	0.574	0.089	0.750
	8#	57.033	13.592	0.949	71.574	0.797	0.190	0.013	0.686
	平均	35.795	17.743	3.333	56.872	0.636	0.299	0.065	0.632
情景 4	4#	33.014	5.333	5.368	43.716	0.755	0.122	0.123	0.497
	6#	35.308	15.576	1.379	52.264	0.676	0.298	0.026	0.614
	7#	21.863	36.526	5.641	64.030	0.341	0.570	0.088	0.754
	8#	57.052	13.635	0.949	71.636	0.796	0.190	0.013	0.686
	平均	36.809	17.767	3.334	57.911	0.642	0.295	0.063	0.638
情景 5	4#	23.801	2.539	4.456	30.796	0.773	0.082	0.145	0.369
	6#	26.774	16.068	1.379	44.220	0.605	0.363	0.031	0.520
	7#	19.166	34.018	5.636	58.819	0.326	0.578	0.096	0.692
	8#	43.013	16.302	0.950	60.265	0.714	0.271	0.016	0.577
	平均	28.188	17.232	3.105	48.525	0.604	0.324	0.072	0.540
情景 6	4#	23.455	2.446	4.415	30.316	0.774	0.081	0.146	0.364
	6#	26.525	16.071	1.379	43.975	0.603	0.365	0.031	0.517
	7#	19.122	33.939	5.636	58.697	0.326	0.578	0.096	0.691
	8#	42.674	16.386	0.950	60.010	0.711	0.273	0.016	0.575
	平均	27.944	17.211	3.095	48.249	0.603	0.324	0.072	0.536
情景 7	4#	22.475	2.495	4.455	29.425	0.764	0.085	0.151	0.353
	6#	26.563	15.984	1.379	43.926	0.605	0.364	0.031	0.516
	7#	19.122	33.939	5.636	58.697	0.326	0.578	0.096	0.691
	8#	46.345	16.226	0.950	63.520	0.730	0.255	0.015	0.608
	平均	28.626	17.161	3.105	48.892	0.606	0.321	0.073	0.542
情景 8	4#	21.499	2.426	4.412	28.337	0.759	0.086	0.156	0.340
	6#	24.997	16.050	1.379	42.426	0.589	0.378	0.032	0.498
	7#	18.673	33.963	5.636	58.272	0.320	0.583	0.097	0.686
	8#	42.407	16.363	0.950	59.720	0.710	0.274	0.016	0.572
	平均	26.894	17.201	3.094	47.189	0.595	0.330	0.075	0.524

　　由表 9-17 可知,在各暴雨条件下,林地覆盖率为 30%～60%,各配置情景的径流成分分割,地表径流都有所下降,壤中流均有增加,而基流基本保持不变。林地覆盖率为 60% 与 30% 相比,上游集中分布可使地表径流降低 12.2%～24.6%,壤中流增加 3.2%～19.9%;中游集中分布可使地表径流减少 12.9%～25.6%,壤中流增加 3.4%～20.6%;

下游集中分布可使地表径流减少 11.1%～21.4%,壤中流增加 3.0%～19.4%;流域内随机分布可使地表径流减少 14.6%～29.2%,壤中流增加 3.0%～20.0%。基流基本不变。

9.3.2.3　森林植被空间格局对径流系数的影响

不同森林植被空间格局情景下径流系数变化明显,如图 9-10 所示。

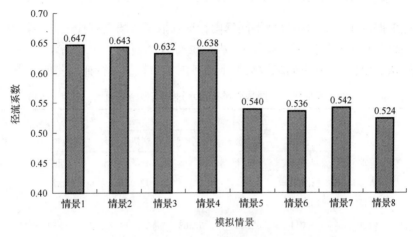

图 9-10　不同森林植被配置格局情景下径流系数值

林地覆盖率为 30%～60%,径流系数值明显减小。各配置格局情景下的径流系数值在林地覆盖率为 30%时的变化表现为情景 1(上游集中分布)＞情景 2(中游集中分布)＞情景 4(随机分布)＞情景 3(下游集中分布);而在林地覆盖率达到 60%时变化表现为情景 7(下游集中分布)＞情景 5(上游集中分布)＞情景 6(中游集中分布)＞情景 8(随机分布)。

9.3.3　不同配置情景下模拟结果综合分析

将响水溪流域 4 场暴雨条件下 8 种森林植被格局配置模拟径流结果平均值列于表 9-18,从表 9-18 中可知不同情景下径流量值、径流成分分割比例、径流峰值及径流系数的变化特征。

表 9-18　各森林植被配置格局径流模拟结果

配置情景	平均径流量/mm				径流成分分割比例			平均径流峰值/(mm/min)	平均径流系数
	地表径流	壤中流	基流	产流量	地表径流	壤中流	基流		
情景 1	36.967	17.776	3.337	58.08	0.64	0.31	0.06	0.2102	0.647
情景 2	36.690	17.761	3.336	57.79	0.63	0.31	0.06	0.2445	0.643
情景 3	35.795	17.743	3.333	56.87	0.63	0.31	0.06	0.2694	0.632
情景 4	36.809	17.767	3.334	57.91	0.64	0.31	0.06	0.2326	0.638
情景 5	28.188	17.232	3.105	48.53	0.58	0.36	0.06	0.1505	0.540
情景 6	27.944	17.211	3.095	48.25	0.58	0.36	0.06	0.1590	0.536
情景 7	28.626	17.161	3.105	48.89	0.59	0.35	0.06	0.2351	0.542
情景 8	26.894	17.201	3.094	47.19	0.57	0.36	0.07	0.1758	0.524

综合分析洪峰及径流量两个方面的模拟结果可知,从消减峰值和减少洪水总量来说,流域下游集中分布情景下的消减洪峰和缓解洪水流量作用最差,流域上游集中分布情景下对于消减洪峰,减少地表径流,都有较明显的作用,为最佳的森林植被空间格局配置类型。

9.3.4　不同暴雨类型下森林植被格局影响洪水过程对比分析

本研究根据四面山响水溪流域不同暴雨特征选取了4场具有代表性的暴雨数据进行分析,4场暴雨分别代表长历时降雨(4♯)、短历时降雨(6♯)、大暴雨(8♯)、小暴雨(7♯),通过水文模拟,得到不同暴雨类型下的各配置情景洪水特征预测值见表9-19。

表9-19　不同暴雨类型洪水过程模拟结果对比

暴雨类型	情景	平均径流量/mm				平均径流峰值/(mm/min)	平均径流系数
		地表径流	壤中流	基流	产流量		
长历时暴雨 4♯	情景1	33.484	5.371	5.378	44.233	0.199	0.530
	情景2	32.370	5.339	5.373	43.081	0.232	0.517
	情景3	30.827	5.285	5.364	41.476	0.257	0.497
	情景4	33.014	5.333	5.368	43.716	0.221	0.497
	情景5	23.801	2.539	4.456	30.796	0.129	0.369
	情景6	23.455	2.446	4.415	30.316	0.138	0.364
	情景7	22.475	2.495	4.455	29.425	0.217	0.353
	情景8	21.499	2.426	4.412	28.337	0.155	0.340
短历时暴雨 6♯	情景1	35.472	15.566	1.379	52.418	0.186	0.616
	情景2	35.095	15.547	1.379	52.022	0.200	0.611
	情景3	33.800	15.523	1.379	50.702	0.215	0.596
	情景4	35.308	15.576	1.379	52.264	0.197	0.614
	情景5	26.774	16.068	1.379	44.220	0.141	0.520
	情景6	26.525	16.071	1.379	43.975	0.143	0.517
	情景7	26.563	15.984	1.379	43.926	0.188	0.516
	情景8	24.997	16.050	1.379	42.426	0.156	0.498
小暴雨 7♯	情景1	21.833	36.567	5.641	64.042	0.057	0.754
	情景2	21.952	36.570	5.641	64.163	0.059	0.755
	情景3	21.521	36.572	5.641	63.735	0.061	0.750
	情景4	21.863	36.526	5.641	64.030	0.059	0.754
	情景5	19.122	33.939	5.636	58.697	0.049	0.692
	情景6	19.122	33.939	5.636	58.697	0.049	0.691
	情景7	19.122	33.939	5.636	58.697	0.049	0.691
	情景8	18.673	33.963	5.636	58.272	0.051	0.686

续表

| 暴雨类型 | 情景 | 平均径流量/mm | | | | 平均径流峰值 /(mm/min) | 平均 径流系数 |
		地表径流	壤中流	基流	产流量		
大暴雨 8#	情景 1	57.080	13.598	0.949	71.627	0.399	0.686
	情景 2	57.342	13.589	0.949	71.880	0.486	0.689
	情景 3	57.033	13.592	0.949	71.574	0.544	0.686
	情景 4	57.052	13.635	0.949	71.636	0.454	0.686
	情景 5	43.013	16.302	0.950	60.265	0.284	0.577
	情景 6	42.674	16.386	0.950	60.010	0.306	0.575
	情景 7	46.345	16.226	0.950	63.520	0.487	0.608
	情景 8	42.407	16.363	0.950	59.720	0.341	0.572

从表 9-19 中可得出不同森林植被格局在不同类型暴雨条件下对洪水过程的影响作用各不相同。在长历时与短历时暴雨条件下,不同森林植被格局的径流量、洪峰流量及径流系数均差异显著;在小暴雨条件下,不同森林植被格局的径流量、洪峰流量及径流系数均无明显差异;而在大暴雨条件下时,不同森林植被格局的洪峰流量差异明显,而径流量和径流系数则因林地覆盖率高低而不同,覆盖率较低(30%)时基本无异,覆盖率较高(60%)时差异才相对明显。

综合分析可知,森林植被格局对洪水过程的影响在小暴雨条件下时很小,在长历时、短历时与大暴雨下时对洪水过程影响较显著。通过分析对比不同暴雨类型下各配置情景对洪水过程的影响,得到对各洪水特征影响效果最佳的森林植被格局情景(表 9-20)。

表 9-20　不同暴雨类型下对洪水特征影响的最佳情景

暴雨类型	林地覆盖率/%	径流量	洪峰流量	径流系数
长历时暴雨	30	情景 3	情景 1	情景 3、情景 4
	60	情景 8	情景 5	情景 8
短历时暴雨	30	情景 3	情景 1	情景 3
	60	情景 8	情景 5	情景 8
小暴雨	30	情景 3	情景 1	情景 3
	60	情景 8	情景 5	情景 8
大暴雨	30	情景 3	情景 1	情景 3
	60	情景 8	情景 5	情景 8

从表 9-20 可以看出,上游集中分布格局的消减洪峰流量效果最好,而径流量与径流系数在覆盖率较低时下游集中分布效果较好,覆盖率较高时随机分布效果较好。

9.3.5　森林植被类型搭配对洪峰流量的影响

选取林地(针阔混交林)作为基本用地类型,林地分布方式选择调洪能力较强的随机分布。当林地覆盖率分别为 20%、40%、60%时,其余区域分别搭配为农地、灌木林、荒草地、灌草结合时,模拟分析其在实测降雨情景下对径流的影响。不同森林植被类型搭配条件下的洪峰流量模拟结果见表 9-21。

表 9-21　不同森林植被对洪峰流量的模拟结果

林地覆盖率	降雨序号	搭配不同地类的洪峰流量/(mm/min)			
		农地 I	灌木林 II	荒草地 III	灌草结合 IV
20%	4#	0.2482	0.0727	0.0820	0.0779
	6#	0.6917	0.2746	0.3255	0.2995
	7#	0.2089	0.0942	0.1046	0.0993
	8#	2.3130	1.0639	1.5031	1.2787
	平均	0.8654	0.3763	0.5038	0.4389
40%	4#	0.1925	0.0722	0.0787	0.0745
	6#	0.5666	0.2626	0.2998	0.2723
	7#	0.1760	0.0923	0.1000	0.0943
	8#	1.9335	1.0229	1.3430	1.1064
	平均	0.7171	0.3625	0.4554	0.3869
60%	4#	0.0787	0.0721	0.0771	0.0743
	6#	0.2512	0.2501	0.2732	0.2590
	7#	0.0912	0.0900	0.0948	0.0918
	8#	1.0833	0.9934	1.1924	1.0704
	平均	0.3761	0.3514	0.4094	0.3739

　　实测的 5 场暴雨径流的模拟峰值表明,林地覆盖率不同对洪峰流量的影响不同,随着林地覆盖率的逐渐增加,洪峰流量逐渐减少,详见图 9-11。从图 9-11 中可看出,林地覆盖率的变化对洪峰的影响程度随其所搭配的用地类型不同而有明显差异,无任何搭配地类时,林地覆盖率变化对洪峰影响程度变化最为显著,而搭配灌木林时变化较缓。

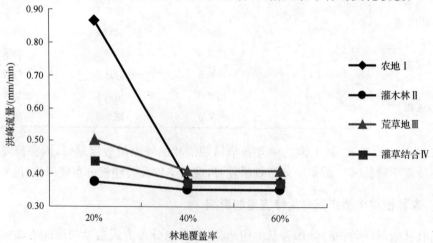

图 9-11　林地覆盖率变化对洪峰流量的影响

当林地覆盖率一定时,随着其搭配用地类型不同,对洪峰流量的影响也不同。搭配用地类型依次在灌木林地、灌草结合林地、荒草地及农地之间变化时,洪峰均值是逐渐增大的,如图 9-12 所示。从图 9-12 中可以看出林地覆盖率为 20% 时不同搭配地类之间差异最显著,而林地覆盖率达到 60% 时差异不大。

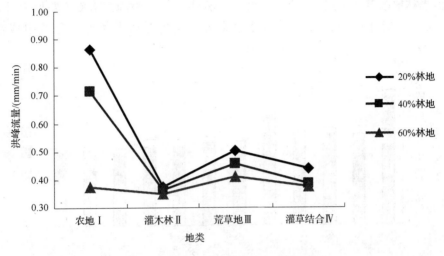

图 9-12　搭配地类变化对洪峰流量的影响

9.3.6　森林植被类型搭配对径流组成的影响

将响水溪流域 5 场降雨下不同森林植被搭配类型的平均径流成分值等数据列于表 9-22。

表 9-22　森林植被变化对径流组成的模拟结果

林地比例	径流量/mm				径流成分比例			径流系数
	地表径流	壤中流	基流	总径流	地表径流	壤中流	基流	
20% I	43.21	15.79	3.39	62.39	0.69	0.25	0.05	0.69
20% II	20.01	18.98	3.05	42.04	0.48	0.45	0.07	0.47
20% III	23.28	18.82	3.09	45.19	0.52	0.42	0.07	0.50
20% IV	21.54	18.86	3.09	43.50	0.50	0.43	0.07	0.48
40% I	36.62	13.83	3.22	53.67	0.68	0.26	0.06	0.60
40% II	19.63	16.34	2.89	38.86	0.51	0.42	0.07	0.43
40% III	22.07	16.21	2.93	41.21	0.54	0.39	0.07	0.46
40% IV	20.21	16.31	2.92	39.43	0.51	0.41	0.07	0.44
60% I	19.90	16.63	3.39	39.92	0.50	0.42	0.08	0.44
60% II	19.30	13.73	2.71	35.74	0.54	0.38	0.08	0.39
60% III	20.73	13.62	2.74	37.09	0.56	0.37	0.07	0.41
60% IV	19.84	13.68	2.73	36.25	0.55	0.38	0.08	0.40

从表 9-22 中可以看出随着林地覆盖率的增加,径流总量及地表径流、壤中流、基流总体呈减少的趋势,说明林地覆盖率越大,消减洪峰流量越大,而减少的趋势从地表径流、壤中流到基流依次减弱,其中基流变化最为微小。当林地覆盖率一定时,其搭配地类中农地状态径流总量均高于其他搭配地类,其余搭配地类表现为灌木林Ⅱ＜灌草结合Ⅳ＜荒草地Ⅲ,但当林地覆盖率达到 60％时,差距并不很明显,说明林地覆盖率不断增大时其搭配地类对径流量的作用在减弱。不同林地覆盖率及搭配地类条件下径流组成情况如图 9-13 所示。

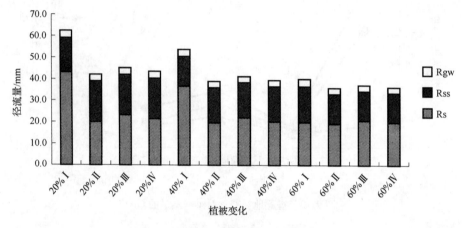

图 9-13　森林植被变化对径流组成的影响

同样从表 9-22 中可以看出森林植被变化对径流系数的影响作用。如图 9-14 所示,径流系数随林地覆盖率的增加而减小,林地覆盖率一定时,径流系数变化趋势表现为灌木林Ⅱ＜灌草结合Ⅳ＜荒草地Ⅲ＜农地Ⅰ。

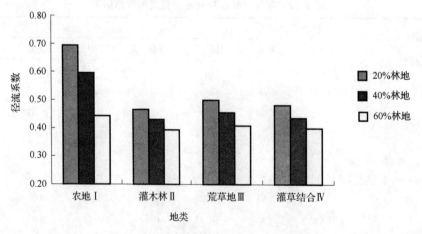

图 9-14　森林植被变化对径流系数的影响

参 考 文 献

鲍文,包维楷,何丙辉,等. 2004.岷江上游油松人工林对降水的截留分配效应.北京林业大学学报,26(5):10-16.

陈凤琴,石辉. 2005.缙云山常绿阔叶林土壤大孔隙与入渗性能关系初探.西南师范大学学报,(2):350-353.

陈洪松,邵明安,王克林. 2006.土壤初始含水率对坡面降雨入渗及土壤水分再分布的影响.农业工程学报,22(1):44-47.

陈丽华. 1989.森林水文研究.见:中国林业科学研究院科技情报研究所.林业译丛.北京:中国林业出版社.

陈仁升,康尔泗,杨建平,等. 2003.水文模型研究综述.中国沙漠,23(3):221-229.

陈引珍,何凡,张洪江,等. 2005.缙云山区影响林冠截留量因素的初步分析.中国水土保持科学,(3):69-72.

程根伟,余新晓,赵玉涛,等. 2003.贡嘎山亚高山森林带蒸散特征模拟研究.北京林业大学学报,25(1):23-27.

程根伟,余新晓,赵玉涛,等. 2004.山地森林生态系统水文循环与数学模拟.北京:科学出版社.

程金花,张洪江,史玉虎,等. 2003.三峡库区几种林下枯落物的水文作用.北京林业大学学报,(2):8-13.

程金花,张洪江,史玉虎,等. 2005.三峡库区花岗岩林地土壤特性与"优先路经"的关系.中国水土保持科学,(1):97-101.

邓慧平,李秀彬,陈军锋,等. 2003.流域土地覆被变化水文效应的模拟.地理学报,58(1):53-62.

邓世宗,韦炳式. 1990.不同森林类型林冠对大气降雨且再分配的研究.林业科学,26(3):271-276.

刁一伟,裴铁璠. 2004.森林流域生态水文过程动力学机制与模拟研究进展.应用生态学报,15(12):2369-2376.

杜榕桓,等. 1994.长江三峡库区水土流失对生态与环境的影响.北京:科学出版社.

樊军,邵明安,王全九. 2006.田间测定土壤导水率的方法研究进展.中国水土保持科学,(2):114-119.

甘健民,赵恒康,薛敬意. 1999.云南哀牢山常绿阔叶林冠对降雨的再分配.林业科技,24(4):16-18.

宫渊波,张健,陈林武. 1996.四川盆地低山丘陵区县级最佳防护效益森林覆盖率定量研究.四川农业大学学报,14(2):231-236.

龚志军,朱国全. 1990.油桐林冠截留雨量的观测研究.湖南林业科技,(4):26-28.

郭生练,刘春蓁. 1997.大尺度水文模型及其与气候模型的联结耦合研究.水利学报,(7):37-41.

郭生练,熊立华,杨井,等. 2001.分布式流域水文物理模型的应用和检验.武汉大学学报(工学版),34(1):1-6.

胡建华,李兰. 2001.数学物理方程模型在水文预报中的应用.水电能源科学,19(2):11-14.

雷瑞德. 1984.秦岭火地塘林区华山松林水源涵养功能的研究.西北林学院学报,(1):19-33.

雷瑞德,张仰渠. 1996.秦岭林区森林水文效应的研究.见:林业部科技司.中国森林生态系统定位研究.哈尔滨:东北林业大学出版社:223-233.

雷孝章,黄礼隆. 1993.长江上游地区土壤侵蚀特征研究.见:杨玉坡.长江上游(川江)防护林研究.北京:科学出版社.

李昌华,铃木雅一. 1997.江西九连山区常绿阔叶林林冠截留量的估算.自然资源学报,12(3):233-242.

李文华,何永涛,杨丽韫. 2001.森林对径流影响研究的回顾和展望.自然资源学报,11(5):390-406.

廖晓勇,陈治谏,刘邵权,等. 2005.三峡库区小流域土地利用方式对土壤肥力的影响.生态环境,(1):99-101.

刘昌明. 2001. 21世纪水文科学研究的新问题、新技术、新方法.北京:科学出版社.

刘昌明,曾燕. 2002.植被变化对产水量影响的研究.中国水利,(10):112-117.

刘昌明,钟骏襄. 1978.黄土高原森林对年径流影响的初步研究.地理学报,33(2):112-126.

刘春蓁. 1997.气候变化对我国水文水资源的可能影响.水科学进展,8(3):220-225.

刘刚才,林三益,刘淑珍. 2002.四川丘陵区常规耕作制下紫色土径流发生特征及其表面流数值模拟.水利学报,(12):101-108.

刘丽娟,咎国盛,葛建平. 2004.岷江上游典型流域植被水文效应模拟.北京林业大学学报,26(6):19-24.

刘世荣,温远光,王兵,等. 1996.中国森林生态系统水文生态功能规律.北京:中国林业出版社.

刘霞,张光灿,李雪蕾,等. 2004.小流域生态修复过程中不同森林植被土壤入渗与贮水特征.水土保持学报,(6):1-5.

刘新仁. 1997.系列化水文模型研究.河海大学学报,25(3):7-14.

刘卓颖,倪广恒,雷志栋,等. 2006.黄土高原地区中小尺度分布式水文模型.清华大学学报,(9):1546-1550.

吕俊强.1998. 三峡库区生态环境问题的核心——林业生态. 四川师范师院学报(自然科学版),(3):244-248.

马良清,张毓锐. 1998.重庆地区森林水文作用的初步研究.北京林业大学学报,(1):14-19.

马雪华. 1993.森林水文学. 北京:中国林业出版社.

穆宏强,夏军,王中根.2003.分布式流域水文生态模型的理论框架.长江职工大学学报,18(1):38-41.

潘维伟. 1989.全国森林水文学术讨论会文集. 北京:测绘出版社.

戚隆溪,黄兴法. 1997.坡面降雨径流和土壤侵蚀的数值模拟.力学学报,29(3):344-348.

齐实,王云琦,孙阁,等.2006.三峡库区森林小流域森林理水调洪功能模拟研究.北京林业大学学报,28(5):42-51.

秦耀东. 2003.土壤物理学.北京:高等教育出版社.

秦永胜,刘松,余新晓,等. 2004.华北土石山区水源保护林小流域土壤侵蚀过程的模拟研究. 土壤学报,41(6):864-869.

饶良懿. 2003.三峡库区理水调洪型防护林空间配置与结构优化技术研究.北京:北京林业大学博士论文.

任立良. 2000.流域数字水文模型. 河海大学学报,28(4):1-7.

芮孝芳. 1999a.地貌瞬时单位线研究进展.水科学进展,10(3):345-350.

芮孝芳.1999b.利用地形地貌资料确定 NASH 模型参数数据的研究.水文,(3):73-79.

沈冰. 1996.地表水文有限元模拟.西安:西北工业大学出版社.

石培礼,李文华. 2001.森林植被变化对水文过程和径流的影响效应.自然资源学报,16(5):481-486.

史玉虎,袁克侃. 1998.鄂西三峡库区森林变化对河川径流泥沙的影响.北京林业大学学报,20(6):54-58.

史玉虎,朱仕豹,熊峰,等. 2004.三峡库区端坊溪小流域的森林水文效益.中国水土保持科学,(3):17-20.

水利部水文局,南京水利科学研究院. 2006.中国暴雨统计参数图集.北京:中国水利水电出版社.

孙凡,冯沈萍. 2001.论恢复生态学原理及其在三峡库区退耕还林(草)中的指导作用.中国农业科技导报,(1):17-20.

田大伦. 1993.森林生态系统人为干扰的水文学效应研究. 见:刘煊章. 森林生态系统定位研究.北京:中国林业出版社:187-494.

汪有科. 1993.林地枯落物抗冲机理研究.水土保持学报,7(1):75-80.

王兵,崔相慧. 2001. 从第21届国际林联世界大会看全球"森林与水"研究进展.世界林业研究,14(5):1-6.

王礼先,解明曙. 1997.山地防护林水土保持水文生态效益及其信息系统.北京:中国林业出版社.

王礼先,张志强. 1998.森林植被变化的水文生态效应研究进展.世界林业研究,(6):14-22.

王礼先,张志强. 2001.干旱地区森林对流域径流的影响.自然资源学报,16(5):454-459.

王鸣远,王礼先. 1995.鄂西长江三峡库区森林集水区拦蓄作用分析.长江流域资源与环境,4(3):271-276.

王平义,赵传. 2004.三峡库区土壤渗透特性实验研究.重庆交通学院学报,(6):86-89.

王清华,李怀恩,卢科锋,等. 2004.森林植被变化对径流及洪水的影响分析.水资源与水工程学报,15(2):21-24.

王秋生.1991.植被控制土壤侵蚀的数学模型及其应用.水土保持学报,(5):68-72.

王书功,康尔泗,李新. 2004.分布式水文模型的进展及展望. 冰川冻土,26(1):61-65.

王秀英,曹文洪,付玲燕,等. 2001.分布式流域产流数学模型的研究.水土保持学报,3:38-40.

王彦辉,刘永敏. 1993.江西省大岗山毛竹林水文效应研究. 林业科学研究,6(4):373-379.

王彦辉,于澎涛,等. 1998.林冠截留降雨模型转化和参数规律的初步研究.北京林业大学学报,20(6):25-30.

王云琦. 2006.三峡库区森林理水调洪机理及空间配置研究. 北京:北京林业大学博士论文.

王治国,张云龙,刘徐师,等. 2000. 林业生态工程学. 北京:中国林业出版社.

温远光,刘世荣. 1995.我国主要森林生态系统类型降水截留规律的数量分析.林业科学,31(4):289-298.

吴秉礼,石建忠,谢忙义,等. 2003.甘肃水土流失区防护效益森林覆盖率研究. 生态学报,23(6):1125-1137.

吴长文. 1994.北京密云水库水源保护林水土保持效益的研究. 北京:北京林业大学博士论文.

吴钦孝,刘向东,赵鸿雁,等. 1994.森林集水区水文效应的研究. 人民黄河,(12):25-27.

吴钦孝,杨文治.1998.黄土高原植被建设与持续发展.北京:科学出版社.

吴险峰,刘昌明. 2002.流域水文模型研究的若干进展.地理科学进展,21(4):341-347.

肖文发,李建文,于长清,等. 2000.长江三峡库区陆生动植物生态.重庆:西南范大学出版社.

肖玉保. 2004. 基于 MMS 的分布式暴雨水文模型的构建和验证. 北京:北京林业大学硕士论文.

谢春华,关文彬,吴建安. 2002. 贡嘎山暗针叶林生态系统林冠截留特征研究. 北京林业大学学报,24(2):68-71.

许炯心. 2000. 长江上游干支流的水沙变化及其与森林破坏的关系. 水利学报,(1):72-80.

阎俊华. 1999. 森林水文学研究进展. 热带亚热带植物学报,7(4):49-52.

杨大三. 1999. 从'98 特大洪水透析长江流域生态环境. 南京林业大学学报,(2):47-50.

杨海龙,朱金兆,齐实,等. 2005. 三峡库区森林流域林地的地表糙率系数. 北京林业大学学报,(1):38-41.

杨立文,石清峰. 1997. 太行山主要植被枯枝落叶层的水文作用. 林业科学研究,10(3):281-188.

杨茂瑞. 1992. 亚热带杉木、马尾松人工林的林内降雨、林冠截留和树干茎流. 林业科学研究,5(2):158-162.

叶爱中,夏军,王纲胜. 2006. 黄河流域时变增益分布式水文模型. 武汉大学学报,(4):29-32.

于东升,史学正. 2002. 用 Guelph 法研究南方低丘缓坡地不同坡位土壤渗透性. 水土保持通报,(1):6-9.

于澎涛. 2000. 分布式水文模型在森林水文学中的应用. 林业科学研究,13:431-438.

于志民,王礼先. 1999. 水源涵养林效益研究. 北京:中国林业出版社.

于志民,余新晓. 1999. 水源涵养林效益研究. 北京:中国林业出版社.

余新晓,等. 2003. 森林流域分布式水文模型研究. 中国水土保持科学,(1):35-49.

余新晓,张志强,等. 2004. 森林生态水文学. 北京:中国林业出版社.

张春梅,卢玉东,王农,等. 2005. 重庆市三峡库区水土流失现状与防治对策. 水土保持科技情报,(3):33-35.

张东,张万昌,朱利,等. 2005. SWAT 分布式流域水文物理模型的改进及应用研究. 地理科学,(4):434-440.

张洪江,北原曜. 1995. 晋西不同林地状况对糙率系数 n 值影响的研究. 水土保持通报,(2):10-21.

张洪江,解明曙,杨柳春,等. 1994. 长江三峡花岗岩区坡面糙率系数研究. 水土保持学报,(1):33-38.

张继光,陈洪松,苏以荣,等. 2006. 湿润和干旱条件下喀斯特地区洼地表层土壤水分的空间变异性. 应用生态学报,17(12):2277-2282.

张建云,李纪生,等. 2002. 水文学手册. 北京:科学出版社.

张健,宫渊波,陈林武. 1996. 最佳防护效益森林覆盖率定量探讨. 林业科学,(4):317-324.

张志强,王礼先. 2002. 森林水文:过程与机制. 北京:中国环境科学出版社.

张志强,余新晓,赵玉涛,等. 2003. 森林对水文过程影响研究进展. 应用生态学报,14(1):113-116.

张卓文,杨志海,张志永,等. 2006. 三峡库区连峡河小流域马尾松林冠降雨截留模拟研究. 华中农业大学学报,25(3):318-322.

赵鸿雁,吴钦孝,刘国彬. 2001. 森林流域水文及水沙效益研究进展. 西北林学院学报,16(4):85-91.

赵人俊. 1984. 流域水文模拟. 北京:水利电力出版社.

赵人俊. 1993. 流域水文模型参数的客观优选方法. 水文,4:21-24.

赵晓光,吴发启,姚军. 1999. 人工模拟坡耕地入渗研究. 土壤侵蚀与水土保持学报,(5):39-43.

郑远长,裴铁璠. 1996. 林冠分配降雨过程的模拟与模型. 林业科学,32(2):85-91.

钟祥浩,程根伟. 2001. 森林植被变化对洪水的影响分析. 山地学报,19(5):413-417.

周晓峰. 1994. 帽儿山、凉水森林水分循环的研究. 见:林业部科技司. 中国森林生态系统定位研究. 哈尔滨:东北林业大学出版社.

左小平,邓元珍. 2002. 三峡库区的生态环境状况及保护对策. 区域经济研究,(4):86-87.

Andersen J, Refsgaard J C, Jensen K H. 2001. Distributed hydrological modeling of the Senegal River Basin-model construction and validation. Jouranl of Hydrology 247:200-214.

Bajracharya R M, Lal R. 1999. Land use effects on soil crusting and hydraulic response of surface crusts on a tropical Alfisol. Hydrological Processes,13(1):59-72.

Barlage M J, Richards P L, Sousounis P J, et al. 2002. Impacts of climate change and land use change on runoff from a Great Lakes Watershed. Journal of Great Lakes Research, 28(4): 568-582.

Benven K J. 1996. A discussion of distributed modeling. In: Abbott M B, Refsgard J C. Distributed Hydrological Modelling. Kluwer, Dordrecht: Springer: 255-278.

Beven K J. 1996. A discussion of distributed modeling. In: Abbott M B, Refsgard J-C. Distributed Hydrological

Modelling. Dordrecht: Kluwer: 255-278.

Beven K J. 1995. Linking parameters across scales: sub-grid parameterizations and scale dependent hydrological models. Hydrological Processes, 9: 507-526.

Beven K J. 2001. How far can we go in distributed hydrological modeling. Hydrology and Earth System Sciences, 5(1): 1.

Beven K J. 2004. Rainfall-Runoff Modelling, The Primer. John Wiley & Sons. LTD.

Beven K J, Kirkby M J. 1997. A physically-based, variable contributing area model of basin hydrology. Hydrol Sci Bull, 24 (1): 43-69.

Binley A M, Beven K J, Calver A et al. 1991. Changing responses in hydrology: assessing the uncertainity in physically based model predictions. Water Resources Research, 27(6): 1253-1261.

Bonell M. 1993. Progress in the understanding of runoff generation dynamics in forests. Hydrol, 150: 217-275.

Bonell M. 1998. Selected challenges in runoff generation research in forests from the hillslope to headwater drainage basin scale. Ameri Water Resour Assoc, 34(4): 765-785.

Bronstert A, Niehoff D, Burger G. 2002. Effects of climate and land-use change on storm runoff generation: present knowledge and modelling capabilities. Hydrological Process, 16: 509-529.

Bruijnzeel L A. 1990. Hydrology of moist tropical forest and effects of conversion: a state of knowledge review. UNESCO, Paris, and Vrije Universiteit, Amsterdam, The Netherlands: 226.

Bruijnzeel L A, Wiersum K F. 1987. Rainfall interception by a young Acacia Auriculiformis (A. Cunn) plantation forest in west Java, Indonesia: application of Gash's analytical model. Hydrogeology Processes, 1: 309-319.

Buttle J M, Creed I F, Pomeroy J W. 2000. Advances in Canadian forest hydrology. Hydrol Process, 14 (9): 1551-1578.

Calder I R. 1993. Hydrologic effects of land use chane. In: Maidment D R. Handbook of Hydrology. New York: McGraw-Hill: 13. 1-13. 50.

Chang M. 2002. Forest Hydrology: An Introduction to Water and Forest. New York: CRC Press.

Chang M, Watters S P. 1984. Forests and other factors associated with streamflows in east Texas, Journal of the American Water Resources Association, 20(5): 713-719.

Darcy H. 1856. Les fontaines publiques de la ville de Dijon. Dalmont, Paris.

Dawdy D R, Lichty R W, Bergmann J M. 1972. A rainfall-runoff simulation model for estimation of flood peaks for small drainage basins. U. S. Geological Survey Professional Paper 506-B: B1-828.

Dawes W R, Zhang L, Hatton T J, et al. 1997. Evaluation of a distributed parameter ecohydrological model (TOPOG-IRM) on a small cropping rotation catchment. Journal of Hydrology, 191: 64-86.

Delphis F, Levia J R, Frost E E. 2003. A review and evaluation of stemflow literature in the hydrologic and biogeochemical cycles of forested and agricultural ecosystems. Journal of Hydrology, 274: 1-29.

DeWalle D R. 2003. Forest hydrology revisited. Hydrological Processes, 17(6): 1255-1256.

Dykes A P. 1997. Rainfall interception from a lowland tropical rainforest in Brunei. Journal of Hydrology, 200: 260-279.

Famiglietti J S, Rudnicki J W, Rodell M. 1998. Variability in surface moisture content along a hill slope transect Rattlesnake Hill Texas. J Hydrol, 210: 259-281.

Feldman A D. 1995. HEC-1 Flood hydrograph package. In: Singh V P. Computer Models of Watersheds Hydrology. Highland Ranhc, CO: Water Resource Publications: 119-150.

Fitzjohn C, Ternan J L, Williams A G. 1998. Soilmoisture variability in a semi-arid gully catchment: imp lications for runoff and erosion control. Caterna, 32: 55-70.

Gash J H C. 1979. An analytical model of rainfall interception by forests. Quarterly Journal of the Royal Meterorological Society, 105: 43-55.

Gash J H C, Wright I R, Lloyd C R. 1980. Comparative estimates of interceptiong loss from three coniferous forests in Great Britain. Journal of Hydrology, 48:89-105.

Gomez J A, Giraldez J V, Fereres E. 2001. Analysis of infiltration and runoff in an olive orchard under notill. Soil Science Society of America Journal, 65(2): 291-299.

Govindaraju R S, Jones S E, Kavvas M L. 1988a. On the diffusion wave model for overland flow: 1. Solution for steep slopes. Water Resources Research, 24(5): 734-744.

Govindaraju R S, Jones S E, Kavvas M L. 1988b. On the diffusion wave model for overland flow: 2. Steady state analysis. Water Resources Research, 24(5): 745-754.

Green W H, Ampt G A. 1911. Studies on soil physics: flow of air and water through soils. Agri Sci, (4): 1-24.

Hewlett J D. 1982. Prcinciples of Forest Hydrology. Athens: The University of Georgia Press.

Hewlett J D. 1984. The dependence of strom flows on rainfall intensity and vegetal cover in South Africa. Journal of Hydrology, 75:365-381.

Hoermann G. 1996. Calculation and simulation of wind controlled canopy interception of a beech forest in Northern Germany. Agricultural and Forest Meteorology, 79:131-148.

Hornbeck J W, Swank W T. 1992. Watershed ecosystem analysis as a basis for multiple use management of eastern forests. Ecol Appl, 2:238-247.

Horton R E. 1940. An approach toward a physical interpretation of infiltration-capacity. Soil Sci, Soc Am J, 5: 399-417.

Huber W C. 1995. EPA storm water management model-SWMM. In: Singh V P. Computer Models of Wateshed Hydrology. Hyghlands Ranch, CO: Water Resource Publicaitons: 783-808.

Hutjes R W A, Wierda A, Veen A W L. 1990. Rainfall interception in the Tai Forest, Ivory Coast: application of two simulation models to a humid tropical system. Journal of Hydrology, 114:259-275.

Jacques D, Monanty B, Timmerman A, et al. 2001. Study of time dependency of factors affecting the spatial distribution of soil water content in a field-plot. Phys Chem Earth (B), 26:629-634.

Jones J A, Grant G E. 1996. Peak flow responses to clear-cutting and roads in small and large basins, western Cascades, Oregon. Water Resources Research, 32: 959-974.

Leaf C F, Brink G E. 1973. Hydrologic simulation model of Colorado subalpine forest: U. S. Department of Agriculture, Forest Service Research Paper RM-107: 23.

Leavesley G H. 1994. Modeling the effects of climate change on water resources-a review. Climate Change, 28, 159-177.

Leavesley G H, Lichty R W, Troutman B M, et al. 1983. Precipitation-runoff modeling system-user's manual: U. S. Geological Survey Water Resources Investigations Report.

Leavesley G H, Markstrom S L, Restrepo P J, et al. 2002. A modular approach to addressing models design, scale, and parameter estimation issues in distributed hydrological modeling. Hydrological Processes,16(2):173-187.

Legesse D, Vallet-Coulomb C, Gasse F. 2003. Hydrological response of a catchment to climate and land use change in tropical Africa:case study South Central Ethiopia. Jouranl of Hydrology,275:67-85.

Liu S. 1992. Predictive models of forest canopy interception. Sci Silvate Sin, 28:445-449.

Liu S. 1997. A new model for the prediction of rainfall interception in forest canopies. Ecological Modelling, 99: 151-159.

Lloyd C R, Gash J H C, Shuttelworth W J, et al. 1988. The measurement and modeling of rainfall interception by Amazonian rain forest. Agric Forest Meteorology,43:277-294.

Lloyd C R, Marques A D O. 1988. Spatial variability of throughfall and stemflow measurements in Amazonian rainforest. Agricultural and Forest Meteorology, 42: 63-73.

Lull H W, Reinhart K G. 1972. Forests and floods in the Eastern United. States. United States Department of Agriculture, Forest Service. Research Paper.

Massman W J. 1980. Water storage on forest foliage: a general model. Water Resources Research,16:210-216.

Massman W J. 1983. The derivation and validation of a new model for the interception of rainfall by forests. Agricultural and Forest Meteorology, 28:261-286.

Mazi K, Koussis A D, Restrepo P J, et al. 2004. A groundwater-based, objective-heuristic parameter optimization method for a precipitation-runoff model and its application to a semi-arid basin. Journal of Hydrology,290:243-258.

McCulloch J S G, Robinson M. 1993. Histrory of forest hydrology. Journal of Hydrology, 150:189-216.

Mein R G, Larson C L. 1973. Modeling infiltration during a steady rain. Water Resour Res,(9): 384-394.

Navar J, Bryan R B. 1994. Fitting the analytical model of rainfall interception of gash to individual shrubs of semi-arid vegetation in northeastern Mexical. Agric Forest Meteorology,68:133-143.

Parkin G, O'Donnell G, Ewen J, et al. 1996. Validation of catchment models for predicting land-use and climate change impacts. 1. Case study for a Mediterranean catchment. Journal of Hydrology,175:595-613.

Paulo R L, Franken W K, Viua Nova N G. 1995. Real evapotranspiration and transpiration through a tropical rain forest in central Amazonia as estimated by the water balance method. Forest Ecology and Management, 73(1-3): 185-195.

Philip J R. 1957. The theory of infiltration. I. The infiltration equation and its solution. Soil Science,83:345-357.

Ponce V M, Simons D B, Li R-M. 1978. Applicability of Kinematic and Diffusion Models, Journal of the Hydraulics Division, 104(3,): 353-360.

Prueger J H, Hatifield J L, Aase J K. 1997. Bowen-ratio comparisons with lysimeter evapotranspiration. Agronomy Journal, 89:730-736.

Putuhena W M, Cordery I. 1996. Estimation of interception capacity of the forests floor. J Hydrol, 180: 283-299.

Qin Y S, Yu X X. 2000. Study on water intercepting and retarding characteristics of forest litters in the upper stream of Miyun Reservoir. Forestry Studies in China,(1):58-62.

Qi S, Sun G, Mcnulty S, et al. 2004. Modeling the climate change and climate change sensitivity on water yield in a coast watershed of North Carolina. In: Pphu C H, Tan Y. Proceedings of the Ninth International Symposium on River Sedimentation. Beijing: Tsinghua University Press: 2437-2441.

Rao A S. 1987. Interception losses of rainfall from Cashew trees. Journal of Hydrology, 90:293-301.

Rawls W J, Brakensiek D L. 1983. A procedure to predict green ampt infiltration parameters. Proceedings of the ASAE Conf. on Advances in Infiltration, Chicago: ASAE: 102-112.

Regalado C M, Munoz-Carpena R. 2004. Estimating the saturated hydraulic conductivity in a spatially variable soil with different permeameters: a stochastic Kozeny-Carman relation. Soil Tillage Research, 77:189-202.

Reynolds W D, Elrick D E. 1985. In-situ measurement of field-saturated hydraulic conductivity, sorptivity and the α parameter using the Guelph permeameter. Soil Science, 140:292-302.

Schellekens J, Scatena F N, Bruijnzeel L A, et al. 1999. Modelling rainfall interception by a lowland tropical rain forest in northeastern Puerto Rico. Journal of Hydrology, 225:168-184.

Smith R E, Goodrich D C, Wooolhiser D A, et al. 1995. KINEROS-a Kinematic runoff and EROSion model. In: Singh V P. Computer Models of Watershed Hydrology. Highlands Ranch, CO: Water Resouce Publications: 697-732.

Song Z, James L D. 1992. An objective test for hydrologic scale. Journal of the American Water Resources Association, 28(5): 833-844.

Stednick J D. 1996. Monitoring the effects of timber harvest on annual water yield. Hydrol,176:79-95.

Swanson R H. 1998. Forest hydrology issues for the 21st Century: a consultant's viewpoint. J Ameri Water Resource Assoc, 34(4):755-763.

Thomas R B, Megahan W F. 1998. Peak flow responses to clear-cutting and roads in small and large basins, western Cascades, Oregon: a second opinion. Water Resources Research, 34: 3393-3403.

Thompson E S. 1976. Computation of solar radiation from sky cover. Water Resources Research,(5):859-865.

USDA. 1972. Soil Conservation service, SCS national engineering handbook, Sec. 4, hydrology, Washington: Govt.

Print. off.

Vanderlinden K, Gabriels D, Giraldez J V. 1998. Evaluation of infiltration measurements under olive trees in Cordoba. Soil Tillage Research, 48:303-315.

Vertessy R A, Dye P G. 2000. Effects of Forest Cover on Catchment Water Balances and Runoff Dynamics:XXI IUFRO World Congress:Forests and Society:The role of Research. Kuala Lumpur:IUFRO.

Watanabe M. 1996. Model study on micrometeorological aspects of rainfall interception over an evergreen broad-leaved forest. Agricultural and Forest Meteorology, 80:195-214.

Watson F G R, Vertessy R A, Grayson R B. 1999. Large-scale modelling of forest hydrological processes and their long-term effect on water yield. Hydrological Processes,13:689-700.

Western A W, Gunter B, Rodger B, et al. 1998. Geostatistical characterizations of soilmoisture patterns in Tarrawarra catchment. J Hydrol,205:20-37.

Whitehead P G, Robinson M. 1993. Experimental basin studies—an international and historical perspective of forest impactsy. Hydrol,145:217-230.

Wilcox B P, Breshears P D, Turin H J. 2003. Hydraulic conductivity in a pinon- juniper woodland: Influence of vegetation. Soil Science Society of America Journal, 67(4): 1243-1249.

Wilcox P, Breshears D D, Turin H J, et al. 2003. Hydraulic conductivity in a pinon-juniper woodland: Influence of vegetation. Soil Science Society of America Journal, 67(4): 1243.

Wilson K B, Hanson P J, Mulholland P J, et al. 2001. A comparison of methods for determining forest evapotranspiration and its components: sapflow, soil water budget, eddy covariance and catchment water balance. Agriculture and Forest Meteorology, 106(2):153-168.

Woolhiser D A, Liggett J A. 1967. Unsteady one-dimenstional flow over a plane: the rising hydrograph. Water Resources Research,3(3):753-771.

Ziemer R R. 1981. The Role of Vegetation in the Stability of Forested Slopes. In: IFRO. Proceedings of the International Forestry Research Organizations, XVII World Congress. Vol. 1. Kyoto:International Forestry Research Organization: 2972-2308.